UM QUADRADO PERFEITO

ISOBEL BLACKTHORN

Tradução por

MARCIA BRANDO

Publicado em 2022 por Next Chapter

Capa de CoverMint

"A autora, assim como o artista que aos poucos, cuidadosamente, aplica tinta sobre a tela de modo provocador, traz à vida personagens complexos e com feridas, seus passados, suas dificuldades em se entenderem e os caminhos em que se encontram. Eu recomendo."

MICHELLE SAFTICH, AUTORA DE *PORT OF NO RETURN* (PORTO SEM VOLTA, EM TRADUÇÃO LIVRE)

"*Um Quadrado Perfeito* é um romance literário inteligente, ponderado, que ainda consegue ter um enredo sensacional e personagens complexos. Deve agradar também aos amantes de suspenses psicológicos — pense no artístico *Garota Exemplar*."

KATE BRAITHWAITE, AUTORA DE *CHARLATAN* (O CHARLATÃO, EM TRADUÇÃO LIVRE)

"Isobel Blackthorn é uma autora inteligente, gostei muito de sua sagacidade."

LOLLY K. DANDENEAU

"Isobel Blackthorn é uma escritora talentosa e perspicaz, que compôs essa leitura de evolução lenta e intelectualmente complexa."

PAROMJIT, GOODREADS

"Alguns livros o perseguem. Raramente você sabe que isso acontecerá quando os lê — a sensação chega de surpresa depois da última página. Em *Um Quadrado Perfeito,* houve um momento enquanto lia onde meu coração parou, então eu soube que esse livro ficaria comigo."

RACHEL NIGHTINGALE, AUTORA DE
HARLEQUIN'S RIDDLE E *COLUMBINE'S TALE*
(CONTO DO ARLEQUIM E CONTO DA
COLOMBINA, EM TRADUÇÃO LIVRE).

"Perfeito."

JASMINA BRANKOVICH, ESCRITORA

"Blackthorn é uma escritora habilidosa e excepcional, não apenas na questão técnica (caracterização, descrição, estrutura e assim por diante), mas também na temática. Conforme escreve sobre o poder da arte, ela evoca uma variedade de respostas emocionais no leitor. A bela linguagem do livro me inspirou a criar, embora em certo ponto senti o coração batendo de ansiedade e ao final, quando percebi que faltavam poucas páginas, me senti desolada pois não queria deixar os personagens cujas vidas fiquei absorta. As descrições da arte e do processo criativo são um lembrete de que há muito mais sob a superfície além do que normalmente percebemos. Não mantenho muitos livros mais por não ter mais espaço na prateleira, mas este é um que guardarei e voltarei a ele. Uma obra maravilhosa."

AVALIAÇÃO NO GOODREADS

Para Dr. Lesley Kuhn e Elizabeth Blackthorn, sem a qual Um Quadrado Perfeito nunca teria sido escrito.

AGRADECIMENTOS

Eu gostaria de agradecer a Kathryn Coughran, Jasmina Brankovich e Rod Beecham por terem tido o trabalho de ler minhas palavras e dar valiosas opiniões. A Suzanne Diprose, por me levar para passear e dirigir nas cordilheiras Dandenong, a leste de Melbourne, e me fornecer todos os tipos de conselhos. E meus sinceros agradecimentos e profunda gratidão à minha filha Elizabeth Blackthorn, que viajou comigo desde o princípio. *Um Quadrado Perfeito* é baseado em sua tese de Improvisação Musical, que ficou em 1º na *Victorian College of the Arts/University of Melbourne* (Universidade Vitoriana de Artes/Universidade de Melbourne) em 2014. O interesse, a dedicação e as descobertas dela têm sido profundos e são altamente valorizados.

Elizabeth Blackthorn compôs a música que acompanha esse romance. Também chamada *Um Quadrado Perfeito,* seu EP pode ser encontrado no Spotify e no iTunes.

PARTE 1

CONSTRUÇÃO

CAPÍTULO UM

NÚMERO

Que 12 significava conclusão não estava em debate. Elas conheciam a simbologia. Deixando de lado os Imãs, os Apóstolos e as Tribos com a preocupação de cada um deles, mãe e filha por sua vez, estavam com os 12 signos do zodíaco e as 12 notas na escala cromática. Porém, todas as coisas terminaram às 12 e Harriet se sentiu indisposta com a contenção que o número sugeria. Como se por ele o cosmos tivesse alcançado seu limite de emanação e, devidamente saciado, excluiu o 13, um número condenado para todo o sempre a existir como um mero doze–mais–um.

Seu olhar deslizou do piano mecânico para seu colo, um tranquilizante verde escuro, e ela descobriu que era capaz de se libertar de suas reflexões, pelo menos por um breve momento. Pois Harriet Brassington-Smythe era capaz de fazer muita leitura da vida quando não havia muito para ser lido. O acaso se hospedava em sua imaginação, cheio de significados. Ela via arco-íris de cor quando não havia nada para os outros senão tons de cinza. Sua missão, para a qual era tão zelosa, era a de manifestar através de sua arte essa percepção única como se ela, entre poucos especiais, estivesse a par dos segredos internos da natureza. Não foi um zelo completamente infundado; a única vez que ignorou as cores da sua percepção em que se encontrou e não a carne de sua carne, um perigo imenso, foi quando finalmente sintonizou e viu o brilho acentuado de iridescências negras, ficando tão alarmada que juntou seus itens essenciais, as ferramentas de seu negócio, sua filha, e fugiu.

Isso tinha sido há muito tempo e seria muito melhor se fosse esquecido, ela preferia nunca ter falado do evento para sua filha.

Harriet estava em sua vida ideal e em excelente forma. Seu rosto longo e esculpido, inabalável pelas adversidades da idade, tinha se desenvolvido em suas virtudes com grandes olhos na parte mais escura do castanho e uma boca ao mesmo tempo vivaz e imponente, com o lábio inferior saliente, um pouco além de sua contraparte, capaz tanto de fazer beiço quanto um sorriso extravagante. Sua fisionomia toda era realçada por uma vasta cabeleira preta ondulada, que brilhava com a luz do sol, sem um lampejo prateado para ser visto. Era uma mulher notável, enfeitada como gostava de ficar, com um vestido vintage dos anos 20, até a altura da panturrilha. Ela tinha assumido a aparência de viúva com uma presença imponente, talvez desmotivando a todos com exceção dos mais corajosos.

Ao longo dos anos atraiu alguns amantes, mas desde que sua única paixão azedou, ela permaneceu solteira. Levava uma vida reclusa, que disponibilizou solo fértil e ligeiramente ácido para sua excentricidade florescer como uma azaleia. Mas a singularidade era uma qualidade que reservava para suas amigas, as duas mulheres com as quais ela dividia a maior parte de seu tempo, as perenes Rosa Spears e Penélope Ashworth. Juntas, as três eram fortes e por décadas permaneceram no mesmo canteiro do jardim, contra a mesma parede de pedra da tradição pessoal, aproveitando os confortos da umidade e da sombra.

De repente ela ficou quente de forma desconfortável. Seguido de um rápido relance em direção do piano, se levantou. Tinha sido um dia excepcionalmente quente de final de inverno, e finalmente uma brisa fresca soprou pelas janelas da frente. Ela puxou as cortinas mais para o lado, cortinas de veludo carmim luxuoso, maravilhoso de tocar, cortinas que sua filha lhe disse em um de seus momentos azedos que eram mais prováveis de serem encontradas no aposento de uma cortesã.

O jardim era admirável naquela época do ano: Uma longa e ampla face sul, sombreada no lado alto por uma tramazeira, com um canteiro em meia-lua que ocupava grande parte da largura do jardim, retido por um muro baixo de ardósia. Seu olhar permaneceu por ali nas ervas-férreas, colombinas, línguas de barba e margaridas, finalmente se estabelecendo nas folhas delicadas do bordo japonês, nos heléboros e eufórbias em sua base. Um amplo caminho de calcário moído fazia uma curva desde a porta até a garagem, e dali até o portão, contornando a parede onde o canteiro elevado era mais largo. Nos dois lados do portão, dois rododendros davam privacidade e, junto com uma linha de samambaias, cornisos e camélias, formavam um cenário escuro. Algumas vezes ela sentia vontade de liberar o jardim daquela tela de ervas, lançando o espaço aberto para o The Crescent, mas sua privacidade importava mais. Um punhado de crianças tinha se juntado do lado de fora do jardim vizinho e ela conseguia ouvir as risadas delas. Não demoraria muito para que fossem embora, mas ela puxou as janelas pela ripa, prendeu os puxadores e se retirou. Ela normalmente não ficava incomodada pela atividade das crianças, não mais do que olhar pela janela da frente, mas queria bloquear as distrações, como se bloqueasse a desafinação: desafinação uma vez familiar e decepcionante.

Sua filha havia tomado posse do outro canto sala, andando no espaço entre o piano e a lareira como um puma na jaula.

Gigi não era como sua mãe. Uma mulher alta e esbelta, com mãos estreitas e longas, assim como eram seus pés. Desde muito jovem suas mãos pareciam destinada para as teclas, seus pés saltavam para fora nos sapatos muito largos pois os fabricantes presumiam que pés longos também eram sempre largos. Pés à parte, ela era a imagem de sua avó materna. Tinha o mesmo cabelo castanho claro, a palidez, a boca pequena e redonda que formava um "o" quando entreabria os lábios e os mesmos olhos cinzas que a atravessava com inocência e desconfiança. O cinza, acentuado por sua escolha de calça e camiseta cinza que combinavam, a única cor em sua pessoa era aquele casaco estampado de cashmere horrível, uma relíquia do período cashmere de sua adolescência.

Era um espetáculo bizarro olhar para sua filha como um esquilo cinza, mais presa do que predador, mais adequada a uma madeira de bétula do que a uma cordilheira rochosa, vagando de lá para cá no tapete Kashan. Ela não tinha sido uma criança confiante e houve um tempo em que Harriet se preocupava que sua natureza dócil fosse uma desvantagem em um mundo competitivo, mas enquanto adolescente, Gigi tinha adquirido uma medida de rebeldia, um sinal certo de uma vontade independente.

O símbolo que ela havia escolhido para essa rebeldia foi o cashmere. O que quer que ela usasse, vestido, saia, calça ou camisa, tinha que ser cashmere.

Harriet era obstinada em sua crença de que Gigi vestia esse design não porque gostasse dele, mas para fazer sua mãe ficar angustiada. Harriet podia ter suportado William Morris, pelo menos ele era contemporâneo de sua época, mas havia algo tão anos 70 naquele visual. Os *Anos 70*, aquela maldita década quando os hippies tomaram o ocultismo e o transformaram em algodão doce.

E lá estava sua filha, com seu casaco cashmere, andando de um lado para outro sem parar. Se continuasse assim, faria um caminho no tapete Kashan. A cada volta, o espelho que ocupava grande parte da parede oposta capturava seu reflexo, duplicando o impacto. Rapidamente se tornou uma sobrecarga sensorial e Harriet se sentiu aliviada ao encontrar uma boa distância.

As salas de jantar e estar tinham sido unidas anos antes de Harriet herdar a casa, junto com os meios para morar confortavelmente nela, resultando numa sala espaçosa com pé-direito alto e paredes que expõe tijolos de cerâmica. A evidência de seu design prévio era uma viga pesada que se estendia na largura da sala e era suportada em cada ponta por uma trave maciça. As tábuas do assoalho eram de carvalho autêntico pois Harriet não aceitaria um revestimento do assoalho tão comum quanto o carpete. A lareira ao fundo da sala de Harriet havia sido removida para dar lugar a prateleiras de livros. Prateleiras que ela encheu de volumes de arte e história da arte, a maior parte limitada aos anos 1920: Surrealismo, Os Dadaístas, Art Déco, Expressionismo, Os Cubistas e o Abstracionismo. Havia livros de artistas individuais, de movimentos e de técnicas. As prateleiras vergavam no meio sob aquele peso.

De frente um para o outro, cruzando uma mesa baixa de mogno, dois sofás estofados em um tom carmim, uma tonalidade mais clara do que as cortinas, enfeitados com almofadas douradas, dando testemunho da afeição de Harriet por conforto. Além da viga de carvalho, no restante da lareira foi colocado tijolo de cerâmica largo na parede interior da chaminé, que afunilava em etapas até o teto. Abaixo da moldura de mogno, o arco de tijolos que definia a lareira vestia a fuligem de várias chamas.

Bem ao final da lareira estava a entrada para a cozinha, acessada por uma cortina de contas de vidro vintage. Pretas, com formato de diamante e tamanhos variados, as contas de vidro estavam organizadas para formar diversas ondulações, a franja da cortina não muito perto de roçar o chão. A cortina era a peça mais estimada de Harriet, dando a seus aposentos um ar de autenticidade. Mas infelizmente, aos olhos de Gigi reforçavam a impressão de bordel.

As obras de arte expressionistas de Harriet, penduradas com um bom olho para o equilíbrio, adornavam cada amplitude da parede. Não havia nada que estivesse fora do lugar, sem bibelôs, lembranças, obras de arte ou vasos de plantas, o lugar livre a não ser por dois abajures Tiffany, cada um centralizado sobre mesinhas que preenchiam um canto outrora vazio, um cinzeiro de pedestal antigo que nunca foi usado, um antigo toca-discos instalado em seu próprio gabinete folheado de teca e um relógio de carruagem na moldura da lareira, finalizada com fotografias em molduras ovais ornamentadas de Kandinsky e Klee. Estava ausente no arranjo uma foto de Gigi, pois Harriet havia decidido muito tempo atrás que não era sentimental em relação à sua filha.

Harriet deixou a janela e caminhou lentamente por trás de um dos sofás, passando a mão suavemente pelo estofado enquanto andava, antes de se sentar e encostar, tornozelos cruzados, uma mão pendendo no apoio de braço, como se em repouso ela tivesse comando ao seu lado na sala.

Gigi interrompeu a perambulação, disparou uma fria encarada em direção à Harriet e então, como se estivesse seguindo a liderança de sua mãe, pegou o banquinho do piano, indo longe a ponto de abrir a tampa do instrumento e correr uma única mão pelas teclas.

O glissando interrompeu o silêncio.

Gigi pressionou uma série de notas, numa sucessão lenta. "Doze não, então", disse ela sem tirar seu olhar das teclas.

"Doze não."

Ela tocou as notas outra vez com uma postura cuidadosa. Talvez ela passasse pelas escalas ou tocasse algo de cabeça pois não havia partitura musical no suporte. Harriet observou na expectativa. O fato dela demonstrar interesse no piano, por mais indiferente que fosse, era, esperava Harriet, uma evidência de recuperação.

Três semanas antes, Gigi havia estacionado na garagem com seu carro. Ela saiu do veículo passando rapidamente os olhos pelo jardim, parou ao ver sua mãe agachada perto de uma floreira retirando amores-perfeitos murchos, e então tirou do porta-malas uma mala de aparência pesada, seu teclado com seu suporte amarrado a um carrinho, e arrastou-os para a porta da frente. Ela parecia desamparada e o coração de Harriet apertou. Ela soube imediatamente que Gigi tinha deixado seu namorado traiçoeiro e esperava que dessa vez fosse para sempre.

Por três anos suportou aquele relacionamento, sofria sempre que ele retratava a falsa aparência de músico com um uniforme incompatível de encanador e paletó desgrenhado, cachecol de lã e óculos de sol. O desprezível Arthur, que Harriet desde o princípio considerava sem talento, tocava um circuito perpétuo de shows sem futuro com suas pretensões de cantor e compositor exibicionistas quase delirantes. Ela nunca entendeu o que Gigi viu nele.

Ela sacudiu a sujeira das mãos e seguiu sua filha para dentro.

Gigi parou o carrinho e sua mala no corredor e entrou na sala de estar.

"Chá?" Perguntou Harriet.

"Por que não", disse Gigi, se jogando no sofá.

As contas de vidro tiniram quando Harriet abriu a cortina. Ela passou soltando sua mão vagarosamente, para deixar as contas se acomodarem. Começou a preparar o chá, com as folhas perfumadas circulando pelo bule zombando da obrigação maternal que circulou em seu coração.

Ela voltou com uma bandeja e a colocou na mesinha de centro. "Você pode ficar quanto tempo quiser", disse ela, esperando que não se estendesse a mais do que três noites.

Ela se sentou no outro sofá e se serviu, passando o chá a Gigi.

"Perdi meu emprego", disse Gigi, direcionando seu comentário mais para a xícara em sua mão.

"No Derwent?" Disse Harriet, com a esperança de manter seu tom natural.

"Não consigo pagar as contas na zona norte de Melbourne sem o emprego". A voz dela era fraca e baixinha.

Ela enfim havia renunciado suas ambições mais elevadas, ou assim parecia. Durante todo seu doutorado, Gigi desejava uma posição acadêmica. Depois de se preocupar muito com seus prospectos, ao completar sua tese conseguiu arrumar um trabalho duas vezes por semana no hotel Derwent. Era só um quebra-galho, disse ela, enquanto esperava algo melhor surgir. Ela podia fazer cara feia para a indústria musical, a escassez de oportunidades que eram oferecidas ao ter que passar pela universidade e conquistar um doutorado para conseguir o tipo de apresentação que pudesse administrar em seu primeiro ano. Harriet nunca mencionou que suas aspirações não alcançadas tinham pouco a ver com sua atitude, sem mencionar a companhia vergonhosa que manteve.

"Eles não podem simplesmente mandar você embora", disse ela, preocupada que o retorno de Gigi para casa seria mais permanente do que ela gostaria.

"Eles podem e eles mandaram. O emprego era casual. Sou, como dizem, muito comum. Além disso, eles tinham todo o direito. Você conhece a reputação deles. Todos esses anos tenho me vestido como uma boneca Gucci para aquela elegante associação e então Arthur chega e tudo se acaba."

"Parecendo um vagabundo?"

"Ah mãe." Ela parou, lançando em Harriet um olhar reprovador antes de abaixar a cabeça. "Bem, sim com seu violão na mão. Ele veio até onde eu me apresentava, colocou um joelho no chão e tocou sua música mais recente para mim. Eu estava bem no meio de 'Sonata ao Luar'. Ele estava tão bêbado que perdeu o equilíbrio e caiu aos meus pés. Então o segurança veio e o arrastou para fora."

"Mas você não fez nada errado."

"Por associação. Eu o teria rejeitado, mas enquanto o conduziam para fora ele soltou um choro alto sobre o quanto me amava e iria me ver em casa."

"Ah, querida."

"Ah querida nada", disse Gigi levantando finalmente seu rosto. "É totalmente compreensível que eu tenha sido despedida. O hotel não poderia arriscar que ele aparecesse novamente."

Harriet deu um sorriso sem graça. Foi um final inevitável; o Arthur tinha sido inconveniente para Gigi desde o começo. Até mesmo as circunstâncias do encontro deles eram um símbolo da vida decadente do submundo que ele mais tarde teceria em torno dela.

Eles tinham se conhecido na estação de metrô da rua Flinders. Ela se preparava para enviar sua tese. No caminho de volta para seu apartamento depois da reunião final com seu supervisor, ela se deparou com ele no túnel fazendo uma apresentação improvisada. A incongruência não poderia ser mais aparente. Quando Harriet ligou para Gigi naquela noite, curiosa para saber dos comentários de seu supervisor e pronta para incentivar e elogiar, Gigi descreveu o encontro com a voz toda leve e feminina. Harriet não escutava aquele tom desde que Gigi tinha 14 anos e uma queda por seu professor de piano. Como Arthur chamou sua atenção enquanto passava por ele, e ela parou e voltou. Ele lhe fez uma serenata, disse ela. Com *Hotel California*. Ela ficou paralisada, disse. Deixou um dólar na capa de seu violão, e então outro, e ele continuou cantando e tocando, ignorando os outros que se juntaram para testemunhar o momento, direcionando seu olhar, seu sorriso, seu desejo, exclusivamente para ela. Harriet sabia então que Arthur não era bom. O amor de sua filha aturdiu. Quem é que põe o nome no seu filho de *Arthur*? E não importava nem um pouco que ele ganhasse um bom dinheiro nas apresentações ou que tivesse o melhor tom, e é claro, a insistência de Gigi de que ele realmente tinha talento fez Harriet concluir que ele não tinha absolutamente nenhum.

Arthur se mudou para o apartamento de Gigi na zona norte de Melbourne algumas semanas depois de começarem o relacionamento, foi quando Gigi descobriu o hábito dele de beber uísque. Ele era um bêbado sentimental imbecil, contestador quando irritado, do tipo alcoólatra pavio curto. Harriet só visitou uma vez.

Houve uma exibição no Sutton e parecia para ela apropriado o suficiente que devesse usar o quarto de hóspedes de sua filha. Afinal, seria apenas por uma noite. E que se provou ser uma noite medonha.

O apartamento era pequeno, escuro e mobiliado de maneira simples, embora bem decorado, com um corredor estreito e cozinha separada. A sala de estar era espartana: duas cadeiras sem graça, uma televisão e uma bagunça de instrumentos musicais enfiados num canto. Gigi estava no Derwent e não voltaria até às nove. Arthur tinha voltado mais cedo de uma noite de apresentação ruim, carregando uma garrafa de uísque e um pacote fedido de peixe com batatas. Harriet desejava ter ignorado os passos pesados chegando à porta, os grunhidos e a chave virando.

Ao entrar na sala, o cheiro era suficientemente ruim - uma mistura enjoativa de peixe no jantar, uísque e suor - e a visão de Arthur devorando sua refeição com todas as boas maneiras de um porco deixou Harriet nauseada. Quando ele começou a engolir o conteúdo de seu copo e repetidamente pegar mais, ela sucumbiu a um desgosto crescente.

Ela não fez nada para disfarçar seu descontentamento. Ele não fez nada para esconder sua satisfação com a desaprovação dela. Nada foi dito. Ambos fingiram assistir televisão.

Quando Gigi finalmente chegou, Arthur levantou-se cambaleando e babou nela com beijos. Ela o empurrou e Harriet percebeu um rápido aborrecimento em seu rosto. Não querendo somar à tensão, ela escolheu o momento para retirar-se e então foi forçada a ouvir pela parede de seu quarto as vozes elevadas, uma áspera e a outra defensiva.

Gigi foi leal ao seu namorado e Harriet não pode conter seu desapontamento. Depois daquela noite, ela dificilmente via sua filha. Foram três anos difíceis. Harriet chamou de período Perséfone, separou-se da arte abstrata e produziu uma série de paisagens melancólicas com pena e tinta as quais, graças à sua amiga Penélope, prontamente vendeu a um grupo de mães que se encontravam todas as quartas-feiras em Olinda para praticar ioga e reclamar de suas filhas teimosas.

Harriet não era a única que tinha desprezo por Arthur. Os colegas de Gigi na universidade diminuíram um a um, presumidamente depois de terem se encontrado com o amante inebriado.

O fato de ele ter devastado a carreira dela era quase uma tragédia. Sempre que Gigi telefonava, Harriet indagava por esse amigo e aquele, ou pela evolução da banda ou da colaboração. A verdade era difícil de se obter, mas entre as linhas dos comentários evasivos de Gigi ela captava que Arthur era a raiz das perdas.

Sentada do outro lado da mesinha de centro, Harriet assistia sua filha tomar pequenos goles do chá na xícara que agarrou em suas mãos, cabisbaixa, seu rosto pálido e esgotado. Ela certamente permaneceria afastada da confusão de seu relacionamento por algum tempo. Harriet ficou preocupada. No entanto, era uma preocupação tingida de consternação. Uma coisa era ter sua filha se mudando de volta para casa, o que era desafiador o suficiente, mas ter sua tristeza se mudando com ela, seria intolerável. Algo tinha que ser feito. Sem aquele algo, o humor de sua filha impediria sua criatividade. Ela não conseguiria focar. Não iria pintar. E sentada ali, tomando seu chá, Harriet viu nublado seu futuro imediato.

Por três semanas aguentou o mau humor de Gigi. Então, numa noite, não pôde mais suportar. Elas estavam jantando e por bons dez minutos, Gigi desviava de seu prato a salada que Harriet havia preparado tão cuidadosamente, escolhendo umas poucas azeitonas. Harriet estava pronta para explodir em frustração, incrédula que alguém, especialmente sua própria filha, pudesse chafurdar tão deliberadamente.

Ela tomou seu chá preto cohosh em várias goladas antes que seu sabor amargo pudesse tomar conta, então se levantou, apoiou as mãos na mesa e ordenou que Gigi fosse para a sala: "Precisamos conversar."

Ela foi e segurou de lado a cortina de contas, esperando sua filha passar. Estava determinada a erguê-la por suas meias de cashmere se fosse preciso.

Em vez de deixá-la se sentar num sofá, ela a abordou no tapete Kashan, impedindo-a de se mover com um agudo "Pare."

Gigi tentou sair e Harriet colocou seu braço para impedi-la. Vencida, Gigi ficou hesitante e Harriet estava prestes a dizer que queria que ela fizesse as malas, na esperança de dar um choque em sua disposição, quando viu parte do perfil de sua filha junto do piano e com a obra de arte atrás dela, e teve uma ideia.

Ela considerou uma colaboração de música e arte, uma exibição que seria um concerto ou um concerto que seria uma exibição. De qualquer maneira, uma manobra maravilhosa.

A princípio, Gigi parecia desconcertada. E então resistente. Por fim, depois de muito ir e vir e de todos os meios de persuasão de Harriet, desde o óbvio: "Isso vai levantar seu astral", até "Vai refrescar o cenário artístico local", o comentário que assegurou sua cooperação foi: "Vai dar uma erguida na galeria", como se Gigi esperasse pela real razão para participar, e foi essa.

Gigi concordou, em princípio, e foi para seu quarto, deixando Harriet levemente chocada.

Ela refletiu sobre a arte pendurada sobre o piano, sua homenagem a Kandinsky pintada nos anos 80 quando tinha a idade de sua filha, e de sua paixão pelo abstrato que irrompeu em telas e mais telas. E perguntou-se se esta colaboração poderia lhe proporcionar algo como um renascimento, uma chance de recapturar sua criatividade prolífica pré Gigi.

Dois anos antes de Gigi nascer, Harriet tinha sido tão livre quanto qualquer graduando poderia ser. Ela era filha de um advogado empresarial e de uma diretora de escola particular que adorava a Bíblia. Eles eram expatriados britânicos que deixaram a África do Sul com sua riqueza muito antes do colapso do Apartheid, e viveram uma vida direita e ética em Mont. Albert. Diante de seus pais, Harriet sentiu uma pressão adicional para adequar-se. No entanto, renunciou todas as sugestões deles de carreiras que pudessem ser seguidas com um diploma e um Mestrado em História da Arte. "O museu de Heide está precisando de uma curadora", dizia seu pai, encarando-a sobre a armação de seus óculos. Ou "Aqui tem uma vaga para conservador", e sua mãe a olhava intensamente, desejando que ela participasse. Harriet não tinha qualquer inclinação em se tornar curadora ou uma conservadora. Ela desejava passar alguns anos explorando sua criatividade enquanto ainda era jovem o bastante para impressionar a cena artística. E era ingênua o suficiente para acreditar que tinha chance.

Uma vez, no almoço de aniversário de sua mãe, o qual Rosa tinha sido a única convidada, estavam sentadas à mesa de jantar com seus pais em cada ponta, ambos vestidos formalmente, ele com um terno cinza e o colarinho de sua camisa cortando seu pescoço cheinho, todo sardento e brilhante com as bochechas salientes, parecendo mais um juiz do que um advogado, e ela de vestido azul, cabelo grisalho com cachos da permanente e costas retas enquanto cortava sua terrina de atum. Harriet, sentada a meio caminho entre eles, deu um sorriso incerto para Rosa e pegou seu último ovo com curry. Então, numa revolta de coragem, anunciou que havia passado os últimos cinco anos frequentando aulas de arte sempre que as encontrava.

Seus pais trocaram olhares de relance, mas ela persistiu, enfatizando as virtudes de seguir a sua paixão e insistindo que eles sempre disseram que apenas queriam que ela fosse feliz.

Seu pai parecia sério, sua mãe, confusa. Então Rosa falou nostalgicamente de sua própria juventude e de como quis por muito tempo ser uma pianista de concertos, mas seus pais achavam que ela não valia o investimento adicional e em vez disso, ela se voltou para as atividades filosóficas. Primeiro Harriet pensou que Rosa estava do lado de seus pais, até que ela disse: "Eu pensava com frequência que teria sido como Eileen Joyce se tivesse tido chance, mas é claro que nunca saberemos." Harriet entrou com argumentos e promessas. Seus pais foram persuadidos e, apesar do desapontamento deles, lhe deram um pequeno subsídio para viver.

Extasiada, voltou para casa em seu quarto em um sobrado em Fitzroy - número sete na rua Moor, onde alugava no andar de cima. Usava o quarto maior como estúdio: pé-direito alto, com sacada voltada para o sul. O quarto era insosso. Os rudimentos de uma cozinha se alinhavam na parede de trás. Um quartinho nos fundos servia era onde dormia. O banheiro, compartilhado com os inquilinos do andar de baixo, era no final do corredor. No quarto-estúdio colocou lonas no canto do carpete, perto da janela, posicionado seu cavalete em direção à luz natural. Ela passava várias horas por dia de pé na janela, refletindo em seu último trabalho e que finalmente poderia fazê-lo com um mínimo de segurança financeira.

Ela recostou-se na moldura da janela, pela primeira vez à vontade com o ambiente apesar das incongruências do estilo doméstico e pessoal. Adotou um visual de mocinha, embora gostasse de pensar nisso como quando o colorista encontra o preto: Cabelo cacheado, negro como azeviche, preso para trás por um lenço de seda vermelho, seu jaleco preto protegendo seu suéter gola alta de cashmere, minissaia xadrez e meia-calça vermelha. Enquanto muitos de seus colegas formavam casais ou se casavam, ou mudavam para carreiras promissoras e para grandes financiamentos, ela se agarrou rapidamente à sua boemia. Ela estava frustrada com Melbourne. Ansiava por Berlim, Paris, Nova Iorque, cidades onde a arte prosperava, onde tinha a certeza de que encontraria dezenas da sua espécie. Ainda ali no centro de Fitzroy, graças à sua amiga Penélope, fazia exibições, vendia e recebia encomendas, e tinha que ser grata por isso.

Penélope tinha um instinto natural para o nicho do mercado além de um olho aguçado para as tendências. Abstrato, expressionista, simbolista - a arte modernista estava renascendo. Todos seus antigos colegas de classe tinham um poster em suas paredes de um Matisse, um Munch ou um Klimt. Sendo aparentemente ingênua, Harriet precificou suas obras de acordo e bem abaixo de sua concorrência. Foi ao mesmo tempo a subversão delas da cena de arte neo-expressionista dominada por homens e da abrangente cultura bajuladora australiana. A arte australiana produzida por uma mulher, vendendo como relógios Rolex numa maleta na rua Petticoat de Londres: Penélope e Harriet estavam extasiadas.

Era tanta confiança que ela aplicou um toque de marrom escuro à obra em seu cavalete. Ela trabalhava com guache para o acabamento fosco. A peça era para ser sua homenagem a Kandinsky, parte da série de homenagens que a manteriam bem ocupada por meses. Após vender sua primeira homenagem à Matisse antes que a pintura estivesse seca e receber uma encomenda pela segunda, ela se perguntou se o título agradava, um título que emoldurava e contextualizava cada pintura, como se o comprador pensasse que de alguma maneira levava para casa um Matisse, um Munch ou um Klimt verdadeiro.

Kandinsky não era tão popular: Parecia que os compradores tinham uma preferência por franceses, presumidamente inspirados pela popularidade artística de Edith Piaf que exemplificava a melancolia, a paixão e o sofrimento da artista marginalizada que caiu em tempos difíceis e da moda. Ou foi talvez a mera presença de algum tipo de forma representativa: uma cadeira, embora distorcida, ainda é reconhecidamente uma cadeira. A pura abstração era muito difícil, de fato sem sentido para os plebeus de Melbourne que, portanto, a consideravam pretensiosa. Ai do trabalho em seu cavalete ser sua indulgência pois era realmente muito bom, e quando finalizado, poderia ser pendurado em sua parede.

Ela se afastou de sua obra, indo para o lado para deixar a luz de um dia sombrio brilhar diretamente na tela. A obra representava sua fiel aplicação das regras de cores e formas de Kandinsky, uma série de formas geométricas esticadas e interconectadas junto com dois planos que se cruzavam e desapareciam em pontos separados. Formas em tons suaves, espaço negativo terroso e três círculos amarelos contrastantes, tensos, diante de um losango azul. Havia então a lua negra dominante, que tomava o canto superior esquerdo. Era possível ver na obra representações de prédios, estradas, pirâmides e referências ao tempo, outra olhada e um prédio se transformava numa cidade, a estrada em um rio e as pirâmides em piras, até que não havia mais associações ordinárias e as formas se tornavam o que eram, formas por si só, e suas interações falavam então de outra coisa, algo inefável, talvez cosmológico ou até mesmo divino.

A peça tinha de fato alcançado a transcendência e ela sabia que tinha atingido os objetivos espirituais de Kandinsky para a arte abstrata. Com um silencioso triunfo, deu uma sacudia em seu pincel dentro de um vaso de água, o removeu e secou, depositando-o na mesa onde todos os seus outros pincéis estavam alinhados em ordem de tamanho; plano com plano, redondo com redondo, pelo de marta com pelo de marta, cerdas de pelo de porco com cerdas de pelo de porco.

Ela retirou seu avental, dobrou-o ao meio e o pendurou no encosto de uma cadeira. Então se encostou na janela e olhou para a rua. Para o leste, as casas geminadas com suas varandas trançadas desvaneciam em duas linhas retas dentro do dia cinzento. Bem na direção oposta, três bicicletas estavam acorrentadas à grade. Ela estava prestes a sair dali quando, virando a esquina da rua Nicholson, uma figura se aproximou vestindo uma capa de chuva cinza metálica que combinava com o chapéu, reconhecendo também os passos determinados de Penélope.

Ela voltou para o estúdio. No escorredor de pratos, panelas e louças estavam empilhadas em uma pilha alta. O cesto de lixo lotado. Seus discos estavam no chão diante de um armário baixinho, dentro e fora de suas capas e arqueados como um leque. A tampa do toca-discos estava aberta, com Nick Cave e os Bad Seeds no prato. Ela juntou tudo com a indiferença doméstica que tinha planejado adequar à sua personalidade, e caminhou daquele cenário para o jardim, pronta para avisar Penélope que a porta da frente estava com o trinco.

"Maravilha", disse Penélope assim que entrou no corredor com um olhar de relance para o alto. Ela subiu as escadas de dois em dois degraus, ofegando nos últimos. Harriet observou, pensando que de um em um teria sido mais adequado à sua situação.

Penélope a seguiu para o estúdio, jogou seu chapéu no sofá e passou as duas mãos em seu cabelo penteado para trás. Penélope era miúda, peito achatado e rosto reto. Mas tinha uma pequena pálpebra caída nos olhos, boca firme e um modo de andar definido. Ao todo, sua presença era formidável, como se ela tivesse passado a vida inteira lutando pelos holofotes, para sempre ignorada pelos altos e bonitos. Condenada aos bastidores, ela havia aprendido a tirar o máximo da obscuridade, adotando um lado vigarista, com uma determinação implacável e eficiência impressionante, e se fez indispensável no cenário artístico local sem sombra de dúvidas, similar aos seus super predecessores. Penélope veio de um parentesco simples e organizado da parte leste de Londres, sendo adotada por razões de saúde por uma tia por parte de mãe e cresceu em Melbourne. A tia conseguiu livrá-la de seu sotaque, mas não da asma ou da atitude. Mesmo sem Harriet ser covarde, ela poderia ter se acovardado em sua presença se não fosse sua amiga mais próxima.

Penélope estava na classe de Harriet no Ensino Médio. Estudaram as mesmas matérias e tornaram-se melhores amigas na escola, nem os pais de Harriet e nem a tia de Penélope se encantaram com o vínculo. A única vez que Harriet convidou Penélope para ir em sua casa, Claudia Brassington-Smythe chamou Harriet de lado e lhe perguntou por que estava se juntando a uma plebeia. Harriet ouviu por acaso a tia de Penélope dizer praticamente o mesmo quando foi à sua casa, apenas ao contrário. "Aquela ali se acha. Você faria melhor ao se misturar com os do seu tipo". Em vez disso, a ligação delas se fortaleceu. Indo contra os desejos de suas respectivas famílias, cada uma garantiu um lugar em história da arte na Universidade de Melbourne, e suas vidas se entrelaçaram desde então.

Penélope estava no centro da sala, apenas há 30 centímetros do *The Firstborn is Dead.* Harriet estava para salvar o disco dos pés de sua amiga distraída, quando Penélope disse sem demora: "Você terminou o Klee?"

"Chá?" Disse Harriet, desejando que Penélope se sentasse.

"O Klee, querida."

Dando-se conta de que ela não estava com um humor sociável, Harriet pegou atrás do sofá uma tela.

"Ah, soberbo", disse Penélope, dando um relance breve, mas avaliador na obra antes de complementar: "Você consegue acabar um Matisse até quinta-feira que vem?"

"Claro, mas..."

"Não tem mas. O comprador é inexperiente. Não sabe dizer a diferença entre um Cezanne e um Mondrian."

Ela foi até à pintura no cavalete, deu um passo para trás, inclinando a cabeça de lado. "Você se superou nesse", disse ela olhando fixamente por um pouco mais de tempo. "Você pensou mais sobre o Klimt?"

"Muito detalhista."

"Imaginei. Vou negociar um Hirschfeld-Mack. Algo dourado, porém." Ela olhou de volta para o cavalete. "Aquele não vai vender. Precisa de um rosto humano, meu amor."

Harriet parou, e então riu. "Ou uma cadeira."

E assim foi. Penélope ficou com 30% das vendas. Fizeram bons negócios e nenhuma delas se sentiu prejudicada. Sua obra poderia ser ingênua ainda que Harriet não fosse amadora. Ela não apenas tinha frequentado as aulas de arte em todos os seus anos na universidade, mas durante o mestrado havia conseguido aulas particulares de um aluno sem dinheiro do doutorado em belas-artes. Ela ia ao apartamento dele no Carlton depois de sua aula de quarta-feira, e passava uma hora ou duas, algumas vezes mais, adquirindo os métodos do ofício. Seu nome era Fritz.

A noite que se conheceram foi predestinada, disso ela tinha certeza. Pois foi com muita apreensão que ela pegou o bonde número 96 para a rua Kilda. Bauhaus tocava no salão Crystal, não era seu tipo de evento, mas ela estava curiosa para ouvir a banda ao vivo, tendo achado a música deles propícia à produção de Kandinsky e obras inspiradas por Klee. Era uma noite abafada de outubro e ela estava aborrecida que Penélope tinha escolhido ficar em casa. Não queria enfrentar o ar, disse ela, caso desencadeasse sua asma, mas Harriet suspeitou do contrário, suspeita confirmada quando desceu do bonde na rua Fitzroy e entrou na rua Kilda na chuva e teve que contornar dois bêbados semiconscientes encostados na fachada do Hotel Seaview, antes de enfrentar uma confusão de góticos sob o pórtico. As amolações de Penélope; a primeira trouxe à memória seu pai, a última, sua zombaria. Góticos, para Penélope, eram uma pretenciosa perversão do bom gosto.

Harriet compadeceu-se com os preconceitos de Penélope. Cabelo como o da cantora Siouxsie Sioux, o couro, o preto, a teatralidade das vestimentas, o visual no geral poderia ter um apelo vaudeville se apenas os usuários não se levassem tão a sério. Ela entrou por trás e subiu as escadas, perfeitamente ciente de seu próprio vestuário: um suéter preto grande de gola em V, uma minissaia de cetim vermelha, meias pretas não desfiadas e botas pixie com acabamento de pelo. O kajal sobre seus olhos, a maquiagem pálida, o batom avermelhado, os sedosos cachos negros de seu cabelo e os não iniciados poderiam supor que ela fosse uma versão conservadora dos que se apressam à sua frente. Mas ela sabia e os góticos também, que não pertenciam ao mesmo show.

O ar abafado do salão Crystal a alcançou enquanto ela entrava. Apesar de seu tamanho e pé-direito alto, o fedor de suor, os casacos úmidos e sujos, e a fumaça de cigarro, pareciam não ter lugar para ir. O imenso lustre que dava seu nome ao local, estava perdido na névoa, seu indistinto cristal sem brilho.

Enquanto a atração anterior tocava, ela ficou na fila da multidão no bar. Ela então encontrou um lugar longe dos góticos e abaixou sua lata de cerveja em longos e constantes goles. Ela preferia beber vinho, mas não confiava nos rótulos atrás do bar. A cerveja era amarga e gasosa, mas a deixou se sentindo com mais coragem. Ela colocou a lata no parapeito da janela e, mesmo que isso que isso significasse misturar-se com os fanáticos, se espremeu entre a multidão até que de alguma maneira estava voltada para a frente e equidistante das caixas de som. Ela não era fanática, estava ali para venerar, assim como os góticos. Ela nunca se perderia para um bando. Ainda que Bauhaus fosse convincente. Aos 21, ela tinha os sensos totalmente afinados com a música descomplicada, o pulso insistente e a melancolia. Ela compartilhou com a multidão uma expectativa impaciente. Quando o Bauhaus subiu ao palco e Pete Murphy tomou o microfone, sentiu bem dentro dela as guitarras irregulares e os ricos vocais de barítono.

No entanto não era sua simplicidade, sua dança frenética, a forma que ele dominava o palco ou a sofisticação de sua voz que a fascinou. Nem foi a vivacidade da música taciturna passando por cada célula dela.

No começo ela pensou que era a iluminação, mas as cores eram muito elaboradas e muito precisamente ligadas à música. Além disso, Bauhaus nunca estaria iluminado de rosa. Dez compassos depois, ela percebeu que não apenas ouvia "*Bela Lugosi's Dead*", ela via a música, cada nota, o todo formando um intenso show de luzes caleidoscópicas. Ela ficou de pé, imobilizada, o público balançava e oscilava ao seu redor, recuando para uma bolha amorfa de insignificância.

A música terminou quando alguém cutucou seu braço e o momento se foi. A banda lançou "*Kick in the Eye*" sob aplausos, e Murphy logo pulava das caixas de som. Ainda para ela, trazida de volta à realidade do ordinário, aumentado como foi, a música e as travessuras pareciam banais. De repente, ela quis sair.

Tentou passar pela multidão atrás dela, mas seu caminho estava bloqueado por um homem vestido de maneira simples, cujo olhar não se desviava do palco. Sem interesse de forçar seu caminho pelo bando de góticos que pareciam ter tomado conta do show, ela se espremeu nele. Ele não se moveu nem um pouquinho. Ao final da música, ela fez uma segunda tentativa, mas ele estava indiferente a ela, ou pelo menos parecia. Ela esperou. Então, como se o feedback penetrante no final de "*In the Flat Field*" o sacudisse para uma percepção de que ela estava diante dele, ele a olhou, sorriu, e deu um espacinho do lado.

Ela foi ao bar vazio, exceto por um punk embriagado que se demorou no final, e comprou outra cerveja.

Ela tomou um grande gole, fez uma cara feia e então voltou a ficar no canto mais escuro e mais longe do palco.

Para Kandinsky teria sido Wagner, para ela, Bauhaus. Quando leu sobre a sinestesia de Kandinsky em seus anos da graduação, ficou convencida de que não era verdade. Ele estava alucinado, provavelmente usando alguma coisa ou ele era uma fraude, pois não podia mais ver cores na música de Wagner do que pessoas veem auras. Ela confiava nessa hipótese para informar em sua dissertação final do terceiro ano, uma peça controversa que levantava uma sobrancelha ou duas, na qual argumentava que ele tinha baseado a obra de sua vida em um evento fabricado e sobre esse falso fundamento, ergueu um forçado, quase delirante, conjunto de correspondências entre a pintura e a música.

De pé no canto do salão, cerveja na mão, aquelas hipóteses desabaram e ela se encolheu por dentro. Sabia com a convicção de um renascido de que ela também tinha visto um reino secreto, dividindo com Kandinsky um saber interno Ele esteve certo o tempo todo e a dissertação dela, que a deu uma alta distinção, era uma porcaria.

Depois do show, ela venceu a multidão no andar de baixo e ficou sob o pórtico, protegendo-se da garoa. Seus ouvidos zumbiam. Ela percorreu com o canto do olho os góticos se aglomerando - barulhentos e bêbados - e o desprezo que sentia no salão de baile foi substituído por inquietação. Na muvuca, percebeu o homem vestido com simplicidade que estava de pé atrás dela na plateia e que bloqueou seu caminho. Ele estava indo para a parada do bonde. Ela passou pelos outros até ficar ao lado dele, e juntos cruzaram para o centro da rua.

Do outro lado da parada do bonde, começava uma discussão entre um punk de cabelo espetado e um brutamontes atarracado, alguns outros debochavam deles. Harriet olhou para seu aliado escolhido, olhando para cima para capturar sua encarada.

"Oi", disse ela. "Sou a Harriet."

"Fritz."

Ele era loiro, com traços angulares, olhos azuis e inteligentes abaixo de uma testa alta, emprestando a ele uma aparência séria, ainda que não desinteressante. Pela maneira que ele disse seu nome, supôs que ele fosse alemão.

"Você está de férias?" disse ela.

"Sou estudante."

"Curso de verão?"

"Estudante de doutorado."

"Estudante internacional? Você deve ser talentoso."

"Minha mãe é australiana."

"Pai alemão?"

Ele fechou a cara. "Bávaro."

"Alemão então."

"Isso importa?"

Ela achou que ele ficou irritado e colocou a mão no braço dele. "Não pretendia ser rude", disse.

Ele não respondeu e eles ficaram em pé juntos, quietos.

Quando o bonde chegou e abriu as portas, ela se certificou de ficar ao lado dele. Ele se sentou atrás do motorista e ela pegou o assento vazio que ficava em ângulo reto com o dele. Ela lançou o olhar para os outros no bonde e não desfrutou a longa volta para a rua Moor.

Conforme o bonde rangia, sacudia e balançava, ela fez uma nova tentativa de puxar assunto, explicando sem introdução, que estudava história da arte por ordem de seus pais, mas que ela realmente queria seguir as belas-artes. Até o show do Bauhaus, ela tinha mais ou menos concordado com os desejos deles.

"O que mudou?" disse ele com interesse.

"Não tenho certeza. Eu vi a música lá. Digo, vi de verdade."

"Sugiro que você abandone as drogas", disse ele, desviando o olhar.

"Não usei."

"O quê?"

"Drogas. Foi tão real quanto o dia."

Ela seguiu explicando e quando eles chegaram na sua parada na rua Moor, ele lhe ofereceu suas aulas particulares de arte. Ela não sabia até então que aquelas aulas iriam culminar toda vez na cama dele.

Ela ficou de pé na calçada e observou o bonde avançar lentamente, agradecida que a parada de Fritz viria depois da dela e então correu rua abaixo até sua casa. Subindo as escadas, estava contente de que Penélope tinha escolhido ficar aquela noite.

Mais tarde, estava satisfeita por um motivo totalmente diferente pois supôs que se Penélope estivesse com ela no salão Crystal, ela teria que ficar na parte de trás, onde havia mais ar, e havia todas as chances de sua sinestesia não acontecer sem a imersão na multidão.

Com a força da dissertação sobre Kandinsky, sua tutora, Clara Vector, sugeriu que ela considerasse um Mestrado no ano seguinte. Quando explicou em uma instrução na semana seguinte ao show de que queria explorar o impacto que a sinestesia tinha na pura arte abstrata do grande pintor russo, a senhora Vector ficou perplexa com a reviravolta. Harriet não deu explicações, senão que tinha mudado de ideia. Secretamente pensou nisso como uma reparação. E sabia que seria capaz de abordar a questão com muita autenticidade.

Ao completar seu mestrado entre as encomendas de Penélope, ela transmutou sua epifania sinestésica em sua pintura de Kandinsky. Sempre pensou nela como sua obra-prima. Cerca de uma década depois, quando se mudou para Sassafras, pendurou a obra sobre o piano e lá ficou.

De pé em seu tapete Kashan, Harriet retratou a composição que havia vislumbrado alguns momentos antes, uma composição que provocou sua ideia de uma colaboração, uma composição de sua filha, o piano e a pintura. Os três objetos formavam um triângulo, escaleno e obtuso, com seu lado maior descendo por um plano quase vertical, da pintura até o piano, Gigi, o terceiro objeto, no ângulo obtuso. Os dois planos formados pelo piano e a pintura estavam parcialmente contidos no terceiro, Gigi, que consistia em um ponto irregular que incluía pares de pontos menores, os olhos, as orelhas, os seios.

Ao impor um efeito côncavo sobre o todo, ela distorceu a uniformidade, estendendo o perímetro e criando uma convergência no centro. Uma imposição convexa, com o centro espalhado e as beiradas comprimidas. Harriet não sabia ao certo qual preferia.

Juntos, Gigi, o piano e a pintura representavam o todo de sua vida, três significados em um estado de tensão, de dissonância e não havia dúvidas de que Gigi era a força dominante, tomando toda a metade esquerda da composição, destacando-se com suas extremidades além da moldura como se a desafiasse, como se fossem rivais, tema e artista, competindo pelo poder. E Gigi dominava o piano, que permanecia submisso, curvando-se sob sua pose soberba, cabeça erguida, boca definida, olhar distante.

Harriet sentiu-se exausta. Ela atravessou o tapete Kashan com os pés um pouco pesados e sentou-se no sofá de frente para sua coleção de livros de arte, olhando ao longo das lombadas. Percebeu que não poderia esperar que Gigi estivesse tão satisfeita quanto ela com a ideia de uma exibição colaborativa, e parecia ter demorado muito para persuadi-la de suas virtudes. Apesar de Harriet não poder dizer se a teimosia resistente de Gigi era direcionada a ela, ao projeto ou ambos. Achou decepcionante que sua filha ainda era capaz de se comportar como adolescente e estava sobrecarregada com a lembrança do desprezo que Gigi costumava lançar sobre suas preferências. Como se na sugestão o calor subisse de seu peito e ela estivesse sufocada e inquieta.

Gigi devia ter 15 anos no dia em que saiu correndo pela casa para cumprimentar sua melhor amiga, Verônica Hunnacot, na porta de casa. Depois de uma troca de risadinhas e vozes altas, elas foram direto para o quarto de Gigi.

Harriet voltou-se para Rosa e sorriu. Elas tomavam chá depois da aula de piano de Gigi. Rosa ensinava piano a Gigi há anos, assim como havia ensinado Harriet. Naqueles tempos, Harriet a conhecia como senhorita Spears. "Rosa" veio depois. Ela observava a mulher sentada diante dela, toda quadrada e ereta, com sua postura formal acentuada por sua saia tweed verde e sapatilhas, seu cabelo grisalho penteado para trás, cabelo que emoldurava um rosto redondo como uma maçã. Assim como uma maçã, tradicional e graciosa, de bochechas rosadas, sua natureza é a mistura sutil de qualidades delicadas, que combinavam em algo robusto. Era branda em suas maneiras, porém, nem submissa, nem complacente. Ela já tinha descoberto o mundo todo há muito tempo e sabia seu lugar nele. Nada a surpreendia. Ela tomou um gole da xícara de porcelana que Harriet sempre lhe dava, e colocou-a de volta no pires em seu colo.

"Me parece que a criança tem uma aptidão para o jazz."

"Gigi? O que a faz dizer isso?"

"Pura intuição, minha querida. E a maneira dela de abordar Bach."

Ela ergueu o olhar para o teto, para as batidas abafadas, conforme Gigi e Verônica saltitavam no andar de cima.

"Preciso ir, Harriet", disse ela, entregando-lhe sua xícara e pires.

Depois de acompanhar Rosa até à porta, Harriet pensou em preparar falafel pois Verônica Hunnacot era vegetariana. Falafel da embalagem. Harriet não era uma cozinheira que seguia instruções da embalagem. Nem cozinhava seguindo receitas, preferia jogar o que quer que tivesse à mão dentro da panela para cozinhar por várias horas. Ela colocaria para tocar Count Basie para abafar o barulho de cima. Ou talvez Scott Joplin. Música para picar e havia muito para picar.

Quando Gigi e Verônica desceram, Harriet havia passado para Duke Ellington.

Elas deram um pulo pela cortina de contas, com um dos fios se prendendo à presilha do cabelo de Verônica. Ela se desprendeu com um sorriso arrependido. Ela era uma garota bem desenvolvida, típica das mulheres Hunnacots, o top-super-curto que vestia revelava uma cintura fina, ainda que carnuda, que se avolumava sobre a junção de sua calça jeans muito-curta-e-cavada. Era um visual que felizmente Gigi não havia adotado. Apesar de já ser alta para sua idade, a moda adolescente da época raramente se encontrava em torno de sua cintura. Verônica tinha o problema oposto, suas roupas do meio poderiam dar um caimento com modéstia.

Harriet nunca havia sido levada aos Hunnacots. Eles viviam em Gwenneth Crescent e Verônica frequentava a escola de Gigi. Os pais de Verônica eram professores com uma persuasão liberal: do tipo que patrocina uma criança de algum lugar abandonado; do tipo que participa de arrecadações de fundos e de sociedades. Juntos haviam assumido algum cargo em todos os comitês da vila. Foram os Hunnacots que organizaram uma barraquinha para arrecadação de fundos do lado de fora da galeria, num sábado de manhã, quando Penélope organizou para que alguns compradores vissem sua nova coleção. A solicitação para se mudarem encontrou muita resistência, e foi apenas por saber que a filha deles era a melhor amiga da filha dela que conteve a fúria de Harriet.

As garotas voltaram às risadinhas maliciosas. Verônica cutucava o braço de Gigi e cochichava em seu ouvido. No qual Gigi disse: "Podemos ouvir outra coisa?"

"Pensei em tocar jazz", disse Harriet alegremente

"Você só gosta de jazz tradicional."

Era de certa forma verdade, Duke Ellington, Count Basie e Scott Joplin estavam de acordo com os anos 20, mas mais importante, sua música não estimulava sua sinestesia, um estado espiritual que ela achava perturbador e cansativo na cozinha.

"Isso não é tradicional", disse ela, mantendo um tom jovial. "É clássico."

"Só para você." Gigi voltou-se para sua amiga e, usando uma frase que vai além de seus anos, disse: "Pelo menos uma de nós aqui andou com o tempo."

Mais risadas.

Harriet conseguiu conter-se, mas quando Gigi se curvou em direção à sua amiga e disse num sussurro alto: "Ela me faz tocar piano", teve que se esforçar para não estender a mão e lhe dar uma pancada.

O piano havia sido a maior alegria de Emma, a avó de Harriet, um Steinway de mogno polido, presenteado no aniversário de oito anos de Emma. A história da família contava que a pequena Emma pedalava o Ragtime pelos rolos de jazz, até suas pernas doerem pelo esforço. A mãe de Harriet havia aprendido a tocar nele, assim como o irmão mais velho dela e ótimo pianista, o adorável tio Phillip. Era o aniversário de oito anos de Harriet quando o tio Phillip perdeu a sua vida por causa da malária durante um período que esteve no Quênia, e o piano lhe tinha sido presenteado nesse mesmo dia, o que fez com que o instrumento assumisse um significado maior em seu coração. Logo depois, ela se mudou com seus pais para a Cidade do Cabo e nunca mais viu sua avó Emma.

Ela tinha pouca habilidade, mas estimava o instrumento tanto quanto estimava seu tio. E na fria e escura sala de jantar, nos dias quentes de verão na Cidade do Cabo, ela pedalava pelos antigos rolos do piano assim como sua avó fazia, até suas pernas ficarem doloridas.

O sol de inverno mergulhou abaixo da montanha e a sala escureceu. O cair da noite estava a horas de distância, mas logo um fósforo teria que acender o fogo que ela preparou na grelha da lareira no início do dia. Harriet não se moveu. A atmosfera permaneceu tensa, Gigi, sentada ao piano, preguiçosamente pressionando uma tecla aqui e ali. Estridente preguiçosa, Rosa a chamava. E ela permaneceu sentada e pensativa, contudo, parecia promissor. Era com certeza um sinal de que estava começando a levar a proposta a sério.

Harriet descobriu que ela não estava levando a sério, e desistiu. Ela não havia previsto que teriam que trabalhar na escolha de um número. Pelo menos concordaram com 12. Isso deixou 11 números, 11 possibilidades, 11 oportunidades para discordância. Com o humor rebelde de Gigi, num momento passageiro Harriet considerou adiar a decisão até outro dia, um momento logo ofuscado pela suspeita de que um impasse agora faria toda a colaboração falhar. Ela persistiu; sendo que minutos antes, Gigi estava vagueando pelo tapete Kashan, evidência de que havia se agarrado ao projeto.

Gigi fechou a tampa do piano e virou-se para sua mãe. Ela parecia preocupada além de sua idade e Harriet repentinamente sentiu compaixão dela.

"Sete", sugeriu Harriet, esperando trazer alguma vida de volta à discussão.

"Por que sete?"

"Sempre gostei de sete."

"Não podemos basear o trabalho de uma vida em um número que uma de nós por acaso gosta. É leviano."

Gigi estava certa, é claro, mas Harriet não se importou com seu tom desdenhoso. "É um número com muito significado", disse defensivamente. "Pense nas sete cores do arco-íris. Os sete chacras. Os sete planos de emanação. Além disso", adicionou depois de dar uma rápida olhada em seu relógio, "tudo acontece por um motivo, e sete veio à minha mente sete minutos depois das quatro."

Gigi pressionou seus lábios. "Talvez devêssemos esquecer completamente o número."

Com aquilo, Harriet sentiu um forte desejo de jogar uma almofada. O calor subiu e o suor formou uma gota em sua testa. "Mas o número é crucial", disse. "Ele organiza as condições iniciais. Além do mais, temos que concordar em *alguma coisa.* Se não conseguimos administrar um maldito número, então devemos desistir também."

Gigi levantou-se e ia sair da sala, antes de mudar de ideia e parar perto da lareira, no mesmo lugar onde o projétil imaginário de Harriet caiu. Ela se voltou para sua mãe e disse: "Três então."

"Três", repetiu Harriet categoricamente.

"O que tem de errado com três?"

"Detesto três."

"Você não pode detestar um número. É ridículo."

"O que tem de ridículo nisso?"

"É só um *número*."

"É muito religioso e óbvio. Me faz pensar em trindades e trípticos."

Gigi ficou quieta.

"E três nunca deu certo para mim."

"Como você pode dizer isso?"

"Rua Gore, número três, foi um desastre."

Gigi olhou prestes a explodir. "Aquilo não teve nada a ver com o número da casa", disse ela entre os dentes.

"Pode ser que sim", disse Harriet com indignação. "Sete, por outro lado, sempre me trouxe sorte. Rua Moor, número sete, por exemplo: Eu fui feliz ali."

"Você está fazendo isso de novo. Atribuir sua experiência a um número. É egoísmo."

Harriet tinha certeza de que ela iria dizer algo assim, típico dela. "Então como chegamos a um número?" falou rispidamente. "Tiramos do chapéu?"

"Pode ser também."

"Pura sorte?"

"Melhor do que uma correspondência forçada."

Elas ficaram paradas por um momento, perdidas em seus próprios pensamentos. Harriet pegou um lenço do bolso de seu vestido e passou em sua testa. "E o Pitágoras?" disse ela.

"Você quer dizer a progressão de Pitágoras."

"Um se torna três, que se torna sete. Pelo menos sete tem uma sólida dimensão metafísica."

"Se assim você diz."

"É verdade."

"Não, não é. É só um padrão." Ela parou e uma aparência reflexiva surgiu em seu rosto. "No entanto, sua escolha do sete é interessante. Três e sete definem a qualidade de um acorde diatônico." Ela voltou ao piano e sem sentar-se, abriu a tampa e tocou um acorde. "Ouviu isso?" Ela tocou o acorde de novo, e de novo.

"O que devo ouvir?"

"Um sétimo maior."

"Parece um pouco estranho."

"Isso porque é um semitom da tônica, e ainda é a sétima nota, a mais fora da melodia com o temperamento natural. No sentido musical, a sétima é um dispositivo. E acredite em mim, acabará sendo um que você despreza." Ela tocou o acorde de novo e então fechou a tampa e disse: "Isso seria muito mais fácil se escolhêssemos quatro."

"Eu nunca, jamais escolheria quatro."

"Isso é absurdo", disse Gigi para o teto.

"Quatro é um quadrado", disse Harriet toda defensiva, "e um quadrado se transforma numa cruz muito facilmente. Eu me sentiria crucificada."

"Ah, pelo amor de Deus!"

"Então qual é a sua sugestão?"

"Nove."

"Ambiciosa."

Elas ficaram em silêncio. Nove quadros seriam suficientemente fáceis se ela própria se aplicasse, mas nove peças de música pareciam uma tarefa onerosa à luz do estado de espírito piegas de Gigi. Novamente, podia ser apenas o que ela precisava.

"Acho que nove é o intervalo mais belo," disse Gigi com um entusiasmo repentino. "Você pode bemolar ou subir um semitom de um nove e ele ainda será um nove. O mesmo acontece com a quinta, mas não tem o mesmo senso de mistério." Ela sentou-se, abriu a tampa e tocou uma nota, acentuando-a, a nona nota sem dúvida, e Harriet teve que admitir que lhe pareceu bastante agradável.

Não fazia sentido expressar a ideia de que a preferência da

sua filha pelo nove era tingida com o mesmo egoísmo pelo qual havia criticado sua mãe. De que outra maneira alguém escolhe alguma coisa? Todos somos, mesmo os melhores entre nós, em certa medida, egoístas.

"Nove?"

"Muito bem. Nove."

"Está resolvido então."

Gigi caminhou pela sala e quando chegou à porta do corredor, olhou para Harriet e disse com um sorriso demorado: "são três conjuntos de três."

Harriet sucumbiu à uma crescente inquietação. Ela nunca teria considerado isso se Gigi não lhe tivesse chamado a atenção para o fato de que o nove é formado por três conjuntos de três, ampliando o próprio número que tinha rejeitado três vezes. Talvez ela devesse ter estipulado um número primo desde o começo e eliminado o nove dos números ímpares completamente. Ainda que Gigi considerasse nove um belo intervalo, Harriet sentiu que não tinha escolha senão enterrar seus receios.

CAPÍTULO DOIS

TERÇA-FEIRA, 4 DE ABRIL DE 2017 - CASA DE CAMPO FERNLEY

Judith brincava com uma haste de um pincel frouxo e pensou em uma resposta. Descobriu que não sabia o que dizer. Ela passou pelos comentários, pelo Monstro Formado, que iniciou uma discussão alegando conspiração por trás de um grupo terrorista. A Pétala Celeste entra na conversa com uma farpa acusatória sobre os Iluminati. E depois tinha o coitado do Fred Spice, que protestou contra a declaração por ouvir de um grupo heterogêneo de participantes com nomes bizarros que eles poderiam ajudá-lo a se recuperar da lavagem cerebral. Ele não viu o Lawrence Pike? Lawrence Pike! - Aquele evangelista da conspiração, mais conhecido por comparar a explosão! Ela pressionou as teclas procurando o emoji da pilha de cocô, mas pensou melhor. O Monstro Formado continuou com uma lista de links no YouTube para documentários de uma hora, que alegavam revelar a verdade sobre a Agenda 21 envolvendo um plano maluco de exterminar 25% da humanidade antes do próximo colapso financeiro. Algumas carinhas sorridentes de apoiadores e uma série de corações fofinhos cor-de-rosa de um fã subserviente do Monstro Formado ansioso em demonstrar lealdade.

Felizmente, Fumo Enlatado tinha iniciado outra discussão sobre a conspiração das torres gêmeas. Igualmente absurdo e ela podia ter rolado a tela, mas o significado da data chamou sua atenção: Onze de setembro, aniversário do golpe de Pinochet no Chile, dia da celebração do nascimento de Maomé, número de emergência nos Estados Unidos onde o mês vêm antes do dia, e assim foi, e ela ficou paralisada com uma extensa lista de onze de setembros, incluindo cálculos numerológicos dos números dos voos e uma observação surpreendentemente coincidente de que houve novecentos e onze dias entre a queda das torres gêmeas e as bombas de Madrid. Ela se perguntou que tipo de pessoa calcularia isso. Outras observações eram tão improváveis que chegavam a ser ridículas. No entanto, no seu conjunto, a proeminência dos números era impressionante. Os teóricos da conspiração perceberam, deduziram e idealizaram todos aqueles noves e onzes, como se apenas a preponderância fosse significativa. Pura sorte, ou talvez alguém tenha planejado. Planejado com os teóricos da conspiração em mente. Uma teia elaborada de associações, projetada para atrair todos os loucos da conspiração no planeta. Bem, funcionou.

Ela reduziu o tempo vendo se conseguia compilar as especulações por fatos ou invenções, até chegar a um adendo sobre os cincos, Fumo Enlatado apontando para o significado do desenho da estrela de cinco pontas do Pentágono, um desenho que alegou ser baseado num símbolo oculto.

O mesmo símbolo oculto que Milena tinha costurado desajeitadamente na sua bolsa de lona preta. Para ela era um emblema, superficial, mas relevante, moda que definia seus interesses culturais obscuros. Certamente não era nada mais profundo. Milena nunca foi muito profunda.

Ela desligou seu laptop e o deixou no tapete, aborrecida

com sua própria suscetibilidade, lamentando o momento que deixou a tentação influenciá-la e seguiu o link de Beth para o Fórum.

Uma distração para dias deprimentes, disse Beth em seu e-mail. Ela deu uma olhada no horário. Eram quatro horas. Quatro horas no dia quatro do quarto mês. Quatro vezes três são doze. O que não significava nada. Ela espetou os troncos na grelha, vendo como faíscas vermelhas ardentes disparavam e se apagavam ao caírem. Depois foi para o seu estúdio.

O lugar amplo e imperfeitamente quadrado, tinha teto baixo, vigas expostas a aproximadamente um metro de distância e que percorriam o comprimento da parede ligeiramente mais longa. A janela, localizada na parede norte, tinha vista para seu jardim e para as ondulantes colinas mais além, todos campos de terra vermelha arados, muros de pedra, cercas-vivas e árvores altas lançando longas sombras com seus brotos novos da primavera. Tranquila e pitoresca, uma justaposição perfeita ao caos abaixo do peitoril, a sua bancada de trabalho espalhada com uma reconfortante confusão de cadernos, esboços, pinturas, e tubos de lápis e pincéis. Duas pilhas de quadros em vários estágios de conclusão revestiam a parede oposta. Acima, a parede estava coberta de impressos, fotografias e pedaços de papel sujos de rabiscos de ideias. Era seu canto favorito na casa. Ali, só ali, a serenidade amanhecia nela.

Milena raramente entrava no estúdio. Nunca, desde uma manhã desastrosa quando tinha três anos, quando entrou de fininho, sem ser notada, espalhou vários respingos de tinta e danificou várias obras de arte. Foi a única vez que Judith perdeu o controle de seu temperamento e deu um tapa nela.

Ela sentiu uma pontada de arrependimento por aquele tapa.

Ela contemplou a paisagem em seu cavalete, seu trabalho mais minucioso até então, representando os restos de madeira antiga de um eucalipto. Rústico, com tonalidades fissuradas de cinza e trilhas finas de seiva sanguínea, o toco e pedaços do tronco cortado, desolados em um cercado de palhas e fardos de palha apodrecendo até ficarem pretos.

Ela mergulhou a ponta de seu pincel em uma mancha de sépia em seu palato e pincelou a tela na ponta serrilhada de um tronco. Era uma mulher esbelta, vestida como sempre num par de calças manchadas de tinta e uma velha camiseta cinza camuflada. Ela tinha certeza de que dava aos fazendeiros locais a impressão de que havia se tornado uma feminista queimadora de sutiãs, presa nos anos 1970. Nascida e criada na casa de campo Fernley, e ainda a olhavam como uma intrusa. Porém a roupa nasceu do pragmatismo, não da política. Além dos limites daqueles campos, ela nunca seria enganada por um encrenqueiro demagogo ou um ativista empunhando cartazes. Mulheres da classe militante a aterrorizavam. Judith era um tipo. Faltava nela aquela temeridade de espírito tão admirada pela mulher livre, tão desprezada pelos homens distintos. Ela tinha um rosto juvenil e aberto, e aos 40, poucos sinais de envelhecimento haviam alterado suas características delicadas, embora ultimamente poucos sorrisos partiam seus lábios encantadores, e seus, antes vivos, olhos castanhos estavam opacos.

Ela recebeu seu nome da afeição da parturiente de sua mãe por *Jude, o obscuro*. Menino ou menina, não importava. O que importava para a mãe dela era que nenhum filho seu deveria sofrer como Jude sofreu. Ao contrário de seu homônimo, lhe foram dadas oportunidades de educação e a sociedade Exeter, na segunda metade do século XX, aderiu a um quadro moral amplamente livre de censuras religiosas histéricas. A base para uma vida sem a angústia do banimento estava preparada. Judith nunca seria condenada ao ostracismo. E, felizmente, a maior parte de sua vida não se parecia com a de Jude. Por que dar o nome à criança se é tão importante para você que sua descendência leve um tipo de vida totalmente diferente? Contudo, a sua mãe, uma costureira de profissão, era totalmente sem superstição e Judith sabia que nunca lhe tinha ocorrido que ela podia invocar a lembrança. Estranhamente, foi o título do livro que refletiu a existência de Judith. Uma reclusa, determinada a viver a sua vida numa casa de pedra na orla de Dartmoor. E sem Milena, ela vivia a vida de sua homônima literária por completo.

Ela recuou de seu cavalete e deu uma olhada reflexiva, ignorando o ruído na janela, insistente com o som sibilante do vento. Todas as janelas na antiga casa da fazenda eram batentes com múltiplos painéis e um ou outro, senão todos, precisavam de reparo e manutenção, algo que ela faria antes do inverno seguinte se estabelecer. Ela tinha o verão todo à sua frente, todo o tempo no mundo, disse a si mesma, e engoliu com dificuldade o sentimento péssimo, ruim, que espreitou em seu coração.

Ela tentava alcançar um tubo de siena queimada quando viu, de relance, o teto de um carro que se aproximava, fazendo seu caminho entre as cercas-vivas ao leste. Ela escutou. O barulho do motor chegou mais perto. Talvez fosse seu vizinho. Ela esperou.

O barulho do motor desapareceu e o silêncio voltou. Ela apertou uma gota de marrom-avermelhado em sua paleta e olhou além de seu cavalete, para as altas árvores distantes, que faziam silhueta contra um céu cinza-escuro.

CAPÍTULO TRÊS

CORRESPONDÊNCIA

"Imagine só esse lugar cheio de gente", entusiasmou-se Harriet. "Nove pinturas nas paredes e você, bem ali, talvez até em um estrado, performando nove peças musicais. Uma para cada pintura."

"A música então corresponde às pinturas?" Disse Gigi secamente.

"E as pinturas à música."

"Não parece muito original."

Harriet respirou fundo. Gigi vinha criticando o projeto desde que Harriet concebeu a ideia. Elas haviam desperdiçado um mês inteiro, Gigi ainda atolada no rescaldo de seu lamentável relacionamento. Enquanto o verdadeiro Arthur sem dúvidas desperdiçava sua vida, um Arthur psíquico se alojou em Gigi com a tenacidade de uma solitária, em espiral sempre descendente e Harriet se questionava se ela em algum momento chegaria ao fundo.

Elas estavam diante da sala da frente da galeria, a uma curta caminhada da casa e situada na rua principal de Sassafras, encaixada entre uma loja de antiguidades e as Salas de Chá da

Agatha. Harriet vendeu uma ou duas peças dela mesma, mas a galeria servia primariamente como uma ponta de estoque para os achados de leilão para Penélope. A visitação era por agendamento, Harriet realizou uma exposição ocasional e as aberturas nunca foram para a grande plebe.

A dona das Salas de Chá da Agatha e fornecedora dos delicados chás Devonshire, era a Sra. Pargiter, uma mulher corpulenta e de opiniões estridentes, que insistia que se Harriet abrisse suas portas para os transeuntes, seu negócio prosperaria. A Sra. Pargiter quis dizer na verdade que as salas de chá se beneficiariam em ter uma galeria aberta bem ao lado delas. Harriet imaginou a interferência, aquela mulher irritante insistindo em obras de arte com tema Agatha Christie de um jeito ou outro. Trens a vapor em paisagens orientais, talvez.

Sassafras já era exótica o suficiente.

As salas de chá estavam abrigadas numa imitação da casa de campo Tudor, repleta de inclinações e hera, um vislumbre inautêntico que atraía os moradores da cidade excursionistas, cobiçosos de algo que lembrasse a antiga Inglaterra Apesar de ter apenas a mais vaga memória de sua terra natal, Harriet sabia com convicção que as cordilheiras Dandenong - onde as mais altas árvores uma vez cresceram, onde as samambaias floresciam no ar frio e úmido e onde riachos esculpiam seus vales íngremes -, com base nos melhores esforços de dezenas de jardineiros talentosos, se assemelhavam tanto à Inglaterra quanto a Amazônia ao Nilo. Mas além das salas de chá que oprimiam suas sensibilidades, ela não poderia criticar os esforços dos aspirantes à alta burguesia britânica, pois o resultado foi uma mistura excêntrica e charmosa de nativo e exótico, tramazeira e bordo, samambaia e rododendro, o centro do jardim oposto à galeria supria as aspirações florais do local.

A galeria, ao contrário de todos os outros negócios na vila, tinha a fachada simples, telhado plano e comum em todos os aspectos. A janela mostra tanto um quanto o outro lado da porta de entrada, consistindo em dois cenários sem cor apoiados em telas brancas de folheados de madeira que não davam aos transeuntes nenhuma indicação das obras vibrantes no interior e não convidavam a nenhuma investigação.

O espaço acima das telas permitia uma agradável vista da rua. Os bordos floresciam para a vida com um verde viçoso. Nuvens pesadas ameaçavam com chuva. Um jovem com camisa de manga curta e shorts listrados passou por um casal de idosos, que usavam chapéus e cachecóis e passeavam em direção às salas de chá, e um grupo de mulheres circulava em frente à loja de quinquilharias em frente. Harriet saiu da janela. "Chá?", disse ela para Gigi, que estava de pé na entrada para o quarto de trás, olhando fixamente para o nada, sem expressão.

"Preciso entrar".

"Para quê?" Afinal, Gigi não havia feito nada senão vaguear desde que entrou na galeria, como se tivesse o hábito de fazer isso todos os dias desde seu retorno.

Harriet olhou em volta, procurando uma pintura para endireitar.

A sala principal tinha um bom tamanho para uma coleção pequena; retangular, com o assoalho polido e paredes brancas foscas. A sala escureceu e Harriet estava para acender a luz quando o sol brilhou por entre as árvores do outro lado da rua, com seus raios alcançando e reluzindo no assoalho. Ela quase disse: "Aí está você", como se o próprio tempo sugerisse uma resolução positiva, mas reteve-se, sabendo que Gigi iria descartar a observação como sendo uma conversa fiada.

Oposta à porta da frente estava uma lareira aberta, com a chaminé obstruída, a grelha contendo um arranjo decorativo inalterado desde que Harriet comprou a loja com sua herança anos antes, e depositou na grelha todas as pinhas que Gigi tinha pintado com tinta dourada como parte de suas atividades de Natal na escola.

Harriet usou a parede de trás, incluindo o peitoril da chaminé, para pendurar suas obras. As primeiras peças que os espectadores viam quando entravam na galeria eram dela, mas eram ofuscadas pelos achados de Penélope, que ornamentavam as telas e as duas paredes laterais.

Atualmente Harriet tinha cinco peças na parede de trás, todas com uma complexidade maior do que sua Homenagem a Kandinsky, que estava pendurada sobre o piano em sua casa. Essa era sua série Wessex, obras em essência que retratavam sob hectares de céu uma paisagem ondulada, verde e amarelo ocre, repleta de cercas-vivas e cabanas, enseadas e penhascos, reproduzidas em um estilo que lembra Matisse atenuado. E se ela os tivesse deixado bem sozinhos, poderiam ter vendido, mas sua obsessão pela abstração tinha se dobrado, torcido e refinado, até haver pouco sentido em uma paisagem tradicional. Ela achava as obras inspiradas quando pintou no ano anterior, mas no momento que Penélope as viu, disse: "Elas serão difíceis de transferir". E ela estava certa. Ninguém se interessou nem um pouco e Harriet estava decidida a pintar sobre as telas.

As descobertas de Penélope pareciam coerentes: uma coleção de obras modernistas do início do século XX, obras menores de artistas conhecidos, mas não famosos, e uma ou duas peças obscuras que tinham atraído a atenção de Penélope em um leilão. Elas não ficariam penduradas ali por muito tempo.

"Vamos tomar chá", disse Harriet com firmeza e foi para a porta dos fundos, acendendo as luzes no seu caminho pois a sala novamente tinha escurecido.

Ela chegou na cozinha e ia pegar a chaleira, quando houve uma batida na porta da frente. Ela correu para atender, percebendo Gigi ociosa num canto da sala.

Rosa se protegia debaixo da estreita cobertura da porta, balançando e fechando sua sombrinha. Harriet, com sua mente indo rapidamente para a roupa que havia deixado para secar naquele que tinha sido um belo dia de primavera, se afastou quando Rosa entrou na sala.

"Que agradável surpresa."

"Vi a luz acesa Harriet, e pensei em dar uma passada. Boa tarde, Gigi."

"Olá Srta. Spears."

Gigi levantou um sorriso, mas seu olhar grosseiro não se levantou junto. Ela mudou como se fosse ver uma pintura.

Rosa, que nunca perdia tais momentos, foi rápida em responder com: "espero que eu não esteja interrompendo". Então, dirigindo-se a Harriet, tomou conta da situação com: "Eu estava intrigada para ver sua série Wessex. É ela que vou levar". Ela continuou e estudou a pintura mais próxima da porta dos fundos da sala. Gigi contornou a sala em direção às telas. Harriet esperou, sem interesse em atrapalhar a contemplação de Rosa enquanto caminhava acompanhando a parede, apesar de duvidar que a querida velhinha fizesse uma compra. Mas nunca se poderia dizer tais assuntos e ela percebeu que sua respiração estava superficial em antecipação.

Quando chegou ao último da série, Rosa disse: "Harriet, você já considerou que essas obras podem ir bem na Grã-Bretanha?"

"Na verdade, não consigo imaginar isso."

"Por que não?"

"Não acho que os britânicos se importariam com Dorset retratado dessa maneira."

"Bobagem."

Harriet se sentiu desconfortável. Não era como se Rosa tivesse um interesse pela sua arte.

"Não as vejo de modo algum como Dorset", disse Gigi.

"Elas são uma interpretação de uma interpretação, uma impressão de uma impressão. É assim que devem ser vistas. Não como representações de Wessex de Thomas Hardy."

Harriet olhou para ela com surpresa. Ficou comovida ao ouvir sua filha falar de maneira grata e perceptiva. De novo, Gigi sempre foi astuta. Ela tinha estado a par das conversas de Harriet com suas duas amigas a vida toda, leu *O Mundo de Sofia* quando tinha dez anos e, em seu primeiro ano do Ensino Médio, escreveu uma dissertação excepcional sobre estética, se envolvendo com um pouco de Schopenhauer e Kierkegaard. O interesse dela culminou anos depois, com uma percepção única de explicações metafísicas rejeitadas no universo em favor de um tipo de misticismo filosófico. Para isso, mãe e filha raramente concordavam.

Rosa parecia insatisfeita com o comentário de Gigi, mas não prosseguiu. "Estou particularmente tomada por esse aqui", disse ela, apontando para a peça *Eustacia*, sua obra mais obscura de todas. Era uma interpretação de Dorset Downs como nenhuma outra. Até mesmo Harriet achou excessiva sua aplicação dos princípios da abstração e a ênfase em cor e forma, com árvores tornando-se triângulos alongados com pelos, o Downs representado por uma série modular de blocos quadrados e a peça resultante, rica em verde limão e azul escuro, apresentava um trapezoide preto impressionante, com duas formas romboides de águas-marinhas translúcidas, que viram para um ponto de fuga no canto superior direito da tela.

"O que você perguntou Harriet?"

Ela disfarçou seu espanto. Rosa expressou toda a decisão de um propósito especial.

"Rosa, eu..."

"O preço total, por favor. Sem favores."

"Mas estou..."

"Filha, esse trabalho é o símbolo de um momento de

extrema importância, uma ocasião que desejo marcar e não consigo pensar num modo melhor para fazer isso". Ela apontou para a pintura.

Harriet não falou.

"Se você quer saber", disse Rosa com certo triunfo, apesar de nem Harriet ou Gigi terem perguntado, "logo irei para aquela parte do mundo."

Gigi, que estava apoiada contra a porta da rua, deu um repentino passo à frente.

"Quando? Para quê?"

"Em janeiro. E tem muita preparação a ser feita. Devo participar da conferência anual da Sociedade Teosófica."

"Fascinante", murmurou Gigi.

"Mais do que isso", disse Rosa abruptamente. "Compreensivelmente, estamos preocupados com a paz mundial. Haverá um palestrante convidado das Nações Unidas. E Bournemouth é uma boa cidade antiga, ouvi dizer."

Gigi abriu a boca como se fosse falar e então a fechou novamente antes de cair onde estava, murchando como um triste balão canudo que passou pela festa de aniversário de uma criança de seis anos.

"O que foi querida?" Perguntou Rosa, dirigindo-se a Harriet.

"Ah, nada."

Aparentemente satisfeita, ou talvez indiferente, Rosa disse: "Preço?"

"Quinhentos. Mas posso vendê-lo para você por..."

"Fechado."

"Rosa, realmente..."

"Harriet, não quero ouvir mais uma palavra."

"Gigi, você vai...?"

Ela tentou chamar a atenção de Gigi, mas o seu olhar

prendeu-se às costas de Rosa. Mas ela deu um pequeno aceno de cabeça e foi buscar o quadro.

Harriet levou Rosa para a sala dos fundos, onde uma mesinha foi posicionada numa parede próxima. Enquanto Gigi se aproximava com o quadro, Harriet prendeu a respiração. Impassível, Gigi encostou o quadro contra a mesa e voltou para a sala principal. Um silêncio pairou enquanto Harriet preparava o embrulho e Rosa preenchia o cheque.

Transação completa, Rosa deixou a galeria com um olhar de tremenda satisfação. No momento em que a porta se fechou atrás dela, Gigi marchou para a sala dos fundos e disse de forma acusadora. "Bournemouth?"

Harriet sabia o que viria. Ela tinha considerado retirar a série Wessex quando Gigi retornou, antes da oportunidade de vê-la. Mas isso teria deixado uma parede vazia pois não tinha nada que valesse a pena pendurar em seu lugar. O que significava que dias antes, quando Gigi viu as obras pela primeira vez, ficou na frente de uma e depois da outra, olhando para cada uma por um longo tempo e depois de ver todas, se virou e disse: "O que você não me contou?"

"Não tenho ideia do que você quer dizer."

"Wessex!"

Não era como dela gritar.

"Me senti inspirada", disse Harriet, fingindo uma indiferença ocasional. O calor subiu-lhe do peito e ela reprimiu um impulso para retirar seu casaco.

"Você foi lá?"

"Não seja insensata."

Sempre o mesmo antagonismo suspeito. Gigi questionava Harriet sobre o paradeiro do seu pai desde os sete anos de idade, quando elas fugiram para Sassafras. "Onde está o papai?" tornou-se o abertamente hostil: "Por que você não me conta?" quando Gigi era adolescente. Harriet recusava-se a oferecer uma explicação. "É muito doloroso lembrar", dizia ela e mudava de assunto.

Harriet começou a suspeitar que a volta para casa de Gigi tinha mais a ver com provocar a sua mãe com o passado do que com uma oportunidade de cuidar do seu coração ferido. Como se Gigi usasse a separação com Arthur como desculpa, parte de uma artimanha para descobrir questões que enterradas ficariam melhor, questões que Harriet tinha prometido nunca ressuscitar. Pois quem em sã consciência tentaria pegar e comer um pêssego podre, há muito jogado fora, um pêssego comido por dentro pelos vermes de seu interior?

Ela guardou na gaveta da mesinha o papel, a fita adesiva e a tesoura que tinha usado para embrulhar a pintura de Rosa e sua mente tentava dar sentido à situação. Rosa foi para Bournemouth e a sincronicidade não poderia ter sido mais infeliz. O que isso podia pressagiar? Ela se assegurou de que provavelmente a interseção de suas pinturas de Wessex e a viagem de Rosa prenunciavam questões artísticas e imaginou vender toda a série, talvez até receber uma comissão pela força de seu mérito. Sim, as implicações provavelmente não tinham nada a ver com Gigi, que tinha simplesmente tirado conclusões precipitadas. Ela vasculhou a gaveta sem ter ideia do que esperava encontrar.

O último interrogatório de Gigi começou no dia seguinte à escolha do número nove para a colaboração delas. Harriet sabia que era a menção da rua Gore, do número três, que havia desencadeado a exploração de Gigi. Elas foram para a galeria, entraram pelo pátio de trás para colocar algumas compras do mercado na cozinha a caminho da sala dos fundos, onde as paredes brancas foscas exibiam uma variedade dos menores achados de Penélope. A sala não tinha janelas e a única luz natural passava através de uma travessa por cima da porta para a sala principal, que Harriet manteve trancada. Gigi ocupou o pequeno sofá de encosto firme posicionado no centro da sala, e empurrava suas cutículas para trás. Harriet andou perto da mesinha tentando não olhar.

Gigi mal havia pronunciado uma palavra durante as compras na mercearia em Olinda, o que deixou Harriet com a esperança de não encontrar alguém da família Pargiter ou da Hunnacot, pois sua carga demonstrava sua angústia como um distintivo, e isso era algo que Harriet não desejava ver, sentindo os supostos boatos que viriam em seguida. Ainda assim, sentada ali num frenesi de mutilação da cutícula, ela parecia relutante em dar voz às suas preocupações.

Harriet se perguntava por que não voltou para casa quando disse: "Você nunca fala dele."

"Quem?"

"Você sabe muito bem."

"O que você quer saber?"

"Tudo. Qualquer coisa. Não sei nada sobre ele."

"Você sabe. Você sabe a aparência dele."

"Isso dificilmente é o suficiente."

"Você vai fazer seus dedos sangrarem."

"Não é de admirar? Sinto como se não conhecesse metade de mim."

Harriet olhou para o relógio. Às dez horas Penélope devia recolher um tríptico de bétulas prateadas pendurado na parede mais afastada. Pintadas por um artista desconhecido em guache, preto sobre fundo branco, com o mínimo de sombreado cinzento, as peças foram habilmente trabalhadas. O artista obviamente tinha talento, mas as obras não eram do gosto de Harriet. Ideal, Penélope diria, para um hall de entrada ou uma pequena sala de estudos, e tinha encontrado um lugar assim no Fitzsimmons. Harriet levou uma das peças para embrulhar na mesinha, contente pelas obras irem embora e ao mesmo tempo satisfeita por, em menos de uma hora, Penélope aparecer e interromper a conversa, pois não queria aguentar mais de uma hora nos acontecimentos que se passaram quando ela tinha aproximadamente a idade de Gigi. No entanto, ela sabia que Gigi tinha chegado a uma idade em que não seria mais possível enrolar. "Tudo bem", disse ela suavemente, "vou descrever como nos conhecemos."

Os negócios com Penélope prosperavam, a série de Harriet em homenagem a Matisse com especial popularidade entre os yuppies de pretensões artísticas. Foi em meados dos anos 80, era do consumo conspícuo e da representação de Harriet de uma Caravan em cores vibrantes de textura escovada, feita em estilo neo-expressionista, foi também muito favorecida.

Penélope descobria seus clientes em festas ao ar livre, aberturas de galerias, conferências, noites em clubes populares, festas de aniversários, casamentos e ocasionalmente, até em funerais. Ela se aproximava com uma afronta sobre os preços escandalosos dos nomes conhecidos, nomes *europeus* conhecidos, acendendo uma rápida reação a tudo que não era australiano. Ela explicava rapidamente, tendo o interesse completo deles, de que ela mesma era negociante de arte; que era de fato uma campeã dos mais desfavorecidos, dos pouco conhecidos, mas incrivelmente talentosos, que de fato era uma feminista que apoiava as esforçadas mulheres artistas. Ou ela seduziria apostadores com sua vinheta bem ensaiada de Séraphine Louis, uma empregada que pintava à luz de velas até ser descoberta por um colecionador de artes alemão. Penélope omitia sua aparente psicose e seu fim em um asilo, insistindo em vez disso, que ela fez uma descoberta similar e eles deveriam realmente considerar as obras de Harriet Brassington, sabiamente abandonando o Smythe. Ao ponto de pegar no bolso do peito em seu casaco, várias fotos de obras vendidas. Sendo pouco conhecida, é claro que as obras da Srta.

Brassington eram acessíveis e ela nunca deixava o apostador ir até que tivesse seu número e não o contrário.

Numa noite fresca de outubro, Harriet observou Penélope em ação numa cerimônia particular em Maryvale. Harriet estava sentada no bar, dando alguns goles no daiquiri que sua amiga havia oferecido e observava seus gestos em um longo espelho que se espalhava pelo comprimento do fundo do bar. Alguns momentos depois, seu olhar desviou-se para um jovem estranho que apareceu como se viesse de lugar algum e olhava fixamente para o reflexo dela. Ele tinha forma comum, com um rosto largo e franco sob uma camada de um cabelo grosso preto. Os cantos de sua boca estavam voltados para cima. Ele exibia um charme magnífico em seu terno preto, camisa branca e gravata, roupas que realçavam seus olhos extremamente lascivos.

Até então, suas ligações com Fritz tinham ficado monótonas, o caso deles um pouco mais do que casual apesar de talvez significar mais para ele, mas ele nunca falou de como se sentia. Ela encarou o homem misterioso no bar e sorriu. A "*Passion Dance*" de McCoy Tyner tocava, e o desejo fez seu caminho, desde sua barriga até a garganta, como uma cobra.

Penélope estragou o momento, cutucando seu braço com um grande sorriso. Ela inclinou-se para Harriet e sussurrou: "Um Munch até domingo", e Harriet a observou sair dali. Quando olhou para trás, o homem havia ido embora. Ela ficou decepcionada por não ter visto o cartão de visitas dele sobre o balcão.

"McCoy Tyner?" Disse Gigi. "Isso é incrível. Ele é um dos meus favoritos pianistas de jazz."

A fascinação atenta de Gigi era desconcertante e Harriet se esforçou para pensar em maneiras de editar o passado e deixar Gigi com uma lembrança da verdade, mesmo com uma voz nela insistindo que não faria mal contar uma história que deveria ser contada, que implorava para ser contada. Não é direito de um filho saber quem são seus pais? Além disso, poderia ajudar Gigi sair de sua confusão.

Harriet protegeu a primeira obra de arte em plástico bolha antes de colocá-la numa capa de papelão. Inclinou a embalagem contra a parede ao seu lado e então foi pegar a segunda obra de arte, colocando-a sobre a mesa, com a frente voltada para cima. O negro absoluto da bétula prateada saltou a ela.

"Você ligou para ele, é tão óbvio."

Harriet hesitou. Sim, ela ligou, e eles haviam se encontrado na Evelyn, na rua Brunswick. Na verdade, ela o levou de volta ao seu apartamento e direto para seu quarto apertado, e na luz suave da lua crescente que era filtrada pela cortina vermelha de chifon, ela o devorou. Dali em diante, aquelas primeiras semanas foram um frenesi hedonístico de fazer amor. Ela se sentiu pervertida na lembrança e censurou a narrativa adequadamente.

Disse a sua filha que inicialmente não sabia muito sobre ele. Sua atenção e a dele, estavam exclusivamente nela. Seu corpo, pensou ela. Sua arte, disse ela. Ele era alemão, como seu instrutor de arte, Fritz. Ele tinha uma maneira taciturna como se um pensamento significativo tivesse acabado de lhe ocorrer e que exigia contemplação, o que ela achou ser evidência de sua herança cultural, uma vez que Fritz era apto também à reflexão. Cuidadoso, exigente, ponderado, conversou com ela com o forte sotaque de Munique, Bauhaus e da vila onde Kandinsky viveu, e era como se o próprio Kandinsky estivesse com ela em seu quarto.

Não até Penélope chegar algumas semanas depois que ela apareceu de seu ninho-de-amor. Ralf estava no banho quando sua amiga bateu à porta.

"Eu vim para o Munch", disse ela, com seus olhos estreitando-se à vista da pintura semifinalizada no cavalete.

"Penélope", disse Harriet se desculpando.

"E para avisar você. Parece que cheguei muito tarde."

Penélope empurrou para o lado o casaco de Ralf e sentou-se no sofá.

Harriet rodeou por um momento, desequilibrada pela irritação mal contida de Penélope e então lhe ofereceu chá, num gesto de conciliação.

"Chá?! Não tenho tempo para chá! Você consegue finalizar o Munch até quarta-feira? Isso é o máximo que consigo fazer o cliente esperar". Seu tom foi atipicamente rude, quase ameaçador, como se transformasse diante do conhecimento súbito de que Harriet a estava abandonando com seus antepassados insignificantes. A mente de Harriet voltou-se para Ralf no banho e esperava que ele ficasse lá.

"Claro", foi tudo que ela conseguiu pensar em dizer.

"Claro?"

"Eu vou."

"Aliás, ele é um aproveitador."

"Você não sabe", disse Harriet, instantaneamente defensiva.

"Sei que ele não é para você."

"Como você pode dizer isso? Além do mais, você está errada. Acho que somos compatíveis. Temos o mesmo interesse em Bauhaus e Kandinsky."

"Ele tem uma reputação."

"Todo mundo tem uma reputação."

"O tipo de reputação de Ralf Schmid não é se deixar de lado", disse Penélope enfaticamente. "Você sabia que ele conhece Fritz?"

"Sim", mentiu ela.

"Eles são da mesma cidade. Você devia conversar com Fritz."

Como se ela fosse fazer isso?! "Acho que você devia cuidar da sua vida", disse ela. "Ele parece adorável e isso serve para mim."

"Você quem sabe."

Com isso Penélope levantou-se e saiu.

Harriet parou, sem saber para onde levar a conversa a seguir.

"Você conversou com o Fritz?" Gigi perguntou. Ela se arrastou para a beira do sofá e sentou-se com cada mão em uma coxa. Havia uma medida de impaciência nela e uma atenção persistente que fez Harriet ficar cautelosa.

"Fritz? Não. Bem, sim", disse ela, o que mal foi uma resposta coerente.

Determinada a não parecer aflita e desconfortável pelo brilho em seu pescoço, bochechas e testa, ela disse a Gigi como havia encontrado Fritz para almoçar no Mario, recém-aberto na rua Brunswick, e quase na esquina de sua casa. Ele havia terminado seu doutorado em artes visuais e agora dava aulas, e ele queria encontrá-la próximo ao seu campus, na margem sul do rio Yarra, mas ela não queria nem ouvir falar disso. Ao invés, ela insistiu que ele pegasse o bonde para Fitzroy para absorver o cenário: azulejos, cromados, vidros reluzentes, paredes cobertas de pôsteres de bandas e dois homens bigodudos e barrigudos vestidos de preto que serviam o melhor expresso do hemisfério sul.

Ele nunca se encontrou com ela como um amante rejeitado, mas ela podia dizer que ele ficou desapontado quando prometeu lealdade a Ralf. Ela procurou sua mão na pequena mesa quadrada e ele a tirou, encostando-se em sua cadeira, mas foi imediatamente forçado se amontoar para perto quando uma mulher corpulenta se sentou atrás dele. A irritação apareceu em seu rosto, mas sua reserva natural e a amizade deles prevaleceu.

Mas ela não conseguia acreditar nele quando lhe disse que

não ligava para seu novo namorado. Quando ele a avisou que Ralf tinha uma certa reputação quando estava em Munique, ela assumiu que eram suas mágoas falando. Que reputação? Do quê? Mas a insistência dela encontrou reticência e ele não disse mais nada.

"Era fofoca, eu acho. Só fofoca e nem um pouco de verdade nisso."

"Então você não prestou muita atenção."

"Claro que não. Nem nele e nem em Penélope." Harriet olhou para sua filha. Ela já estava em terreno complicado. "Penélope não é um tipo suspeito", disse ela, conduzindo a história um pouco para trás. "Ela viu que minha paixão estava interferindo nos negócios. Até onde eu podia dizer, os negócios eram sua preocupação principal, e não o meu bem-estar."

Ela colocou o segundo quadro ao lado do primeiro, e então foi, e colocou o terceiro na mesa. Seus pensamentos foram levados de volta à rua Gore. Era uma casa deprimente de tijolo marrom-avermelhado e, diferente do resto das casas no final da rua reta, sem os arcos arredondados da varanda e com uma sacada em cima, uma sacada sombreada embaixo de sua própria cobertura e aparada por um corrimão enfeitado. Em vez disso, uma varanda de ferro falso sombreava a porta da frente e apenas uma janela dupla, desalinhada na fachada. As janelas do andar de cima estavam expostas aos elementos. A casa era voltada para o oeste e por um momento à tarde, a luz do sol deixava o quarto de cima um forno seco, encontrando por fim, seu caminho pela pequena janela do andar debaixo para aquecer o quarto da frente também, revelando o papel de parede manchado onde o inquilino anterior talvez tenha derrubado uma cerveja. Os rodapés tinham uma deterioração seca e a cozinha nos fundos era pequena, escura e úmida.

Gigi tinha ouvido o conto da rua Gore muitas vezes, e cada vez que ouviu não se interessou nem um pouco. Harriet andava de quarto em quarto em sua mente, detalhando as falhas nas minúcias. Gigi geralmente se levantava e a deixava antes de Harriet voltar a si, percebendo com uma leve contrição, que deu a impressão de que sua única razão por deixar a rua Gore foi a casa em si, e não o fim do relacionamento dos habitantes. Dessa vez, em consideração com a necessidade óbvia de Gigi e cerca de meia hora antes da chegada de Penélope à galeria, ela se aplicou na tarefa em mãos e trouxe à luz uma memória há muito enterrada.

Três meses se passaram desde que Harriet encontrou o olhar do homem enigmático no bar. Três meses de aconchego nos limites do ventre do seu quarto. A presença de Ralf a invadiu, mal deixando algum tempo para pintar, ou para a crescente consternação de Penélope. Naqueles três meses ela nunca ficou em sua casa na rua Gore. Algumas vezes mencionava um interesse e a resposta dele era sempre "mas aqui é perfeito. Tão intimista, tão particular."

Então, um dia Ralf a telefonou para dizer que a pessoa com quem dividia a casa havia se mudado e se ela gostaria de ficar com aquele quarto, seu modo tão superficial que ela não tinha ideia de como responder. Ela tinha que considerar sua independência, sua vida na rua Moor. Por outro lado, ela teve que dividir o banheiro com o astuto Frank Como, que havia ocupado o quarto dos fundos no mês anterior, e no quarto da frente, Bella Lotta, uma dançarina que dormia a manhã toda e ocupava o banheiro metade da tarde. Sempre que ela encontrava Harriet no corredor, só dizia: "Como vai?" antes de mergulhar numa nuvem de chiffon e perfume. Ralf ofereceu então para Harriet usar o quarto da frente de sua casa na rua Gore como estúdio, e ela disse sim sem hesitação.

Ela se mudou duas semanas depois, sem ter dificuldades em encontrar um inquilino para substituir seus quartos da rua

Moor. Eles eram baratos e grandes, com bastante luz natural, no centro da extremidade badalada de Fitzroy.

Ela não tinha ideia de que a paixão que ferveu naqueles poucos meses esfriaria na soleira da rua Gore.

Ralf estava muito ocupado com seus estudos de doutorado para ajudá-la no dia de sua mudança. Conforme combinado, ele deixou a chave debaixo de um vaso vazio e solitário de terracota, posicionado debaixo da janela na faixa estreita de concreto que servia como um jardim frontal.

Penélope estava furiosa com a ausência dele. Ela reclamava, enquanto subia as escadas, lidando com uma mala, que mudar de casa era demais para sua asma. Como se fosse para reforçar o ponto, no patamar ela bufou, chiou e subiu para pegar o inalador. Seu carro estacionado do lado de fora estava carregado até o teto. Harriet descarregou o resto enquanto Penélope estava sentada numa cadeira, se recuperando, no meio do quarto da frente do primeiro andar. Harriet se arrastou para cima e para baixo, carregada com bolsas e caixas, despejando suas coisas num arco ao redor dos pés de Penélope. Então elas voltaram para a rua Moor.

Duas viagens mais e Harriet também amaldiçoou Ralf por não tirar um dia de folga em seus estudos.

"Eu deveria ter percebido naquele momento", disse ela, reflexivamente.

"Percebido o que exatamente?" Gigi examinava uma cutícula. Ela deu uma mordida rápida. Harriet recuou.

"Não."

"Não o quê?"

"Faça isso."

Gigi fechou suas mãos em seu colo, numa obediência fingida. "O que você dizia?"

"Eu devia ter percebido que seu pai era um homem grosso."

"Para você, talvez."

"Sim, para mim." O sorriso que ela deu para sua filha foi forçado.

Uma corrente de ar frio envolveu suas panturrilhas conforme Penélope entrou pela porta dos fundos. "A chaleira está ligada?" berrou ela antes de ver Harriet na entrada. Ela depositou um quadro aos seus pés e foi fechar a porta. Gigi se levantou e passou por Harriet e então por Penélope, resmungando algo sobre o exercício de piano.

Harriet sentiu que havia feito pouco para saciar a necessidade dela.

A luz estava baixa, exceto onde ela estava, deixando na mais completa escuridão o campo além de seu alcance. Sentiu que estava numa caverna. Ela podia sentir a terra fria debaixo de seus pés, amassando entre seus dedos em sua poeira seca. O ar tinha cheiro de terra e umidade. O silêncio estava próximo; à distância, o som da água batendo na rocha. Uma corrente de ar frio golpeou suas costas. Um impulso a encorajou ir adiante, para a profundidade da caverna. Mas foi dito a ela para ficar onde estava. Por quem? Ela encarou a escuridão, viu o teto baixo e o chão coberto de pedras. Outro cheiro, mais adocicado, florido, soprou no ar. Bem no fundo da caverna, em algum lugar à sua esquerda, ela avistou uma luz cintilante movendo-se em sua direção. Seu coração vibrou em seu peito. Uma voz sussurrou: "Corre. Corre. Você ainda consegue escapar." Mas suas pernas mantiveram-se firmes. Ela não conseguia nem erguer o braço. Um rápido movimento atrás dela, adiante dela, circulando-a, e ela viu um par de olhos, fragmentos brilhantes vermelhos. O cheiro ficou mais forte e tornou-se familiar: incenso. Uma sombra cruzou o círculo da luz fraca. Ela estava ciente de sua nudez, suas costas, suas nádegas, sua cintura, a descida de seus seios e o V da sua feminilidade. Ela sentiu o toque dele antes dele tocá-la. O desejo de correr aumentou, o desejo de lutar e gritar. Mas havia outro sentimento. Um sentimento minando seus impulsos. Um sentimento que aumentou na presença da sombra: derrota.

Gigi acordou numa onda de medo. Ela teve sonhos antes onde se encontrava incapaz de se mover, apesar de estar livre para isso. Era um sentimento bizarro, único aos sonhos, uma perda da vontade ou do controle de suas faculdades como se o seu corpo tivesse sido tomado por um poder encoberto. Mas esse sonho foi diferente. Nesse sonho ela não estava livre. Havia alguém no sonho com ela, mas não tinha ideia de quem era. Alguém ameaçador? Um desconhecido? Alguém que ela conhecia? Alguém capaz de drenar sua vontade, deixando-a conformada com o que quer que estivesse para acontecer.

Era mais provável que fosse Arthur. O sonho era uma impressão simbólica de seu relacionamento e a escuridão que caiu sobre ela desde que deixou seu apartamento no norte de Melbourne - um aviso para não voltar com ele? Ela nem mesmo havia considerado isso. Ela já tinha colocado suas coisas em um depósito. O contrato venceu e ela pagava o aluguel antecipadamente até o último dia, com os fundos de um show inesperado - o casamento da filha de um cliente do hotel Derwent. Ela pagava o aluguel para garantir que Arthur não desperdiçasse os ganhos dela, irritando-a com sua mendicância, o modo solícito para emprestar aquilo para isso e isso para aquilo, até que não sobrasse mais nada. Ele a deixou seca como um barril de cerveja numa despedida de solteiro e, se ela não o tivesse conhecido, poderia ter guardado uma boa quantia. Não era suficiente para dar a entrada em uma casa, ao menos que quisesse viver atrás do córrego do Hall, mas mesmo assim.

Ela estava esgotada de várias maneiras, suas finanças eram um símbolo superficial de uma perda interna mais profunda, uma paralisia emocional diante do perpétuo derramar emocional dele, seus sentimentos são prantos resultantes de desejos e mágoas imaginárias. Ela sabia, mesmo que sua mãe não, que levaria muito tempo, meses e não semanas, para superar a confusão que ele havia deixado em seu rastro.

Ela se deitou de costas, agarrando suas mãos junto ao peito e ficou olhando para o teto. Não era só Arthur que azedava seu humor. Ela tinha de alguma maneira permitido ser forçada a colaborar em uma exibição com sua mãe. Era um prospecto medonho e provavelmente tinha muito a ver com o porquê ela não conseguia mover seus pés naquele sonho como qualquer outra coisa.

Na noite anterior, Harriet havia sugerido para ela visitá-la na galeria. Ela suspeitava que Harriet pensou que isso estimularia uma discussão sobre a colaboração, mas estava pouco inclinada a ter a companhia de sua mãe. Se sentia menos disposta a fazer qualquer coisa com sua mãe a cada dia que passava.

Estava cercada pela postura insinuada de Harriet de que acordaria todas as manhãs com mais ânimo do que no dia anterior, que seu humor deveria milagrosamente melhorar sob o olhar arrogante de sua mãe, como se estar de volta na barra de sua saia fosse o suficiente para recuperá-la ao seu antigo bom humor. Mas a forma de sua mãe educar era questionável. Não tinham conversas íntimas ao pé da lareira, ou conversas compartilhadas de delitos de amantes imperfeitos: como os homens são todos iguais; que as mulheres é que são fortes, que carregam o homem como um animal em suas costas; que os homens hoje perderam seu espírito provedor e seu senso de obrigação e foram, ao contrário, levados por impulsos primários e, portanto, são um gênero em retrocesso evolucionário. Em vez disso, depois que a abordou em sua sala, sua mãe fez aparecer uma exibição e Gigi sabia que isso colocaria uma distância maior entre elas, do mesmo jeito que as uniria.

Ela saiu da cama e pegou um casaco de cashmere. Era inverno e sua mãe estava sendo estranhamente frugal com o calor. Deixe o sol fazer seu trabalho, dizia ela. Que sol? Mesmo se ele se mostrasse, não chegava à janela do quarto dela até à tarde.

Sem acender a luz, ela pegou seu laptop da pequena mesa próxima à janela e sentou-se de volta na cama. Harriet insistiu que ela ficasse com "aquela coisa maldita" em seu quarto, sua aversão a todas as coisas tecnológicas beirava a histeria. Ela nem mesmo tinha um liquidificador. Celulares, computadores, na verdade todas as coisas eletrônicas, muito mais as digitais, eram uma abominação ao seu modo preferido de viver, o qual Gigi colocou em algum lugar na idade das trevas. Ela teve que secretamente comprar um conector de Wi-Fi pré-pago quando se mudou.

Era uma boa conexão. Ela abriu seu buscador e digitou "Ralf Schmid".

Nada.

Schmid Ralf. Nada.

Ralf Schmid acadêmico.

Ralf Schmid professor.

Livros de Ralf Schmid.

Primeiro na lista de busca estava um link para uma lista que ela havia encontrado antes em pesquisas similares, de contribuições de capítulos em volumes, todos datados da época que ele estava na Universidade de Melbourne, mas nada depois de 1995.

Ela fechou seu laptop. Não teve escolha senão questionar sua mãe, o que não era uma possibilidade feliz.

A reticência de Harriet quando se tratava de falar de seu pai a enlouquecia há anos. Sua suspeita era de que Harriet guardava pistas vitais do paradeiro dele e surgiram novamente na noite anterior, ao mencionar o número três da rua Gore.

Três: um número que ela conseguiu ampliar para nove. Talvez ela tivesse uma chance melhor de extrair os detalhes daquela época dolorosa de sua infância na galeria.

Vitalizada por um novo sentido de propósito, ela tomou um banho e trocou de roupa.

"Dorset é maior do que você imagina Gigi."

"Fritz mora lá."

"E?"

"E ele pode saber onde meu pai está."

"Gigi, esqueça isso. Seu pai desapareceu. Isso é tudo que qualquer um sabe. É melhor pensarmos na exibição."

Gigi não conseguia entender por que sua mãe sempre mudava o assunto com um de seus sorrisos ridículos, lábios pressionados e esticados, ligeiramente voltados para baixo nos cantos. Ela se perguntava o quê Harriet visava conseguir com uma expressão que a fazia parecer com um lagarto com dor.

Ela recuava para dentro toda vez que sua mãe fazia aquela cara e a cada vez, sua reação ficava mais forte. Um dia, o vento vai mudar, ela pensou. Mas era mais do que isso. O sorriso era uma forma de fechamento, um zíper no que quer que tenha acontecido antes. Esses lábios se fechavam como se o sorriso dela fosse um sinal claro de que algo imaginário mais conveniente a ela fosse passar para outro assunto e que ela era, apesar de tudo, mais velha, mais sábia e no direito de bem fazê-lo.

Gigi mudou de volta para o pequeno sofá furo, resistindo a um desejo de empurrar suas cutículas que começaram a doer. Com a chegada de Penélope, ela deixou o estúdio e vagou pela rua, dando uma olhada nas vitrines e ficando intrigada com o número de pessoas passeando nos cafés naquele sábado sem graça. Então o céu escureceu e ela se abrigou debaixo da varanda do antiquário do Bertie. Ela ficou lá por um tempo, percebendo que se fosse para casa ficaria ensopada. Relutante, correu de volta para a galeria.

Felizmente, Penélope havia ido embora. Ela sempre achou Penélope intimidadora, seus modos sem sentido, fria e pouco convidativa, sua aliança com sua mãe era uma unidade firme de duas, servindo para empurrar Gigi para mais longe da quase evidente intimidade de seu vínculo mãe-filha. Ainda que a lealdade de Penélope fosse impressionante e tinha que admitir um toque de inveja, por ela mesma não ter tal laço de amizade. Suas duas amigas em Dandenongs, Melissa e Verônica, eram também uma unidade de duas e por muito tempo, ela considerava-se supérflua.

Harriet voltou do depósito carregando três peças para substituir o tríptico.

"O que você acha desse?" disse ela, apontando para um quadro inspirado em Modigliani, um acrílico aplicado de maneira artística que mesmo Gigi conseguia ver a intenção enfraquecida do artista.

"Eu gosto", disse ela suavemente.

"Sério? Eu acho que é um conflito de estilo e técnica. Um deslize da Penélope."

"Se assim você diz."

"Pelo menos estamos livres do tríptico."

"Você não gostava?"

"Você gostava?"

"Eu até que achava legal."

Harriet inclinou as outras duas pinturas contra a parede e pendurou o quadro. Gigi podia dizer de sua atitude evasiva que ela não revelaria mais nada naquele dia. A chuva batia no telhado e Gigi desejou que parasse para que fosse para casa.

. . .

Um mês depois e Gigi estava de pé na galeria ao lado da parte da parede em branco onde a "Eustacia", de Harriet, estava pendurada antes de Rosa comprá-la para comemorar sua viagem a Bournemouth. Bournemouth, onde o amigo de sua mãe, Fritz, ensinava na universidade. Não que Gigi pensou por algum momento que sua mãe havia ido embora para o exterior sob o pretexto da pesquisa artística por um caso secreto. Era só que o que quer que Gigi perguntasse sobre Ralf, sua mãe era muito evasiva e muito obscura. Ela devia esconder alguma coisa. O choque que sentiu ao saber da iminente viagem de Rosa diminuiu e lentamente percebeu que por enquanto faria melhor em deixar o assunto de lado. Em seu lugar, deixou crescer um sentimento de silenciosa realização pois seus esforços para evitar se envolver em conversas sobre a colaboração haviam se mostrado bem-sucedidos; na verdade, evitar a mãe em geral foi uma pequena façanha.

Harriet apareceu segurando uma tela que pegou do depósito: um dos seus primeiros trabalhos, uma paisagem de Brassington em Boyd, que ela presumidamente decidiu complementar nas obras Wessex. De costas para Gigi, ela disse sem rodeios: "Por que você não compõe a música e eu represento as frases musicais em cor e forma?"

"Sem originalidade", disse Gigi. Se ela persistisse em bloquear, talvez sua mãe parasse sua busca e elas poderiam deixar tudo isso de lado.

"Podemos usar fotos. Com formas em movimento e cores também."

"De novo, sem originalidade."

"A gente faria do nosso jeito. Isso o tornaria único."

Era inútil. Sua mãe obstinada como nunca. Gigi achou que sabia o que estava à espreita por trás de suas sugestões. O seu adorado Kandinsky não havia tentado algo similar? E alguns anos antes, a Orquestra Sinfônica da Tasmânia tinha colaborado numa extravagância sinestésica no Museu de Arte Moderna de Hobart. Se elas seguissem aquele caminho, seriam vistas como maria-vai-com-as-outras. Além disso, ela não via o motivo em recriar para não-sinestésicos, os tipos de fenômenos que eles nunca pensariam em sentir por si mesmos.

"É muito literal", disse ela. "Isso igual àquilo. E pouco é deixado para o público interpretar. Tudo foi feito por eles."

"Kandinsky acredita que tais abstrações estimulam a mente do observador", disse Harriet com arrogância. "Não é sobre as interpretações deles. São as respostas e reações que importam. Ele sabia que a arte contém o poder de estimular uma experiência espiritual. Isso foi o que ele pretendia alcançar com seu próprio trabalho e como ele ensinou a pintura para outras pessoas."

O tom de sua mãe foi irritante, com se somente ela estivesse a par de algum suposto conhecimento superior e Gigi, uma incrédula em todos os assuntos teosóficos, uma ignorante.

"Ele soa como um egomaníaco", disse Gigi, um comentário calculado para irar. "Ele assume que sua abstração é o único caminho."

"Ele tentava transmitir a essência espiritual. Não acho que você pode ser menos egoísta do que isso."

Harriet pegou um panfleto perdido de cima da lareira e abanou seu rosto. Observá-la passar pelos desconfortos de ficar corada deu ao luxo de um prazer pessoal a Gigi. Como se agora suas provocações tivessem esquentado Harriet, ela teve a oportunidade da vingança. Foi um fenômeno novo, que era muito fascinante assim como era incompreensível.

Ela seguiu adiante, animando-se com seu poder recém-descoberto. "Na tentativa de evocar uma resposta imaginativa, Kandinsky não deixa nada para a imaginação. Ele efetivamente diz ao observador para o que olhar e como olhar. Para mim, isso é inflexível". Ela foi cuidadosa em limitar seu argumento a

Kandinsky, mas as entrelinhas estavam lá e ela sabia que Harriet entendia que isso era um ataque a ela. Ela sabia também que Harriet se levantaria em defesa.

Ela ainda abanava o rosto.

"Você está sendo injusta. Tem várias maneiras de ver um triângulo ou um círculo. E os relacionamentos entre as formas e cores estimulam a imaginação e falam à alma. O ego não entra nisso."

"Pode-se muito bem ter uma resposta comovente vendo um Stubbs."

"Um maldito cavalo! Que ridículo! Depois você vai citar a *Mona Lisa*. Só para contrariar."

"Contrariedade não tem nada a ver com isso. A arte abstrata convida a uma resposta limitada que chega a "Ah, que inteligente, que inspiração", o que enfraquece completamente sua intenção, que é, como você diz, inspirar o espectador. A arte abstrata nada mais é do que uma grande corrente de correspondências literais mascaradas como uma grande corrente de inspiração, um bastão passado entre o grupo de elite de, sem dúvidas, artistas exclusivamente masculinos. É o que acontece quando o intelecto toma a criatividade."

Harriet não respondeu. Ela se afastou e olhou para seu Boyd, então foi para frente e deu um pequeno empurrão para a tela endireitar.

"O que você sugere então?", disse ela delicadamente, em uma de suas repentinas mudanças de modos, projetada, pensou Gigi, para rejeitar a verdade de suas palavras tanto quanto dissipar a tensão entre elas.

"Não tenho a mínima ideia". Ela deu uma última olhada em Harriet, ergueu seus ombros em reconhecimento do impasse, e deixou a galeria.

CAPÍTULO QUATRO

SEGUNDA-FEIRA, 16 DE JANEIRO DE 2017 – CASA DE CAMPO FERNLEY

Era uma e quinze da tarde quando, depois de dias de clima ameno, um elemento de ar intenso lançou sua fúria sobre Devon. Os noticiários locais mostraram árvores arrancadas, quedas de energia e caos no trânsito enquanto nevascas caíam das charnecas. A vista do estúdio de Judith, momentos antes um retalho de verde e marrom debaixo de um céu leitoso de inverno, transformado em espirais de flocos de neve agitados, abrigados em uma espessa névoa cinza, encolhendo a profundidade do campo.

Ela desligou o rádio e voltou ao trabalho em seu cavalete, perdendo-se no cenário da beira de um rio contra um fundo de vastas planícies ondulantes, sob a abóbada azul do céu. As árvores no primeiro plano lhe incomodavam. Não se pareciam nem um pouco com as árvores do lado de fora. Troncos salpicados e galhos desalinhados, que terminavam em punhados de folhas cinza-esverdeadas, a complexidade das nuances sutis de vermelho e roxo, e uma dificuldade em captar de uma fotografia. Eram as gomas vermelhas do rio da Austrália e ela gostaria de poder sentir o cheiro do ar de lá, sentir o calor.

O tempo passou sem que percebesse, e quando se afastou de seu cavalete, limpou o pincel, a nevasca havia amenizado, revelando uma paisagem branca. O vento persistia, a neve ainda caía, com nuvens pesadas e baixas com uma luz fraca. Ela pensou em cozinhar uma sopa quando sua postura criativa sacudiu-se ao som de uma batida rápida à porta da frente. Ela sacudiu o pincel num jarro de terebentina escuro, e secou-o em uma das camisetas velhas de Milena, e então olhou em seu relógio. Eram três e dezoito.

A batida parou, e começou de novo. O vento aumentou de ritmo e gritou pelo vale, fazendo um som estridente na janela do estúdio. Ela se esforçou para suprimir a apreensão que se misturava em seu estômago, reafirmando a si mesma, ao caminhar para a porta da frente, de que provavelmente era um vizinho.

Ao invés, Milena estava agachada na entrada, tremendo e triste, com um casaco preto esfarrapado. Com uma bolsa cheia pendurada em seu ombro, ela tinha o semblante de uma bruxa itinerante. "Oi, mãe", disse ela com uma voz incoerente, passando por toda a casa e deixando uma trilha de pingos e pegadas úmidas em sua esteira. Judith fechou a porta e a seguiu, mantendo seu ritmo lento, suas entranhas balançando para frente e para trás, como carga não protegida no convés de um navio que balança.

"Milena", disse cautelosamente, "o que você faz aqui?"

"Vim visitar você". Ela parou na entrada da cozinha e virou-se, sua bolsa bateu no batente da porta e as alças escorregaram por seu braço. Ela deixou a bolsa cair forte no chão. Ela era uma garota baixa, ossuda, o cabelo armado curto e preto, destacando as fileiras de piercings nas orelhas e a tatuagem no pescoço logo abaixo da orelha esquerda: o contorno escuro suave de uma caveira. Faltava harmonia em seu rosto. Seus lábios eram largos e cheios, seus olhos pequenos e apertados, esticados por um delineador. Muito frequentemente aqueles olhos ardiam em chamas negras.

"Você vai ficar muito tempo?"

"Estou me mudando de volta."

"Para cá?" Ela fez seu melhor para disfarçar o horror que sentiu. "Mas e o seu diploma?"

"Porcaria de faculdade."

"Ah não, Milena. Não diga isso."

Milena pegou sua bolsa, pendurou-a na mesa de jantar e foi pegar um copo de água, passando os olhos pelo cômodo enquanto dava um gole. Judith ficou perto da mesa. Ela e sua filha estavam separadas por uma bancada espessa de pinheiro, que dividia a área de jantar da cozinha. Era um cômodo cheio de potencial culinário. Sobre o fogão, diversos utensílios estavam pendurados em ganchos. Havia tábuas de corte e abundância de utensílios. Potes encardidos de temperos, ervas e frutas secas bagunçavam as prateleiras que emolduravam a janela, prateleiras que iam até a volta da porta do estúdio, situada desproporcionalmente perto do lado da área de jantar na bancada. No final da bancada, uma fruteira acompanhada de uma caneca lascada cheia de canetas. Era o mesmo cômodo, mas Milena fez tudo nele parecer estranho.

Judith deu uma olhada na bolsa cheia como se ela fosse culpada - velha e surrada, em um painel com o logotipo de uma estrela de cinco pontas suja e puída.

Seu olhar passou para sua filha. "Milena?"

"Eu e Theo terminamos", disse ela para o chão.

"Você quer chá?"

"Eu o deixei."

"Milena, eu..."

"O quê?"

Judith hesitou antes do desespero fazê-la falar. "Só porque

você o deixou não significa que você tenha que deixar a universidade. Você só tem mais um semestre."

"Sim, significa."

"Talvez chocolate quente?"

"Você devia estar contente que voltei."

Ela marchou passando por Judith, colocou a bolsa no ombro e saiu dali, desaparecendo no corredor.

Sucumbindo a uma enorme necessidade de ar, Judith colocou o casaco, o chapéu de lã e o cachecol pendurados atrás da porta, e saiu. Ela parou no pátio - rebaixado e rodeado com treliças, uma mesa de ferro forjado arranjada em seu centro - e se preparou. O vento estava implacável. As varandas com ervas que flanqueavam o pátio estavam ao abrigo do vento, mas além, o pequeno pomar e a horta na elevação nordeste estavam recebendo uma surra. Bateu outra rajada, que rodopiou.

Ela calçou suas botas de jardim - enlameadas, arranhadas e perfeitamente moldadas pelos seus pés - e pegou suas luvas dos degraus da entrada. Uma semana de uso e tinham buracos nos dedões, seu couro muito fino para as tarefas para as quais foram feitas. Ela pegou a pá encostada na janela da cozinha e limpou os degraus, livrando-os da neve. Um carrinho de mão enferrujado estava encostado ao seu lado na grama. Ela pegou os cabos, sentindo o frio através de suas luvas e o empurrou no caminho para o depósito. De lá, olhando para trás, para a casa e a queda do vale, ela podia ver o telhado de palha do Sr. Fletcher, agora coberto de neve, e a torre da igreja que permanecia sem neve, um farol de normalidade em um ambiente branco violento.

Em primeiro plano, sua casa aninhava-se em seu cobertor de branco. A casa de campo Fernley havia pertencido aos Fernleys por três gerações, seu avô, Stanley, comprou a casa aos 50 anos, quando a avó Fernley carregava a mãe de Judith. Os Fernleys eram originalmente de Exeter e Stanley era alfaiate, assim como seu pai foi antes dele. Eles eram os alfaiates da rua Sidwell. Temendo o pior durante a blitz em Exeter, Stanley evacuou a família para Dartmoor. Quando voltaram, a loja deles havia sido destruída. Stanley nunca se recuperou da perda e não queria nada mais do que passar o resto dos seus dias longe das memórias daquele terrível ataque.

O avô Stanley fez bastante do solo fértil de Devon, dando mais da metade do jardim para vegetais e um pequeno pomar. Uma tradição se estabeleceu, Grace, a mãe de Judith, instilava em sua filha a mesma afeição por jardinagem que ela dividia com Stanley. O jardim era praticamente o mesmo da época de Stanley, organizado e bem cuidado. As características favoritas de Judith eram os canteiros de formato elegante, com suas bordas arredondadas cheias de bulbos e plantas perenes, e os terraços de ervas, três camadas ao todo, cada uma contendo plantas com padrão de folhagem espinha de peixe. As varandas com ervas foram uma colaboração de Stanley e Grace. Ele construiu os muros de contenção e os encheu de terra, e ela escolheu o projeto.

Logo depois, Grace casou-se com Bernard, um professor na escola do bairro. Curvando-se aos desejos da família, ele se mudou para a casa de campo Fernley e, alguns anos depois, Judith nasceu em um dos quartos do andar de cima. A casa de campo Fernley era a única casa que ela conhecera e conheceria.

Ela carregou o carrinho de mão, sem pressa, dividindo dois troncos grandes e cortando outros para gravetos. Na descida de volta para a casa, empurrando o carrinho carregado no chão branco escorregadio, ela ficou tensa novamente. Ela precisava persuadir Milena de que se não a Bournemouth então era a Exeter onde ela pertencia, no meio de uma agitação proporcional com sua idade e interesses, onde poderia expressar sua paixão. Aqui não havia nada que prendesse sua atenção. Talvez isso foi o problema o tempo todo, pensou Judith: o tédio.

Antes de chegar ao pátio ela parou, atingida pelo sol baixo no céu do sul, brilhando sua luz estreita através de um bosque. Os campos estavam brancos. As cercas-vivas e muros de pedra formavam uma rede escura.

Ela parou o carrinho de mão do lado de fora da porta da cozinha, levantou uma cesta de vime da cabeceira de ferro fundido ao lado dela, e voltou a subir o caminho até a horta que era protegida no norte e oeste por um muro baixo de pedra. Uma rajada rápida de vento fez seu cabelo açoitar suas bochechas. Ela pegou um maço de couve e arrancou nove nabos, voltando com passos ruidosos, deixando suas pegadas na neve. Parou ao lado das ervas para pegar alecrim e tomilho. O vento acalmou. Ela valorizou o momento como se fosse seu último fragmento de calma antes de se aventurar para dentro.

Entrou numa cozinha vazia. Colocou as ervas e os vegetais na bancada e transportou um feixe de gravetos e duas braçadas de lenha. Atiçou o fogo na sala de estar, ficou por um minuto aquecendo suas costas, e então voltou para a cozinha para preparar o jantar. Ela enxaguou, descascou, fatiou, fritou e mexeu tudo com o ouvido ligado, procurando ouvir o movimento na casa. Não ouviu nada.

Às seis e cinco, chamou Milena para a mesa. Depois de meio minuto de silêncio, ouviu passos nas escadas e batidas pelo corredor.

Milena entrou no cômodo e se jogou numa cadeira. "O que é isso?" disse ela.

"Nabo assado."

Milena levantou a tampa do outro prato. "E couve", disse, com indiferença.

"Sim, couve".

Ela ergueu um quadrado do nabo assado para o prato de Milena e passou a ela uma colher para a couve.

"Theo só come pizza."

"Eu imagino."

Judith o imaginou, um ogro desajeitado, e fez uma careta interior.

Milena cutucou sua comida. Judith esperava que aqueles anos com Theo não tivessem mudado o seu paladar. O único sentimento que possivelmente compartilhava com a filha era um compromisso com uma alimentação saudável.

"E você?" disse ela. "O que você gosta de comer hoje em dia?"

"Não pizza." Pelo menos ela encheu seu garfo.

"Ele não era o seu tipo."

"Eu sei". Ela olhou para Judith friamente e disse: "Mas não me julgue."

"Não estou julgando você."

Elas ficaram em silêncio, um silêncio que se envolveu na palavra "julgar". Com o olhar desviado, Judith estava bem ciente de sua filha, do desânimo que sentia pela invasão dela.

Quando terminaram de comer, Judith começou a limpar a mesa. Milena a pegou de surpresa quando disse: "Consigo ajudar na casa", e deixou seu lugar, seguindo Judith para a pia. Ela fechou o ralo e abriu a torneira, subindo as mangas do suéter. Mas essa nova subserviência em seus modos apenas deixou Judith desconfiada.

O vento tomou velocidade e outra nevasca chegou. Judith andou pela casa, fechando as cortinas na inclemência, sua mente em um turbilhão de incertezas e autocensuras. Talvez ela nunca devesse ter permitido Milena fazer aquela primeira tatuagem. Sua permissão pareceu marcar um ponto de declínio. Ainda que uma oposição parecesse fútil na época.

Cinco anos antes, Milena sentou-se com as pernas cruzadas

no sofá, um livro aberto em seu colo, os fones de seu MP3 player nas orelhas e os polegares no celular. Nem olhou quando perguntou naquele tom incoerente que ela usava. "Mãe. Posso fazer uma tatuagem?"

Judith já tinha permitido que ela pintasse o cabelo, comprou camisetas de bandas, pôsteres de heróis do death metal e ingressos para shows. Ela até mesmo cedeu quando Milena insistiu para colocar um piercing no nariz. Tudo isso apesar de uma aversão visceral pela cultura jovem que ela seguia. Mas uma *tatuagem*?

Raciocinou consigo, os argumentos padrões: a marcação permanente, e se ela mudasse de ideia quando crescesse. E é claro, Milena estava em sua usual personalidade inflexível. Ela nunca mudaria de ideia.

Milena fez um esboço de caligrafia, todos os ângulos e linhas. Judith passou os olhos na página, conseguindo discernir as palavras "*dying fetus*". Era completamente macabro. "É uma banda", disse Milena. O que não mudou nada. O que predominou na mente de Judith era o pensamento persistente de que se ela não tentasse limitar sua filha, ela não encontraria seu limite interno. Mas se recusasse, Milena sem dúvidas iria atrás de seus interesses auto mutilantes com ainda maior vigor.

Quantos anos ela tinha naquela época? Judith trouxe sua mente de volta. Dezesseis e um, dois, três meses? Ela não conseguia lembrar-se da data. Seu aniversário de 21 anos agora a poucos dias para acontecer, seis dias, e aqui estava ela, a mesma Milena. Como lidaria com isso?

Ela foi para a sala de estar e colocou outra lenha no fogo. Milena saiu da cozinha e sentou-se no tapete da lareira. A sala ainda tinha os móveis antigos da família, alguns deles da época de Stanley: as poltronas com encosto, um aparador folheado de madeira, uma estante alta de livros.

"Achei que você estava gostando de História."

Ela pegou o olhar de Milena enquanto sentava-se na cadeira mais próxima do fogo, os olhos espertos de sua filha, evasivos.

"Eu estava."

"Então por que você largou?"

Milena abraçou as pernas, repousando a cabeça em seus joelhos. Ela era uma protuberância negra incongruente no desenho vivo do tapete, uma dança de flores e folhas no estilo persa.

"Você tirava notas boas."

Milena não comentou.

"É algum problema com seus professores?"

"Não me interrogue."

Judith desistiu. Havia nos modos de sua filha uma derrota intrigante e incomum. Elas ficaram em silêncio por um momento. Ela ouviu o vento bramindo nas árvores do lado de fora. Em algum lugar na casa, uma janela estremeceu.

"Mãe."

"Sim?" Disse Judith cautelosamente.

"Você vai me ajudar na mudança das minhas coisas?"

"Para onde?"

"Eu disse para você, estou me mudando de volta para cá."

Ela devia ter colocado isso como um pedido. "Você nunca gostou daqui", Judith sabia que era uma tentativa fútil de dissuasão. E não tinha ideia para onde mais Milena poderia ir. Certamente não para seu pai.

"Você não conseguia esperar para sair daqui."

"Isso foi antes."

"Antes do quê?"

"Nada."

Milena levantou-se. Disse que estava cansada e foi para seu quarto.

A neve continuou a cair durante a noite e na manhã

seguinte, um vento gelado do Norte soprou, aumentando o gelo e fazendo redemoinhos com a neve caída. A neve acumulou, enterrando muros de pedra. Até onde sabia, Milena ainda dormia, um feito impressionante com seu quarto suportando a força do vento.

Quando era pequena, Milena subia na cama de Judith nas noites de muito vento e segurava firmemente seu braço. Preocupada com ela agora, Judith saiu do estúdio e bateu à sua porta. Não teve resposta, foi então para a cozinha e acendeu o fogo para a chaleira.

Com uma caneca de chá de rooibos em uma mão, ela parou na entrada do estúdio e pegou o quadro no cavalete. Pouco antes de abandonar seu curso para ter Milena, ela havia emprestado um livro da biblioteca da universidade Exeter sobre A Paisagem Australiana na Era Moderna, e teve uma grande afeição tanto pelo assunto quanto pelo estilo. Drysdale, Nolan e Boyd transmitiram não apenas as planícies ásperas e esparsas típicas do interior da Austrália, esses artistas mitificaram a paisagem; a realidade tornou-se mística, a morte nunca distante. Ela preferiu Boyd. Não tinha uma ideia clara da localização de Wimmera, mas por duas décadas tinha vívida em sua mente aquela terra seca rachada debaixo do maior céu que já existiu.

Ela estava em paz com sua própria obra também, o ocre pálido da grama selvagem seca, a terra marrom-avermelhada queimada, os tons de creme e lavanda esfumada dos troncos das árvores, o verde pigmentado da margem sombreada do rio.

As árvores e o rio ainda precisavam ser trabalhados.

Ela colocou seu chá na bancada e espremeu contra sua paleta um marrom natural, uma pitada de branco e mergulhou um pincel fino, misturando suavemente.

Logo ouviu passos e Milena apareceu na porta, vestida no que ela usava no dia anterior.

"Bom dia, meu amor. Dormiu bem?"

Ela fez um pequeno aceno com a cabeça. "No que você está trabalhando?"

"Numa encomenda."

"Para...?"

"Um amigo de Beth."

Ela entrou e olhou em volta antes de vasculhar as telas empilhadas contra a parede, demonstrando interesse. Judith fez menção de voltar à pintura, mas em seguida recuou, com o pincel a postos. Milena parou olhando a cena de uma cabana abandonada e um alinhamento de árvores mortas, algumas delas com poucos galhos restantes, que cresceram como metacarpos contorcidos. "Gosto desse", disse ela.

"Obrigada."

"É uma encomenda?"

"Não."

"Me faz lembrar daqueles retratos de árvores que você fez para Beth."

"O tríptico?"

Não era possível. A única semelhança entre as duas obras era a ênfase na forma das árvores. Talvez estivesse com Anna em sua mente. Milena encontrava bastante a filha de Beth naquela época. E elas foram para a universidade Bournemouth juntas também. Judith se perguntava o quanto Milena via sua amiga e se ela sentia sua falta.

Milena ficou parada na porta, admirando a janela do estúdio como se estivesse fascinada. Judith virou-se para ver o que prendia a sua atenção. A baixa luz da manhã cintilava em fragmentos isolados de neve em meio a trilhas de cinza claro.

"Você nunca gostou do Theo", disse Milena introdução.

Ao julgar pelo seu tom, ela deu seu ponto de vista e Judith achou que ela ficou tensa de ansiedade. "Não vou negar", disse ela devagar, imaginando o idiota.

"Ele não vai estar no apartamento."

"Ah."

"Ele estará na convenção de tatuagem."

"Eu achei que ele colocava piercings."

"Ele coloca."

Judith ficou em silêncio, com um pressentimento crescendo em sua mente junto de uma resignação maternal fatalista.

"Seria uma boa hora para tirar minhas coisas de lá", disse Milena. "Você não teria que vê-lo."

"Não tem como convencê-la a ficar em Bournemouth?"

"Não." Ela parecia decidida. Foi outro daqueles momentos que Judith pensou que a ordem temporal de mãe e filha pudesse também ser revertida; Milena com a autoridade de mãe.

"Hoje é terça-feira."

"Eu sei".

"Você está me pedindo para levá-la amanhã?"

Milena conteve seu olhar.

"Por que você simplesmente não me telefonou?"

"Você não iria."

O que era verdade. Ela não a queria de volta. A vida com Milena sempre foi estressante, sua filha em um declínio incontrolável, sua adolescência atingida por episódios de bebedeira, uso de drogas e furtos da bolsa de sua mãe. Quando estava em casa, um desastre irascível. Judith pouco podia fazer para tirá-la de sua autodestruição e quando Theo apareceu, sua influência deteriorou-se exponencialmente. No começo Judith não tinha ideia que sua filha se encontrava com ele. Ela estava muito ocupada trabalhando no tríptico de Beth. Até onde sabia, Milena passava finais de semana alternados com Chloe e com seu pai. Foi preciso um amor para desiludi-la de ambos.

CAPÍTULO CINCO

MODELO

Duas semanas depois do equinócio da primavera, os últimos raios de sol se esgueiravam pelas árvores e pela janela da cozinha, reluzindo na faca que segurava. Ela estava pronta para picar um maço de salsinha para uma sopa de alho-poró com batata. Cozinhar não era o forte de Harriet, mas ela gostava de passar um tempo em sua cozinha, de colocar um avental, fingindo que estava de volta na casa de sua avó Emma Smythe, em Dorset. Retratando-se não como a grisalha Emma que conheceu antes de ser deslocada para a África do Sul, mas como uma jovem alegre em um vestido melindroso e faixa na cabeça, acelerando pelas estradas do interior em um Aston Martin. Uma mulher que sabia quem era e porque estava onde estava, entre toda sua família e amigos.

O lugar se inclinava a tais imaginações. Era quase um quadrado, com piso ladrilhado geométrico holandês. Armários com a frente de vidro, pintados de verde, pendurados acima de uma bancada de fórmica preta que revestia a parede de trás. Uma geladeira em estilo retrô ficava desconfortavelmente ao lado de uma autêntica pia de porcelana branca. Um antigo fogão a gás *Kooka* com pés cabriolé foi colocado na extremidade da lareira, que ocupava grande parte de um canto da sala, e uma cômoda de carvalho antigo ocupava o outro. Uma mesa de carvalho combinando ocupava o centro do lugar. A cômoda e a mesa pertenceram à sua avó Emma, que os passou para sua mãe e faziam parte da mobília muito viajada que herdara anos antes, uma mobília que já foi confortável no antigo solar nas pastagens verdejantes de Dorset, e agora igualmente à vontade aqui nesta cabana de tijolos de cerâmica, que protegia do ar úmido e fresco debaixo da copa da tramazeira.

Substituindo as fileiras de pratos pintados que sua mãe exibia nas prateleiras da cômoda, Harriet colocou velas, caixas de enfeite, suportes de incenso, um par de elefantes entalhados, um pote de bambu com palitos de I Ching acompanhado de um livro, um pacote de cartas de tarô, um saquinho de veludo com runas e, em molduras menos ornamentadas do que as da lareira da sala de estar, um único par de fotografias, uma de Kandinsky, a outra de Klee.

Os dois homens tinham testas salientes e uma séria provocação em seus modos. Klee encarava com uma intensidade quase violenta, e Kandinsky, que mal dava um sorriso, impunha sua sabedoria na sala com uma determinação fixa. Eles eram os vanguardistas da época deles, e Harriet preferia estar conectada à vanguarda. Ela tinha consciência de que a sua afeição pelo movimento Bauhaus poderia ser vista pelos outros em desacordo com as tendências hedonistas da moda dos anos 20 que ela também admirava, mas Harriet não considerava nem por um momento a sua posição estética contraditória. Ela era inflexível em ter lógica para a incongruência de seus gostos. Em cultura, moda e design, os anos 20 foi uma era para os ousados, os extravagantes, os descolados. No estilo doméstico, ela reverenciava a era em si. Em sua arte, ela pode ter imitado os estilos modernistas do expressionismo abstrato, mas no design interior não fez isso pois detestava a austeridade quando se tratava do âmbito do lar. Abstração na arte era uma coisa, despojar um edifício de seus elementos básicos de forma, outra bem diferente. Afinal, um lar tinha um propósito mundano ao passo que pinturas e arte em geral, serviam para retirar o espectador do ordinário e do cotidiano. Parecia para ela que aqueles elementos aplicados na arte, quando aplicados na arquitetura, serviam não para espiritualizar a população, mas para oprimi-la.

Ela colocou a salsinha de lado e parou na pia, lavando a sujeira de dentro das longas hastes folhosas do alho-poró. Quando fechou a torneira e sacudiu o alho-poró para secar, notou a trilha fina de sujeira que se assentou na porcelana branca, a caminho do ralo.

A janela acima da pia tinha vista para o jardim dos fundos. O inverno longo e frio juntou-se perfeitamente com a primavera e só agora, conforme os dias se alongaram, as noites mais quentes aceleraram o crescimento e puseram fim à colheita de inverno na pequena, mas produtiva, horta. À meia-luz, Gigi juntava folhas de salada espalhadas ao longo da borda de um canteiro elevado que era mantido por um muro baixo de pedra. Foi a maneira meticulosa como fazia isso que cativou sua mãe, ponderando sobre cada planta, curvando-se, hesitando, pegando delicadamente, depois endireitando-se e seguindo em frente com a cabeça baixa.

Uma lua cheia ergueu-se a leste, iluminando ao fundo um alinhamento de árvores do jardim do vizinho. Harriet pensou em seus ciclos, na maneira em que a lua crescia e minguava. E uma ideia surgiu em sua mente como uma coruja, e ela imaginou se a Lua podia ter a chave que abriria o impasse criativo, um impasse que havia impedido sua colaboração com Gigi desde o início. Ela se afastou da pia, sem saber o que fazer com a ideia, perplexa sobre como a Lua ou na verdade qualquer coisa cosmológica, poderia ajudar na criação de arte e música quando uma das colaboradoras era, apesar de sua inclinação mística, uma firme racionalista.

Ela secou as mãos e foi para a cômoda, onde abriu a última gaveta. Ainda estavam lá, enrolados ao lado de uma bola de barbante, os cartões de Natal do ano passado e um pouco de fita para embalagem. O guia de plantio lunar de 2000, que Melissa, a amiga de escola de Gigi, lhe havia dado de presente para marcar o milênio. Quando a rechonchudinha Pargiter, filha da intrometida Sra. Pargiter da Salas de Chá da Agatha, apareceu na galeria segurando nas palmas das mãos seu rolo, todo embrulhado em papel prateado brilhante, Harriet achou que era o momento mais estranho de sua vida e nada podia fazer além de sorrir. Uma casualidade curiosa, Melissa deve ter sido instruída, o que tornou o presente e a maneira cerimonial da entrega do presente toda estranha. A única razão pela qual não o jogou fora foi que havia se tornado uma lembrança de uma celebração extraordinária, o bairro cheio de cordialidade, restaurantes e hospedarias na vizinha Olinda aparentemente transbordando de clientes. Não que tenha participado da diversão, mas preferiu ficar em casa e esguichar um champanhe Pol Roger com Penélope.

Gigi passou a noite com os Hunnacots e o guia de plantio ainda estava na mesa da cozinha, onde Harriet o deixou desde que o trouxe para casa, parcialmente embrulhado em seu papel brilhante. Na metade da segunda garrafa, Penélope se lançou em um ataque debochado sobre a noção de plantio nas fases da lua. "Deixe os elementos cuidarem disso, digo eu. Ou os duendes. Deixe-os plantarem os brotinhos. Não, não, deixe os raios lunares fazerem isso". Harriet deu risada, mas não foram as premissas lunares que a confundiram. Foi a maneira desagradável que a informação foi retratada, em estilo de calendário, em um pôster.

Ela desenrolou o mapa e o colocou sobre a mesa, prendendo as pontas com o galheteiro e uma vela robusta que faziam parte do centro de mesa. Ela seguiu a Lua em sua jornada anti-horária pela Terra, passando de nova para crescente e de quarto crescente até cheia, e minguante novamente, treze vezes para completar o círculo. Perguntou-se como abordar o assunto com Gigi, que tinha uma visão notavelmente severa do esotérico. Além das marés, que eram indiscutivelmente relacionadas à atração da Lua, ela considerava todas as correspondências lunares, incluindo o crescimento de plantas e o ciclo menstrual, com desdém.

Harriet só podia culpar a si mesma. Poucos estavam predispostos aos ensinamentos teosóficos e um leve toque era necessário quando se tratava de não-videntes e céticos, ou uma porta que um dia poderia ser aberta, seria selada por toda a encarnação.

Vários anos antes, depois de uma tarde de meditações teosóficas com sua querida amiga Rosa, onde discutiram longamente as raças raízes e a cadeia lunar, ela imprudentemente levantou o tema com Gigi e encontrou um desdém impiedoso. Desde então se continha em usar a palavra "Lua" na presença de Gigi, e desejava que ter feito o mesmo na última noite, referente às raças raízes, mas sua língua levou a melhor sobre ela. Uma língua irritada é uma língua solta, especialmente quando o resto dela esquenta como um radiador.

Ela traçou o dedo pela trajetória da Lua. Ela não queria alienar Gigi além da colaboração delas. A reticência de Gigi já era uma irritação considerável e preocupava-se com o estado mental e a depressão que a afligia, desejando ao mesmo tempo que ela reagisse. Ela tinha ficado hipersensível e Harriet sentiu que estaria para sempre lidando com vidro frágil. Aquela mulher de inteligência rara poderia ficar trancada dentro de tamanha escuridão que Harriet achava não só perturbador, mas um desperdício exasperador. Ela deixou o guia de plantio onde estava e voltou a preparar a sopa.

Gigi colocou a tigela de salada verde na grama aos seus pés, agachou-se e estendeu a mão sobre o espinafre para pegar algumas folhas de mostarda vermelha japonesa. Ela não tinha pressa de voltar para dentro. Sabendo que sua mãe a observava da janela da cozinha, evitou olhar naquela direção.

Gigi estava brava com ela, e ela sabia disso. Depois da discussão delas na noite passada, estava quase decidida a fazer as malas. Ela arrumaria um emprego, colocaria suas qualificações em uso. Afinal, ela havia conquistado a mais alta educação possível ao iniciar seu doutorado na tenra idade de 21 anos, com um espetacular sucesso universitário. Aquilo devia contar alguma coisa.

Os acadêmicos se encarregavam de supervisionar. Embora tivesse que admitir, o entusiasmo diminuiu quando elaborou seu tema de pesquisa: Expressão Musical como Experiência Transformativa: Uma Investigação Fenomenológica.

Não era a fenomenologia que desencorajava. No final das contas, uma vez que o exagerado, o obscuro e o complicado eram arrancados ou deixados para grupos de estudo bajuladores refletirem, a filosofia poderia ser reduzida, e frequentemente era, para significar nada mais do que o estudo da essência de algo. Não um estudo objetivo que iria na direção oposta. A fenomenologia demandava um modo subjetivo de investigação. Seu questionamento próprio envolvia analisar no mínimo detalhe o que era "expressão musical" para a pessoa que a expressava.

"Experiência transformativa", por outro lado, era em conotação um toque místico e não o gosto de muitos de seus acadêmicos. Apenas um de seus supervisores se aproximou com empatia e compreensão. Os outros adotaram pontos de vista duvidosos e a interrogaram cruelmente, como se determinados a permanecerem incapazes de ver o mérito no trabalho dela.

Explorar a experiência transformativa a levou em uma jornada fascinante. Ela visitou representações da experiência religiosa de Henry James, explorou a natureza do misticismo em Evelyn Underhill e continuou com um breve, mas intenso ataque às obras de Stanislav Grof, antes de chegar ao matagal da metafísica e as preocupações com escopo e tangência reinaram nela. Mas não antes de ela entreter o neoplatonismo e se encontrar às voltas com Pitágoras e a música das esferas, na qual passou uma semana inteira refletindo sobre essas conexões em Gödel Escher Bach. Pouco depois, mudou o título de sua pesquisa de doutorado para "*Composição* Musical como Experiência Transformativa", o que parecia para ela ser mais direcionado.

Ela compunha músicas e registrava a experiência em um diário. Se despojava da teoria e do conhecimento de segunda mão usando parênteses Husserlianos. O que, em essência, é composição transformativa? Ela entraria na epoché e descobriria.

Foi animador garantir uma bolsa de estudos para financiar a imersão dela em sua paixão e ela não percebeu sua vida encolher. Seus parceiros sumiram, alguns assinando contratos lucrativos na televisão e no cinema, outros tocando com músicos de jazz puristas no Dizzy's, Paris Cat e no Bennetts Lane. Havia aqueles que cederam à segurança e se matricularam em uma licenciatura, e os obstinados, que ganhavam a vida admiravelmente enquanto lançavam tudo de si em suas várias bandas, na esperança de fazerem seus nomes e irem para turnês no exterior antes que a idade acabasse com suas chances. De uma maneira ou outra, seus parceiros eram parte da malha social ao passo que ela foi separada, um fio solitário tecendo seu próprio tecido em um apartamento ao norte de Melbourne.

O apartamento ficava em um armazém reformado próximo à rua Errol, que consistia em dois quartos pequenos, um banheiro com acesso pelo lado direito de um corredor estreito que levava à sala e seguia pela cozinha. A disposição era compacta, com pé-direito alto e assoalho polido, e todos os cômodos tinham formatos estranhos. O segundo quarto era um losango, com a parede do fundo afunilando até a largura do guarda-roupas de duas portas embutido. Sua janela tinha vista para um muro alto de tijolos, há cerca de seis metros de distância. O outro quarto, o banheiro e a sala de estar também tinham vista para o mesmo muro de tijolos. Ela conhecia exatamente cada tijolo: as várias rachaduras, as lascas, os lugares onde a argamassa precisava de preenchimento e as manchas antigas de tinta.

A cozinha era a redenção do apartamento, apesar de longa e estreita, sua estreiteza acentuada por uma bancada de granito falso que se estendia debaixo da janela, e uma ilha que reproduzia o alongamento. As duas bancadas terminavam subitamente, para deixar espaço para a mesa de jantar. Havia espaço suficiente no lado próximo da ilha para bancos de bar e alguma coisinha a mais. Gigi não se importava. A janela que ocupava grande parte da parede voltada para o norte, dava para um pátio com pequenas árvores, plantas em potes e pedaços de grama. Ela tinha empurrado a mesa de fórmica contra a parede da janela e colocou seu teclado Roland no final, e apertada no espaço extra do canto, uma pequena poltrona de vime. Ela comia, compunha, escrevia, contemplava, vivia cada momento que estava acordada no apartamento naquele canto da cozinha.

Para descansar, todos os dias da semana caminhava até os mercados de Victoria, depois ziguezagueava pela malha de ruas até a estação da rua Flinders, atravessava o rio Yarra, passava pelo Hamer Hall e pela Galeria Nacional de Victoria até a Faculdade Vitoriana de Artes. Lá dividia seu tempo entre a biblioteca, a sala de prática e o café, onde sentava-se em um canto vendo a agitação dos primeiros anos, com sorrisos se estendendo até às orelhas.

A volta para casa era a pior parte da sua rotina diária, cada passo trazendo-a mais próxima do isolamento.

Ela atenuava sua solidão com pensamentos elevados, sabendo que era uma das poucas com conhecimento de especialista. Enquanto a grande massa da sociedade vilificava aqueles que buscavam o auge acadêmico, uma sociedade que buscava manter a grama muito bem aparada na qual nenhuma haste mais alta tinha chance, sua própria haste cresceu alta e reta, um broto único em um jardim de mediocridade, ou pelo menos assim ela pensava na época.

A verdade era que se sentia exclusiva e excluída ao mesmo tempo.

Ela tinha prazer em discutir com sua mãe tudo o que passava desordenadamente em sua mente. Talvez Harriet pudesse ter fornecido alguma estrutura ou ter sido uma espécie de âncora, mas a única vez que mencionou seu trabalho foi numa lua cheia, Rosa tinha acabado de sair da casa e tudo que sua mãe conseguia falar era sobre os descendentes evolucionários da cadeia lunar.

Gigi se sentiu sugada pela loucura quando sua mãe rapidamente rodeou com o assunto das raças raízes, chegando à base de seu fato favorito, de que no planeta havia muitos tipos lemurianos que se safavam, homens das cavernas com paixões da mais baixa ordem. Não foi difícil arrumar exemplos. Gigi só tinha que se lembrar do doido nervoso e arruinado que atacou o motorista do bonde 86 na outra semana. Ou do velho desprezível que rondava a entrada dos mercados de Victoria, olhando de soslaio para as jovens de saia curta que passavam.

Harriet insistia que aqueles lemurianos humanos inferiores eram pouco mais do que animais que não distinguiam instinto de desejo. Eles eram obcecados por sadismo e sexo, sendo capazes de sentir somente dor bruta ou alegria orgásmica. Eram conduzidos pelo impulso e eram insaciáveis. Portanto, não tinham bússola moral. "E todos sabemos o que aconteceu àquela raça raiz", disse ela com arrogância. "A forma deles foi considerada inadequada para os propósitos da evolução espiritual e foram incinerados".

Gigi nem ousou perguntar quem fez a consideração. Ela também não perguntou qual foi a evolução espiritual que mais resistiu, os lemurianos ou alguma outra forma superior. Isso teria desencadeado uma avalanche de bobagem metafísica.

Ela se levantou e esticou as pernas. Estava agachada ao lado do canteiro do jardim por muito tempo e o escorredor estava cheio. Ela ia voltar à cozinha, mas ainda não conseguia voltar para a esfera psíquica de Harriet.

Sabia que a visão de sua mãe sobre as raças raízes era imutável. Usou isso para se distanciar da "ralé". As raças raízes justificavam sua própria existência e seu isolamento, como se ela fosse altamente evoluída e o contato com aqueles de uma raça raiz inferior manchasse sua alma. Foi por isso que, quando Verônica e Melissa estavam por lá noite passada, Harriet chamou seu pai de O Lemuriano e Gigi quase se engasgou com a comida.

Elas estavam sentadas em torno da mesa de carvalho, dividindo uma garrafa de Chablis com Harriet confortável na poltrona de braços largos no canto de costas para o fogão, Melissa e Verônica lado a lado, opostas a Gigi, cuja cadeira a permitia uma vista interessante do jardim e do armário, se ela quisesse se afastar da presença autoritária de sua mãe.

Melissa se contorceu em seu lugar, ajustando o caimento de seu vestido debaixo do poncho de tecido mohair verde brilhante que encontrou no brechó. Seu garfo caiu no chão. Com um: "Opa, que ridículo" e uma risadinha, se abaixou para pegá-lo. Sentou-se quieta depois disso, fingindo toda inocência. Com o cabelo tingido de branco emoldurando o rosto redondo e pálido, ela parecia uma boneca chinesa.

Verônica chamou a atenção de Gigi e elas trocaram um olhar intencional. Verônica era sua amiga geleia de laranja, doce e azeda ao mesmo tempo, com uma ressaca marítima forte. Seus lábios eram um vermelho-alaranjado exuberante, e seu cabelo brilhante, preto e liso, com franjinha. Ela havia começado a usar jeans enrolado acima dos tornozelos e cobria seu tronco com tops mal ajustados do brechó, seus punhos chegando bem além de seus pulsos. Usava várias pulseiras debaixo de suas mangas. Tinha poucas chances de usar as mãos em qualquer coisa sem sacudir os punhos das mangas e no momento que mexia, ela tinia.

Gigi tomou seu vinho e reservadamente observou suas amigas, perguntando-se como ambas se tornaram adultas envolvidas com a miscelânea da cultura pop. Mais uma vez ela não estava em posição de julgar. Viu sem olhar o casaco de cashmere que raramente tirava desde que voltou, encontrando-o em seu guarda-roupas, intrigada e satisfeita por sua mãe não ter jogado ele fora. Ela sabia que Harriet detestava cashmere. Houve um tempo em que vestia calça de cashmere, camisa de cashmere, saias e vestidos de cashmere. Sua afeição pelo design acendeu no dia que foram fazer compras na rua Chapel, quando parou do lado de fora da loja Salvos para admirar um vestido de cashmere, mas Harriet suspirou em reprovação ao vê-lo.

O casaco de cashmere estava pendurado em seu guarda-roupas desde o momento que ela se mudou, e quando abriu a porta e o viu pendurado lá, sentiu uma onda de conforto inesperada. Como se ao vesti-lo, recuperasse seu eu pré-Arthur.

Ainda mais, isso a levou de volta à sua época do ensino médio. Era um uniforme e vestida com ele, sentiu emergir nela os resquícios daquele antigo eu.

Quando adolescente, o que havia sido um rancor beligerante contra Harriet por se recusar a divulgar qualquer coisa de seu pai, encontrou expressão no cashmere. Aos 28 anos, ela talvez não precisasse mais declarar sua rebeldia nas roupas. Mas, por mais absurdo que possa ter parecido às suas amigas, ainda não estava pronta para tirar o casaco.

Um cheiro de queijo queimado soprou pela sala. "Vou ver a comida" disse Harriet, e deixou a mesa.

Gigi não se mexeu. A porta do forno abriu e fechou com uma pancada. Ouviu-se pratos tinindo. Ela focou em Melissa e em Verônica, que discutiam a importância das extensões de cílios.

Naquela tarde foram caminhar perto do riacho, aproveitando a sombra salpicada debaixo da tramazeira, a vegetação rasteira e as samambaias. Elas passearam juntas, saindo da pista para um carro ou outro que passava. Prestavam pouca atenção ao entorno, desconsiderando o berro das cacatuas nas copas das árvores e ao invés, se concentravam umas nas outras: primeiro, o relato de Melissa sobre sua turbulenta vida amorosa, e então Verônica. Era para ela seguir a deixa, mas Gigi evitou falar de Arthur, disposta a evitar as humilhações: a carreira fracassada e o coração partido. Em vez disso ela manteve seu interesse na conversa das amigas, com suas várias perdas e sucessos.

Verônica era editora de beleza da Ra-On, uma revista online hipster de Melbourne que seguia os últimos modismos e futilidades das tendências urbanas, se preocupando com tudo desde couve, café com leite, até a arte de parecer descuidado. Mas não havia nada de fútil em Verônica. Para ela, a cor do batom era um assunto de vida e morte. Ela exagerava sobre os lançamentos, brindes e amantes que acumulou, tudo parecia tão superficial quanto ela.

Já Melissa era revisora na Dark Moon, uma editora pequena, mas próspera, de romances fictícios para adolescentes, com seu grande entusiasmo transbordando em todos os tipos de realidades encantadas e sagas lucrativas, embora árduas. Sua percepção e interpretação do mundano estavam imbuídas de achados mágicos, tesouros, provas e testes, o que poderia tornar difícil ficar em sua companhia sem se sentir meio louca pelo esforço em filtrar a realidade da sua conversa.

Ficou curiosa em saber se elas pensavam nela de maneira semelhante. Algumas vezes, via suas amigas como vestígios do recreio da escola. Mas elas eram peculiares e divertidas, e estava contente que por elas estarem nas montanhas naquele fim de semana, visitando seus pais, feliz por tê-las convidado.

Chegaram a uma intersecção, parando de forma abrupta. A rua Nobles subia até o topo da montanha. À esquerda, um punhado de casas se penduravam na encosta, obscurecidas pela folhagem densa, exceto por um toque de telhado aqui e brilho de janela ali. À direita, quase invisível além da faixa natural coberta de mato, ficava o Jardim Memorial Alfred Nicholas, um retângulo de terra com paisagismo elegante e com uma plantação intensa, cuja principal característica era um lago ao fundo, acessado através de caminhos íngremes em zigue-zague. Era uma atração turística, mas no inverno, quando havia menos visitantes, Gigi gostava de caminhar até o lago, se sentar em um banco e observar a água estremecer com a brisa.

Melissa deu uma olhada na subida e disse: "Vamos voltar", e elas voltaram, nem Verônica nem Gigi hesitaram. A conversa durante a caminhada de volta era praticamente a mesma, com Verônica contando um relato detalhado e desconexo da recente viajem de trem que ela e Melissa fizeram a Bendigo. Como não haviam se preparado para o clima, ficaram juntas em um hotel ouvindo um senhor cantar blues. Gigi não conseguia ver o sentido da história, exceto o de transmitir um senso de diversão, com Verônica estimulada pelos detalhes inventados de Melissa. Melissa estava convencida de que o velho cantor de Blues era a reencarnação de Robert Johnson em pele branca, e que uma velha foto do rio Campaspe pendurada acima de sua cabeça e o cão de guarda gordo, de pelo crespo, dormindo a seus pés, eram a prova disso pois o diabo fica perto de rios e foi o cachorro do diabo que tirou o blues das cordas de Robert Johnson.

Verônica não questionou a veracidade da declaração de sua amiga, deixando Gigi impressionada pelas permissões que fez. Quando chegaram ao Crescent, Gigi precisou evitar sua inveja. Suas amigas tinham carreiras que eram apropriadas e as satisfaziam, e elas tinham uma à outra além de dividir um pequeno, mas bem iluminado, apartamento em Brunswick. Elas podem ter economizado na comida, almoçado no Lentils e alegado suspender o café ocasionalmente, mas suas vidas eram inteiras e a dela estava em pedaços.

Seu olhar se desviou de suas amigas sentadas à mesa da cozinha para a janela, para o negro da noite, para a sala refletida no vidro, para a sua mãe perto do fogão. E de repente ela viu suas amigas como aliadas.

Harriet colocou no centro da mesa uma grande caçarola e duas travessas, e quando tirou as tampas, todas estavam olhando fixamente para o feijão assado de Boston coberto com queijo cozido demais, para o purê de nabo e para o repolho refogado que deviam comer. Deve ter sido intencional, toda aquela comida pesada e potencial flatulência numa única refeição.

Mais cedo naquele mesmo dia ela tinha se oferecido para cozinhar, mas Harriet não deu ouvidos, ainda mais com Melissa sendo vegana e sem consumir glúten, e Verônica vegetariana e intolerante à lactose, ela sabia que sua mãe teria dificuldades para preparar o cardápio e sabia também o quanto ficaria ressentida com o inconveniente. Essa, ao que parecia, seria a punição delas.

Elas se serviram.

A conversa se mostrou tão difícil quanto consumir a refeição. Depois de várias garfadas, Melissa sorriu educadamente para Harriet com um: "Está gostoso, obrigada".

"De nada", disse Harriet. Ela pegou uma porção que mal alimentaria um bebê.

Verônica rapidamente disse logo após Melissa: "Diga-me, Gigi, qual deles é o seu pai?", apontando para as fotos no armário.

Gigi foi pega de surpresa. Verônica tinha visitado aquela casa várias vezes, sentado naquela mesma cadeira, e nunca mostrou interesse naquelas fotos. Talvez a aparição recente do Sr. Hunnacot na primeira página do jornal da paróquia por seu serviço à comunidade tenha provocado sua pergunta. "Nenhum deles", disse categoricamente, ciente de que seu pai era um mistério tanto para suas amigas quanto para ela. Ela voltou a comer, dando uma garfada em algumas folhas de repolho.

"Quem são eles?" Perguntou Verônica.

"Kandinsky e Klee," disse Harriet.

"Parece uma dupla sertaneja", disse Melissa.

Gigi permaneceu quieta, percebendo a irritação de sua mãe aumentar.

Verônica estudou as fotos. "Eles parecem bem palermas", disse.

"Eles são grandes artistas do modernismo", disse Harriet com um de seus sorrisos esquisitos.

Gigi fechou sua boca com um garfo cheio de feijão.

Melissa olhou de Gigi para Harriet e deu uma risadinha encabulada. "Achei que eles pudessem ser..."

"...ex-namorados. Não. Eu não permitiria tal demonstração

de sentimentalismo", disse Harriet, com um tom repentinamente arrogante. "E eu também, sob hipótese alguma, teria à vista de todos uma imagem do Lemuriano."

Gigi engoliu rapidamente, pegando seu copo para limpar sua boca.

"O Lemuriano?" Verônica pareceu intrigada.

"Sim. O Lemuriano."

"Ela quer dizer meu pai", disse Gigi com a voz baixa, olhando desanimadamente para sua mãe.

Harriet estendeu as mãos, projetou o rosto para a frente e ergueu as sobrancelhas.

No que Gigi colocou o prato de lado e empurrou a cadeira para trás. Ela foi até o armário e abriu uma das portas debaixo da cristaleira, retirando uma caixa de sapatos coberta em uma decupagem de figuras de pinturas cortadas de revistas. Ela jogou a caixa sobre a mesa diante dela. "Tenho que mostrar a você Verônica, já que perguntou. E você também Melissa." Sua mãe odiava falar sobre o passado. Ela iria então arruinar sua noite com isso.

"Que bom" disse Melissa sem jeito, embora quisesse dizer isso. Melissa tinha interesse pela era pré-digital. Gigi também suspeitou que ela ficou aliviada por não ser obrigada a comer mais do que se revelou ser exatamente o que parecia.

Verônica retirou os pratos para a pia e puxou sua cadeira.

Harriet não disse nada. Deixando seu prato onde estava, ela ficou de pé, hesitando. Quando Melissa disse: "Quem é aquele?", ela se retirou dali passando pela cortina com um barulho das contas mais alto do que o normal.

A caixa de fotos permaneceu na mesa da cozinha na manhã seguinte. Harriet a deixou lá quando voltou depois das outras terem saído, para se lembrar que alguma penitência era necessária.

"Café?" perguntou quando Gigi apareceu, servindo uma segunda xícara da cafeteira.

Gigi deixou a cortina de contas cair atrás dela, puxou uma cadeira e começou a separar as fotos de cima. Ela parecia menos brava do que a noite passada, para o alívio de Harriet.

"Quantos anos eu tinha nessa?" disse ela, segurando uma foto de bebê.

"Não diz atrás?"

Ela virou a foto e balançou a cabeça.

Harriet estendeu sua mão.

Gigi estava enrolada em uma manta, com as tiras das franjas caídas sobre o braço de Harriet. Ela era cativante com seu rostinho minúsculo, olhar para cima, um quase sorriso nos lábios. "Você devia ter mais ou menos dez dias de vida."

"Foi meu pai que tirou a foto?"

"Sim. Ele tirou várias fotos". Ela olhou de novo, dessa vez para um "eu" mais jovem, num vestido leve de verão, de pé na frente de um muro alto. Em seguida para a filha, agora tão crescida e que não se parecia nem um pouco com ela ou com o pai. Uma estranha no ninho, mas seu parentesco não estava em questão, ela era uma Brassington-Smythe e uma Schmid. Sentada ao seu lado, ela parecia vulnerável, desajeitada, parte dela ainda uma criança e Harriet sentiu um aperto repentino em seu peito.

Era um dia com muito vento no mês de julho, quando Ralf, com uma câmera na mão, insistiu que ela levasse a bebê para fora para uma foto com luz natural. Um milagre Gigi não pegar um resfriado. Ela se lembrou que ele tinha comprado uma Canon logo antes do nascimento.

"No dia que você nasceu eu estava terminando um quadro para Penélope", disse ela, pensativa. "Era para ser meu último

Matisse, mas eu não sabia até então. Você foi paciente, esperou até eu limpar meus pincéis antes de decidir seguir seu caminho para o mundo."

"Onde o Ralf estava?"

"Conduzindo um seminário na Sociedade Thule. A gente não tinha celulares naquela época, então liguei para a faculdade e deixei uma mensagem. Minutos antes de você aparecer, ele chegou ao hospital com a câmera a postos. Eu estava tão acelerada que não sabia que ele estava lá. A enfermeira me disse depois que não pôde deixar de notar que ele só estava interessado em capturar o momento, por assim dizer, e não em me dar algum conforto. Felizmente, você teve um nascimento bastante fácil ou eu talvez nunca tivesse voltado para a rua Gore."

"Você não estava feliz com ele, mesmo naquela época."

"Não, mas uma criança muda as coisas. Uma pessoa não pode deixar uma união insatisfatória apenas por impulso, muito menos quando você compartilha um filho."

"Acho que não."

Foi exatamente isso o que ela fez, sete anos depois, mas nem mãe nem filha disseram uma palavra.

"E ele trabalhou duro, admiro a paixão, a intensidade e o intelecto dele. E ele não foi cruel. Bom, não para você."

Gigi passou por cima daquela observação. Mas pareceu curiosa e em dúvida ao mesmo tempo.

Sentindo uma medida de remorso, Harriet prosseguiu. "Eu não devia ter dito isso. Não tenho certeza se ele foi cruel ou já foi alguma vez cruel para alguém. Mas ele também não foi gentil ou demonstrou um pouco de compaixão. O que me incomodou foi a dureza de suas ideias e a maneira grosseira que as exaltava. Foi como se ele tivesse uma resposta para tudo, a solução final ou definitiva."

"Você o faz parecer como o Hitler."

"Bem, tinha pouca humanidade na solução dele. Ele era a favor de despovoar o planeta. Ele era contundente no que chamava de massas proletárias. Era o intelecto que importava para ele, um tipo particular de intelecto. Suspeito que ele se achava a encarnação do Além-homem."

"Muitas pessoas têm pontos de vista severos. Isso as torna pessoas ruins?"

Harriet não tinha resposta. Ela já tinha falado demais. Conhecendo a atitude de Gigi em relação à teosofia, que era de completa rejeição, qualquer julgamento que pudesse fazer das predileções esotéricas de Ralf seria considerado como ideológico - um pouco mais do que um desacordo com base em crenças metafísicas competidoras. Não valia a pena ir atrás. Além do mais, ela já o havia criticado o suficiente.

Esvaziou então a xícara e fuçou na caixa, tirando uma pilha de fotos amarradas com fita verde. Antes de desamarrar o laço, ela disse: "Foi por você que ele demonstrou ternura. Ele amava cegamente. Ele a estimava."

"Verdade?"

"Era como se ele achasse que você possuísse algum tipo de promessa para o futuro. Ele ficou assim desde que contei que estava grávida".

"Que legal."

O sorriso de Gigi iluminou seu rosto. Foi a primeira vez que Harriet viu Gigi sorrir daquele jeito em muito tempo. Isso a fez duvidar da veracidade de suas lembranças, apenas por um momento. "Achei isso surpreendente na época", disse ela. "Fiquei hesitante em contar para ele. Eu tinha 27 anos, mas ainda não estava pronta para a maternidade. Ele tinha 32 e não tinha demonstrado nenhuma indicação de desejo por uma família. Estávamos juntos há pouco mais de um ano e nunca pensei que seria o tipo de relacionamento duradouro."

"Fui um erro?"

"Não um erro. Um acidente. E sim, tive receio. Mas eu não estava preparada para fazer um aborto. Mantive você como um segredo dele por três meses."

"Três meses!" Gigi olhou para ela com uma expectativa séria, como se antecipasse que sua mãe revelaria algo de grave importância, oculto previamente.

"Estranhamente, na época achei que ele estava muito feliz. Ele chegou em casa de uma reunião com seu supervisor, que insistia para que não fosse muito longe nas especulações sobre as origens da maçonaria em sua resenha literária. Eu estava no estúdio. Eu teria ido recebê-lo, mas ele já tinha jogado seu casaco e subido as escadas para ir ao banheiro. Ele estava me contando tudo sobre sua disputa com seu supervisor através da porta fechada, quando eu o interrompi com a notícia. Ele exclamou imediatamente de alegria. Um pequeno Schmid, continuou ele dizendo e rindo, e eu continuei pensando não, um pequeno Brassington-Smythe". Harriet se conteve em dar atenção ao fato de que havia lhe contado enquanto ele liberava o conteúdo de suas entranhas.

"Sou Gigi Smith, na verdade."

"Queria que não fosse."

"Eu disse Smith, não Schmid."

"Dá no mesmo."

"Mas Brassington-Smythe é tão pretencioso."

"É o seu nome, Gigi."

"Pelo menos você não insistiu com Virgínia."

Harriet não respondeu. Ela desamarrou o laço verde e revirou as fotos.

"Por que o laço?"

"Acho que essas são de antes de você nascer". Ela segurou uma foto e olhou para ela por um momento. "Essa foi tirada na Evelyn. A gente costumava ir até lá com frequência, por causa da música."

Ralf, Harriet e Fritz, sentados no bar, Harriet levemente inclinada na direção de Fritz. Formavam um grupo incompatível. Ralf em seu terno vintage dos anos 50, cabeça inclinada para trás, queixo para frente, sorriso largo não convincente. Ele estava visivelmente bêbado. Sua presença saltava da foto, um olhar de triunfo bajulador em seu rosto. Fritz parecia mais intelectual do que nunca com seus óculos redondos, de armação fina. Ele parecia esquelético também, suas bochechas um pouco encovadas, então ela se lembrou que foi o ano em que ele pegou a gripe. E ela era toda camaradagem com seu sorriso de boca fechada, olhos encarando diretamente a lente. Ela estava com seu vestido vermelho, decote cavado com um laço combinando em seu cabelo preto despenteado, toda glamourosa com aqueles lábios vermelhos.

"Eu devia estar mais ou menos no sexto mês de gestação. Ainda bebia cerveja escura, é claro". Ela deu uma risada curta e solitária. "Pelo ferro."

Ela passou a foto para Gigi.

"Quem tirou?" Gigi perguntou.

"Essa deve ter sido a noite que Fritz trouxe seu amigo de Munique. Um jovem bem legal. Um tanto tímido. Gunther Fuchs tinha uma única unha pintada de preto. Ele não falou muito, mas Ralf teve uma aversão por ele a princípio. Gunther tirou a foto antes que o homem fosse para fora fumar. Fritz me disse mais tarde que Ralf deu um sermão no pobre homem sobre os perigos de adotar um símbolo do qual ele nada sabia."

"Qual símbolo?"

"A unha preta. Aparentemente, Ralf acusou Gunther de banalizar algo de significância simbólica, se enfraquecendo ao se apropriar de uma iconografia."

"As pessoas fazem isso o tempo todo. Verônica usa um colar do olho-que-tudo-vê."

"Um olho dentro de um triângulo dentro de um uróboro, eu

sei." Harriet fez uma pausa. E ela usa de cabeça para baixo, pensou, mas agora não era hora para divagar. "Ralf disse a Gunther que muito provavelmente chamou um tabu e, pelo que sabia, trouxe sobre si sua própria queda com a pincelada daquele esmalte. Ele falou sem parar, disse Fritz, e de maneira tão estridente que questões ocultas devem permanecer ocultas, que Fritz se sentiu obrigado a me contar."

"Por que?"

Harriet olhou para a janela. "Ele queria me proteger. Fritz desprezava o dogmatismo e nesse caso, achou a atitude doutrinária de Ralf alarmante. E eu também. Ele disse que Ralf continuou a insistir que o símbolo era o território de um Eleito, e não para o povo em geral. Fritz disse que conforme a música ficou mais alta, Ralf também, e achou que eles poderiam ser barrados."

"Do Evelyn?" Disse Gigi com incerteza.

"O ponto é que mais tarde quando Fritz contou a história, primeiro pensei em Ralf como o Lemuriano. "Eu estava muito irritada."

Gigi não respondeu. Harriet sentiu formigamento. Aquela noite foi também a primeira vez que havia visto cintilações negras de luz sobre Ralf. The Letters tocava e na época ela atribuiu os flashes à música e não ao homem. Ou melhor, ela tentou. Mas havia uma escuridão nele, disso ela tinha certeza, tornando as luzes negras piscantes que viu menos sinestésicas e mais o quê? A luz era provocada pelo som da música, tinha que ser, mas ela viu além do som, algo que ela absolutamente não desejava ter visto.

Ela não mencionaria isso para Gigi. Além do mais, queria esclarecer a ela seu comentário sobre o Lemuriano. Apesar do preconceito de Gigi, ela merecia uma explicação mais completa.

"Veja que então desenvolvi um interesse pela teosofia. Rosa

me deu uma cópia de *A Doutrina Secreta* no meu aniversário de 24 anos. Um presente curioso, pensei na época, e comecei a mergulhar nele. Absurdamente difícil de ler, mas colhi o suficiente para conseguir uma vaga compreensão das raças raízes. Acho que eu estava predisposta, depois do meu mestrado sobre Kandinsky. Fiquei intrigada com a noção da evolução da consciência."

Gigi se ajeitou em sua cadeira. Ela estava encurvada sobre a foto e não mostrou sinal de levantar seu olhar.

"E os Lemurianos são os mais inferiores no esquema evolucionário", acrescentou Harriet.

"Mas Ralf era um intelectual", disse Gigi. "Você sempre descreve os Lemurianos como homens-animais."

"Inicialmente eu estava insultando a aparição dele."

Gigi foi rápida em censurar, com seus frios olhos azuis acinzentados.

"Desculpa. Isso não foi justo da minha parte. Isso não aconteceu até que anos depois vi o significado da denominação."

Gigi colocou a foto na mesa e se encostou em sua cadeira, cruzando os braços na frente do peito. Harriet deu um sorriso sem graça. Ela sabia que Gigi nunca aceitaria o que iria dizer a seguir. Ela se levantou e foi preparar um chá preto cohosh.

"Você não pode parar aí!" Disse Gigi, com uma voz estridente fora do normal.

Ela podia e parou. Maldita Verônica Hunnacot por mexer nisso. Embora não pudesse culpá-la. Gigi estava numa busca para descobrir o que pudesse e isso não surpreendeu. Ela tinha 28 anos, cerca da mesma idade que Harriet quando conheceu Ralf. É natural, portanto, que ela agora exija a verdade. Como se um gongo tivesse soado em consequência da repetição do número, uma solução, de um jeito ou de outro, era exigida. Foi a maneira que o universo agiu e não havia nada a ser feito a não ser seguir o fluxo. Mas agora havia outra questão a abordar.

"Você não deve viver no passado", disse ela. "Não é saudável. Além do mais, tive uma ideia."

"Meu Deus."

"Você está aqui há seis semanas Gigi. Precisa de uma nova direção."

"A exibição", disse ela com desânimo.

"Outra coisa. Emprego remunerado, na verdade. Penélope está sempre organizando casamentos, cerimônias e festas ao ar livre."

"Achei que o negócio dela era divulgar arte."

"As cerimônias são o principal sustento dela, além de sua fonte de clientes de arte. E ela ligou ontem à noite reclamando que o pianista de um de seus eventos havia cancelado. Mencionei o seu nome, é claro."

"Não, mãe."

"Ela já tinha pensado em você. É por isso que me ligou."

"Quando é o trabalho?"

"Sexta-feira."

A chaleira ferveu. Ela preparou seu chá, colocando um pouco de mel e gengibre ralado para disfarçar o sabor, e quando se voltou para a mesa, as fotos estavam de volta na caixa e Gigi tinha dado conta de escapar pela cortina de contas sem um tinir.

Mais tarde naquele dia, Harriet observou Gigi pela janela da cozinha esperando que suas explicações e divulgações a tivessem tranquilizado. Gigi estava no jardim, perto do estúdio, voltando para casa, escorredor cheio de verduras na mão. Lembrando-se de sua ambivalência, Harriet foi enrolar o guia de plantio lunar e então mudou de ideia, deixando o gráfico preso à mesa pelo castiçal e pelo galheteiro.

Ela há muito era fascinada pelos planetas e frequentemente

tinha imaginado o que havia forçado aqueles filósofos antigos a olharem para o céu e observarem o estranho e maravilhoso curso da lua pelo céu noturno. Quão bizarra e inexplicável a lua deve ter parecido para eles, mudando sua forma, algumas vezes cheia, brilhando com um branco leitoso e algumas vezes simplesmente não estava lá.

Pitágoras fez muito com as esferas celestiais. Sem dúvidas Platão ou Aristóteles sentiram suas influências quando conceitualizaram o cosmos sob o céu ateniense. Talvez Alexandre o Grande cronometrou suas conquistas pelos movimentos dos planetas. Copérnico e Galileu olharam para as estrelas celestes, mas olharam para as estrelas em seus horóscopos? Newton pode ter se inspirado nas esferas celestes conforme desenvolveu suas teorias do movimento. Teria sido um movimento planetário com todos os seus significados terrenos que fizeram Leibniz escrever sua filosofia esotérica, um corpo de trabalho que ele manteve em segredo por toda sua vida. E o que dizer de Goethe ou Dante? Ou Byron, Shelley e Dryden, todos eles interessados nas esferas celestes? Esses homens ainda são gênios aclamados. Ela se perguntou o que havia nos movimentos dos planetas que atraiu tais mentes. A atração pelo conhecimento oculto, decifrável por apenas uns poucos selecionados, ou talvez isso apenas satisfez a necessidade de estímulo mental, como no xadrez.

A porta dos fundos abriu e Gigi entrou com o escorredor cheio de hortifrutis. Ela o colocou ao lado da pia e então olhou com desconfiança para a mesa.

"Me recuso a compor uma música para um guia de plantio lunar", disse ela brevemente.

Nossa, como essa garota consegue irritar! Por que ela não pode ser serena ou flexível? Receptiva, pelo menos. "Eu não pensei que você fosse compor", disse ela. Não mais.

"Então, por que isso está ali?"

"A lua tem ciclos e fases. Achei que poderíamos usar isso."

"Como?"

Harriet então hesitou, pensou em fugir, mas continuou. "Tenho uma efeméride. Podemos acompanhar a lua por um período, digamos nove meses desde o dia que concordamos naquele número, anotando todos os aspectos ou conexões que a Lua faz com os outros planetas."

"Você quer dizer *os* planetas. A Lua é uma lua."

"Não seja pedante." Ela sentiu o calor aumentar e foi para a pia para refrescar seu rosto.

"Enfim, não entendo", disse Gigi. "Você estava falando sobre aspectos."

Harriet rapidamente secou seu rosto com uma toalha e então ficou de costas para a pia.

"Pense no zodíaco como um círculo", disse ela, olhando para Gigi com cautela. "Quando a Lua fica em cima, digo, um planeta, diz-se que eles estão em conjunção. Quando a Lua está no lado oposto do círculo, isso é uma oposição."

"Números."

"Tem mais alguns."

"Continua."

"Um sextil de 60°, uma quadratura de 90° e um trígono de 120°."

Gigi ficou em silêncio por um tempo, e então disse: "Então isso é harmonia."

"Exato."

Gigi franziu a testa. "E a qual velocidade a Lua viaja?"

"Ela se move através de um signo do zodíaco a cada dois dias e meio. Faz todo o circuito pelo zodíaco em 28 dias."

"Então estaríamos falando de meses lunares, não meses solares?"

"Todos os 13."

"Em um período de nove meses, isso é bastante movimento."

"Você acha?"

Gigi ficou quieta por alguns instantes. Então ela disse: "Sim. Acho que será muita informação. Se a Lua leva apenas 28 dias para fazer um circuito, então ela terá feito todo o tipo de aspecto com cada planeta em cada mês lunar. E você está sugerindo nove vezes isso. E alguns desses planetas dificilmente teriam se movido. Digo, Plutão, por exemplo, estaria parado ali quase no mesmo lugar. Então toda a dinâmica seria repetitiva." Seu olhar estava longe, distante, introspectivo.

Harriet estava impressionada do quão rápido Gigi conceitualizou o movimento planetário. Ela não mencionaria isso, mas esse tipo de conhecimento imediato é a marca do esotérico. Deve ser de família.

"Então, o que você sugere?" disse ela, sem se preocupar em como Gigi responderia.

CAPÍTULO SEIS

SEXTA-FEIRA, 10 DE AGOSTO DE 2012 - O CENTRO DA HARMONIA

A loja da Beth ficava no extremo sul da rua Fore, em frente à Nicholas Priory - uma abadia beneditina, construída cerca de mil anos antes e que felizmente não foi bombardeada na Blitz, pois dava a Beth uma vista encantadora de alvenaria rústica, que ela dizia expiar o fato de estar espremida entre um estúdio de tatuagem e uma loja de discos vintage. Eram férias escolares de agosto, e Judith tinha tido sorte de encontrar um parque apesar do clima sem graça, estacionando entre dois sedans mais ao final da rua.

"Pegou tudo?"

Sem resposta.

Milena estava com sua bolsa, lotada, em seu colo. Ela saiu do carro sem dizer uma palavra. Judith duvidou que tivesse ouvido ela falar, pois o pulso metálico do fone de ouvido era audível acima do motor de seu espaçoso Volvo durante toda a viagem até a cidade.

Elas voltaram para a loja da Beth, parando algumas portas adiante para atravessar a rua. Diretamente do lado oposto, um ousado dono de restaurante havia aberto um bistrô com temática australiana e fazia propaganda de seu cardápio de hambúrguer e torta de carne em um outdoor do lado de fora. Judith tinha certeza de que havia mais na culinária australiana do que isso. Com sua fachada chique, o bistrô carecia completamente da Wimmera da sua imaginação.

Seu olhar passou pela Vintage Vinyls e demorou-se na nova sinalização da Beth: O Centro da Harmonia, escrito em roxo numa placa de cobre, inclinada contra um fundo rosa pálido.

Antes de atravessar a rua, deu uma espiada na janela do estúdio de tatuagem de um grandalhão de cabelos pretos, que mais tarde ela conheceria como Theo. Ele estava trabalhando no balcão e quando seu cliente saiu, ele olhou na direção delas e ela rapidamente olhou para outro lugar.

Elas atravessaram a rua e passaram pela loja de discos ao som de Jethro Tull, que se espalhava pela calçada. Lembrando de sua juventude antes de Milena, quando colocava os discos de seu pai para tocar - tudo, desde Camel até Cream - Judith achou que ela não se importaria em fazer um desvio para dar uma olhada no estoque, mas Beth ficaria esperando.

Na loja de Beth, Judith passou pela velha porta de madeira colocada em ângulo na varanda. Milena se atirou para trás. Folhas de proteção cobriam o chão e no canto mais adiante, espalhadas ao redor das pernas de um cavalete, havia pedaços de madeira e latas de tinta abertas.

Milena fingiu procurar um lugar para sentar-se e, vendo que não havia lugar nenhum, ficou de lado, curvada com o quadril esquerdo para a frente, uma pose popular entre todos os seus amigos.

Judith olhou para as paredes vazias ao redor antes de contemplar a fachada da loja, com as mãos dentro dos bolsos de seu cardigã. A tensão que ela sentiu mais cedo naquela manhã voltou com força. Ela sempre se sentia tensa quando alguém encomendava um quadro. Ela havia prendido o cabelo, algo que só fazia em casamentos, funerais e reuniões de negócios. Se lembrou de Milena tentando chamar sua atenção no café da manhã, de como olhava fixamente, meio que escutando, enquanto Milena reclamava sobre a incapacidade do Sr. Tweedie para explicar trigonometria até que, exasperada com a falta de resposta de Judith, Milena pisou forte a caminho de seu quarto, batendo a porta atrás dela.

Houve uma curta vibração e Milena enfiou a mão no bolso de sua calça jeans. Judith a observou lendo sua mensagem. Ela parecia um pivete de rua, com uma bolsa de lona tão frequentemente cheia demais que dois de seus zíperes estavam quebrados pelo peso. Judith se recusava a comprar outra até que estivesse totalmente destruída, algo que parecia que Milena estava empenhada em realizar, como se a bolsa fosse uma humilhação que ela sofresse com relutância. Não sua cor, preta, mas o logotipo Green Day na aba frontal. Convencida que todos os que passassem notariam e zombariam, ela pendurava sua jaqueta sobre ela sempre que saía. Ela colocou seu telefone de volta no bolso. Imediatamente ficou perdida, consumida pela fantasia sombria da música que escutava.

Judith foi até ela e cutucou seu braço. "O que é isso?" disse ela, perto do seu ouvido.

"'Submerso em Carne Fervente'."

Ela não reagiu.

"Pode ser uma boa ideia desligar isso."

Beth entrou na loja pela porta na parede dos fundos, dando a volta no cavalete e evitando por pouco raspar a barra da sua saia na beira de uma lata aberta de tinta. "Aí está você", disse ela dando um sorriso. Ela parecia aflita. Suas bochechas, sob uma fina cobertura de maquiagem, ficaram coradas. Ela pegou os copos de café descartáveis vazios e as caixas de papelão deixadas pelos trabalhadores, suspirou, saiu da sala e voltou com uma sacola plástica e um par de luvas de borracha. Com um ar de uma dona de casa meticulosa, pegou os copos descartáveis e as caixas entre o dedão e o indicador, e os jogou na sacola, saindo da sala para jogar fora os detritos antes de voltar para cumprimentar suas visitantes.

Ela era uma mulher excessivamente bem arrumada, vestida naquele dia com um tailleur bege, meia-calça, e sapatos com salto baixo, seu cabelo castanho escuro e geralmente liso, arrumado com ondas elegantes perto de seu rosto. Judith nunca a viu vestir-se casualmente e esperava muito um dia encontrá-la retirando as ervas daninhas de seu jardim, ajoelhada com seu vestido tubinho e sapatilha. Apesar da amizade delas, formada quando se sentavam juntas na aula de matemática da terceira série, Judith sempre desconfiou de Beth. Que uma mulher de subterfúgios se autodenominasse terapeuta parecia a Judith, na melhor das hipóteses, auto ilusória, na pior, destrutivo para seus clientes. Ela sempre se sentia instável depois de encontrar sua amiga.

Beth retirou suas luvas de borracha e as colocou juntas no cavalete. "Judith", disse ela, estendendo seus braços em boas-vindas. Elas trocaram um abraço cordial. "É tão bom vê-la."

"Está fazendo um bom progresso?"

"Ficarei feliz quando estiver pronto."

Beth olhou para Milena como se de repente percebesse sua presença, e deu um sorriso forçado. "Como vai a escola?"

Milena tirou os fones de seus ouvidos. "Bem", disse ela e, no que Judith achou ter sido um esforço admirável para parecer sincera, acrescentou, "Obrigada."

Beth passou os olhos nela desde seu rosto até seus pés. "Você vai planejar sua revisão da tabuada, sem dúvidas", disse ela. "Anna fez gráficos na parede para cada uma de suas matérias. Que menina estudiosa."

Milena ficou quieta.

"Agora Judith", disse Beth, voltando seu olhar para o seu rosto. "Tive uma ideia formidável para os quadros."

Judith se enrijeceu. Esse era o momento que ela abominava. A perda do controle artístico. Saber que sua criatividade seria limitada para realizar os desejos de alguém com limitada ou nenhuma sensibilidade para a arte. Ela estava em seu melhor humor quando trabalhou nas suas próprias exibições, e em seu pior quando exigiu, por lealdade, trabalhar em uma obra para a qual não tinha entusiasmo.

"Quero que você pinte três painéis", disse Beth. "Cada um com uma bétula prateada em um fundo branco".

"Um tríptico."

"Certamente."

"De bétulas."

"Sim. Não tive certeza por muito tempo sobre o que eu queria, mas numa outra noite, isso veio a mim em um sonho". Beth pausou com um olhar vidrado. "Um daqueles sonhos vívidos", disse ela. "Eu estava de pé bem aqui, de frente para aquela parede vazia, encarando os três painéis. Em cada um, uma bétula prateada em um cenário de inverno."

Judith olhou para a parede. "Inóspito", foi tudo o que ela disse.

"Pintado exclusivamente em preto e branco, é claro."

Judith imaginou a ideia, a dupla dimensão.

"E cinza?", disse ela hesitante.

"Talvez um pouco. Se você for obrigada. Mas absolutamente sem cor."

Ela se esforçou para não parecer indiferente enquanto apertava suas mãos atrás das costas. Suas pinturas eram profundas, complexas, sutis, impressionantes, exigiam atenção, atraíam o espectador. Ouvir que tinha que pintar em monocromático era o mesmo que sugerir que preparasse curry sem especiarias.

"Eu vou fazer valer a pena."

"Beth..."

"Mil libras."

"Com ou sem moldura?"

"Apenas as telas."

"Então isso é muito."

"Eu insisto. Planejo uma inauguração em meados de novembro. Isso é tempo suficiente para você?"

Isso deu a ela tempo suficiente, tempo demais, dois meses e meio inteiros de tédio, mas o dinheiro a ajudaria pagar os impostos.

O telefone de Milena ganhou vida novamente e desta vez ela saiu. Judith agradeceu a Beth pela encomenda e lhe garantiu que o prazo era adequado. Elas apertaram as mãos, e ela deixou a loja. Milena estava de pé na calçada, segurando seu telefone. Judith estava para lhe oferecer uma carona para a casa de Chloe quando Milena a disse que iria encontrar Chloe na rua acima. Judith não pensou nada sobre isso. Deu um beijo em sua filha em despedida e voltou para o carro, passando pela Vintage Vinyls que agora tocava Sex Pistols, pensando que pelo menos sem a filha, o fim de semana seria tranquilo.

Na véspera da inauguração da Beth, Judith colocou sobre o cavalete a última tela do tríptico. O tronco e galhos principais foram pintados contra seu fundo branco. Ela se encostou na bancada, mordendo seu lábio inferior. Branco e preto não eram suas cores. Misturando-os com cinza, descobriu que gostava delas ainda menos. Ela estudou seu esboço de uma única bétula prateada e então mergulhou um pincel de ponta fina no borrão cinza escuro em sua paleta, traçando linhas filigranadas de galhos sem folhas, o que considerou ser uma pátina de neve.

Ela se encurvou em frente da tela, olhos focados, mão firme, e duas horas depois, seu ombro direito estava com câimbra e sua cabeça doía. O ar no estúdio ficou gelado. Ela ligou o termostato na coluna do aquecedor debaixo da bancada. Gostaria de fazer uma pausa, dar uma caminhada rápida pelo jardim, assar um pão, qualquer coisa para circular o sangue, mas não podia perder tempo. Ela havia adiado o início do trabalho para o começo de outubro, deixando-a apressada e tão ansiosa para terminar quanto Beth estava para receber.

Estava começando a detestar bétulas prateadas. "Elas são altamente simbólicas", disse Beth alegremente ao telefone outro dia. Apesar do sonho de Beth, Judith presumiu que Beth encomendou as pinturas simplesmente para complementar o espaço, mas Beth disse numa voz conspiratória que outra palavra para bétula é Beth. O que pegou Judith de surpresa. Por seis semanas ela involuntariamente havia pintado um tipo de retrato simbólico, satisfazendo a vaidade de sua amiga de maneira velada, e quase jogou o pincel no chão em desgosto até que lentamente percebeu que as imagens duras, sombrias e superficiais, de fato capturavam a essência da Beth, uma mulher decidida a viver uma vida de brilho e modos superficiais.

Judith olhou da pintura no cavalete para suas companheiras na bancada. O efeito geral era austero. As linhas translúcidas, as árvores vazias, a esterilidade rigorosa do inverno evocando não apenas aspectos da personalidade de Beth, mas desolação, privação e até mesmo morte. Era difícil conectar essa impressão com a fertilidade e simbolismo do nascimento da bétula. Não havia novos botões prognosticando a primavera. Sem a noção de algo prestes a irromper em vida. A única e fina linha preta de Miró, o rastro sinuoso de uma ideia, incerta de seu destino em três vastos fundos brancos, tinha vitalidade, uma espécie de vigor. Em sua encomenda havia muitas linhas, nenhuma delas pesada. Todas fixas pela forma da bétula. Ela se perguntou se havia falhado em sua execução. Ela deveria ter desviado da diretiva de Beth, assumido o controle artístico ao invés de servilmente ceder ao desejo dela. Agora a obra a escravizava e ela não se sentia bem com isso.

Mais duas horas se passaram e faltavam três minutos para as quatro. O ronco do ônibus descendo a ladeira ressoava gentilmente pela casa. Milena chegaria em casa em minutos. Ela sacudiu seu pincel num pote de água cinzenta, prometendo a si mesma nunca mais trabalhar com monocromia não importando o quanto lhe fosse oferecido.

Quando a porta da frente fechou, Judith chamou, mas Milena não respondeu.

Ela deu outra olhada para o tríptico e então foi para a cozinha. As portas da despensa estavam totalmente abertas. Milena estava de pé em uma cadeira, procurando pelos potes da prateleira de cima. Quanto mais ela se esticava, mais Judith via sua barriga com a blusa subindo pelas costas. Judith admirava em particular a curva suave de sua cintura, o corpo inocente.

"Se estiver com fome, faço um sanduiche para você."

"Não, obrigada."

Tendo encontrado o que procurava, Milena afastou-se e Judith viu de relance no pescoço dela um chupão vermelho-arroxeado, do tamanho de uma moeda de 50 centavos.

"Esqueci de perguntar", disse ela casualmente. "Como foi seu final de semana?"

"Sem graça", disse ela, descendo da cadeira com o único pacote de macarrão instantâneo que sobrou de um acampamento escolar.

"O que você fez?"

"Não muita coisa", disse ela, evitando o olhar de Judith. "Chloe estava cansada."

"Milena," disse Judith delicadamente, "teve alguma uma festa?"

"Na casa da Chloe? Até parece."

"Em algum outro lugar?"

"Do que você está falando?"

"Festa. Esse é o lugar onde os garotos dão chupões no pescoço das garotas."

"O chupão." Milena deu risada, mas parecia incomodada.

"Me conta onde você estava."

Ela ficou em silêncio.

"Vou ligar para a mãe da Chloe então."

"Foi na casa do Theo."

"Theo?"

"Meu namorado."

"Namorado?"

"Você é um papagaio agora?"

"Milena", censurou ela.

"Ok", disse Milena grosseiramente.

"Quem é esse Theo?"

"Ele trabalha no estúdio de tatuagem perto da Beth."

Judith lembrou-se do dia em que ficaram no meio-fio esperando para atravessar a rua Fore e viu uma figura parecida com um ogro na recepção do estúdio. Era ele? Ela não conseguia decidir o que era mais perturbador, a decepção ou aquele homem. Havia pouco a ganhar insistindo no assunto com sua filha. Além disso, ela precisava manter o que restava de sua serenidade. Havia uma decisão urgente a ser tomada.

Ela deixou Milena cozinhar seu macarrão e voltou para o estúdio. Ela queria dizer que a encomenda de Beth estava pronta. Olhou para a pintura no cavalete por um bom tempo, absorvendo o espaço negativo, focando na forma da bétula, acompanhando o traço das linhas finas dos galhos antes de decidir quais trabalhos teria que fazer. Ela não conseguiu dar outra pincelada.

Passou pela cozinha e foi para fora. O dia estava calmo e fresco, o sol se pondo até anoitecer. Algumas folhas marrons onduladas estavam presas nos galhos nus das macieiras. Ela calçou suas botas e vagou pelo jardim, arrancando ervas-daninhas aqui e ali.

Sua vida tinha um ritmo - pintura, jardinagem, manutenção da casa - e com Milena quase uma adulta, ela logo teria a solidão que desejou durante toda a vida de sua filha. Algumas vezes pensou que esse desejo evidenciava que ela era uma péssima mãe e que Milena merecia algo melhor, mas se recusava a sentir-se culpada com isso. Não passava um dia em que uma pequena parte dela não desejasse que o pai de Milena implorasse por mais contato, até mesmo custódia - coisas que teria entregado com alegria.

Ela tirou duas folhas de louro de uma pequena árvore que crescia dentro de um grande pote de barro no canto do pátio, e arrancou as botas.

Uma hora depois estava misturando queijo ralado em um molho branco O telefone tocou. Ela desligou o gás e saiu para o corredor. Era Beth.

"Só para checar o progresso."

Judith a conhecia muito bem para ser convencida pelo seu tom casual. Ela devia estar andando de um lado para outro, marcando itens de uma lista de tarefas numa prancheta.

"Estão prontos", disse ela. "Vou entregá-los amanhã à tarde."

"Graças a Deus. Você pode chegar no escritório ao meio-dia?"

Não era o ideal. O horário do almoço dividia o dia em dois, nem metade do tempo suficiente para reunir seus pensamentos e se concentrar em seu próximo projeto. Mas não tinha sentido tentar negociar com a Beth.

Quando o telefone tocou pela segunda vez, era o Peter. Ela disse que ia chamar Milena, e ele disse que não precisava. "É com você que quero falar", disse ele com uma voz afobada e irritada.

"Pode continuar", respondeu ela lentamente.

"Você sabia que ela cancelou o nosso dia."

"Não tinha ideia."

O que era verdade, mas Peter não parecia acreditar nela.

"Creio agora que você vai me dizer que não tinha ideia que ela se envolveu com um cara", disse ele. "Um cara brutamonte na verdade, que trabalha no estúdio de tatuagem da rua Fore."

Ela imaginou Peter com os lábios apertados, linhas de expressão aprofundadas entre os olhos.

"Em frente ao Nicholas Priory?", disse ela, tentando manter a conversa leve, lembrando-se daquele dia em que viu o ogro na janela do estúdio de tatuagem. Ela não tinha prestado muita atenção, alheia que sua filha que estava ao seu lado sabia muito bem quem ele era. Ela seguiu com uma voz cordial. "Acho que ela o conheceu enquanto esperava por você."

"Isso é um talvez", disse ele. "O que eu sei é que eles passaram o último fim de semana juntos."

"Ela estava com a Chloe semana passada", mentiu ela, lembrando do chupão.

"É isso mesmo? Então por que eu a vi na cidade com aquele monstro?"

"Ela tem 16 anos", disse ela, como se a idade fizesse diferença.

"Ela está com um tipo ruim."

"Vou falar com ela."

"Ela está arruinando a vida dela."

"Vou falar com ela."

Ela desligou o telefone. Não tinha ideia de como abordar Milena. Ela estava acima da idade do consentimento e livre para estar com quem quisesse. Não era culpa dela que a garota não tinha bom gosto. Embora suspeitasse que foi isso o que Peter pensou. Sentiu-se defensiva. Certamente tinha feito o que qualquer mãe faria para criar um filho com modos e valores. Ela mal era mais do que uma criança quando a teve. Era exigida por um pai normalmente indiferente a desafiar sua filha sobre seu engano: Ela ficou em pé ao lado do telefone por um longo tempo antes de sair, sabendo que não iria falar.

A inauguração da Beth começou às seis. Judith chegou com cinco minutos de sobra, Milena com a postura encurvada logo atrás, vestida com tênis, jeans preto e uma camiseta da banda Necrophagist e seu cabelo como de costume não escovado, caindo frouxamente sobre seu rosto. Ela deu atenção à sua maquiagem com seu rosto esbranquiçado e as órbitas de seus olhos estreitos tristemente negros. Porém Judith não invejava sua aparência. Com um lenço de duas partes, de cores laranja-queimado e um contrastante verde-sálvia, ela sabia que simplesmente ficaria deslocada.

Beth a cumprimentou com um aceno e fez sinal para uma longa mesa em um cavalete, repleta de comida e bebida. Cuidadosamente organizados em uma toalha de mesa branca, estavam bandejas de canapés, molhos, *vol-au-vents* e salsichas de coquetel. Beth serviu Judith com uma taça de vinho branco e olhou curiosamente para Milena. "Você quer refrigerante ou suco?"

"Tem Coca?"

Beth ignorou o pedido, com sua atenção voltada a um casal bem-vestido que passava pela porta. Judith deu para Milena um copo de limonada, preocupada se ela iria permanecer mal-humorada a noite toda.

Milena então percebeu a filha de Beth, Anna, jogada no

sofá e seu rosto se iluminou. Anna era uma garota quieta, despretensiosa, de forma alguma o tipo de Milena, mas quando Anna começou a ouvir Slipknot tornou-se uma das melhores amigas de Milena. Quando Milena tornou-se fã de Slipknot, sua imagem mudou do jeans e camiseta listrada para tudo preto. Quanto mais crescia, mais arraigado ficava o seu desprezo por todas as coisas comuns. Foi um alívio vê-la se juntar com Anna, as duas encurvadas sobre seus iPods, indiferentes aos olhares penetrantes que recebiam dos convidados adultos, que cobiçavam seus assentos.

A sala estava cheia de pessoas de meia-idade: mulheres com vestidos formais conversando em grupos de três e quatro; homens de terno e de jeans passado, com camisas elegantes. Ela reconheceu o prefeito e sua esposa, ambos altos e rechonchudos; o candidato local conservador conversava com uma mulher magra de nariz adunco e cabelo loiro com um belo corte; três professores da antiga escola primária de Milena conversavam com um construtor local; e dois fazendeiros pareciam incomodados com suas esposas na janela, fofocando.

Uma jovem que parecia impaciente com uma câmera na mão perambulava ao lado do suporte da mesa. Judith mergulhou um palito de cenoura numa tigela de guacamole. "Você é a artista?", disse a jovem.

"Bom palpite."

"Sua obra é formidável."

"Obrigada", disse sem acreditar muito nela.

"Meu nome é Megan, da A Estrela de Exeter. Posso tirar uma foto sua? Eu gostaria de fazer uma reportagem sobre o seu trabalho."

Beth deve ter ouvido por acaso. De repente, ela estava ao lado de Judith, toda sorridente. "Que bom que você pôde vir, Megan. Garanta uma boa foto da sinalização bem como do lugar."

Ela tirou Megan dali pelo cotovelo, fazendo uma pausa e voltando. "Você pode estar interessada em conversar com aquela mulher ali", disse ela, indicando com uma inclinação da sua cabeça para uma mulher miúda, modesta, com um conjunto de saia de lã simples e blusa creme, sentada ereta numa das cadeiras de costas retas. "O nome dela é Vivi."

A mulher olhava as pinturas, perdida em uma espécie de repouso em transe, mãos frouxamente dobradas em seu colo, palmas viradas para cima. Judith aproximou-se e encarou o tríptico, curiosa para saber o que era tão cativante.

O tríptico fundia-se perfeitamente com a parede, as bétulas diminuídas no meio da ampla vastidão branca. Elas deveriam ser expostas contra um fundo escuro.

"Vivi?", perguntou ela.

A mulher olhou para ela sem expressão. E então ela disse: "Você é a Judith?"

"Sou", disse ela e estendeu sua mão.

Depois de um aperto de mãos fraco, o olhar da mulher deslizou de volta para o tríptico.

"O que você vê?" Disse Judith.

"Nessas pinturas falta um elemento."

"Falta cor."

"Mais do que isso. Eles são sem vida."

"Foi a escolha da Beth, não minha", disse.

A mulher a olhou com o olhar fixo igual ao que havia dado às pinturas. Seus olhos eram azuis translúcidos e ela estava tão autocontida que Judith sentiu-se dispersa em sua presença.

"Vejo que você gosta de cores", disse com um olhar rápido para a roupa de Judith. Ela se voltou mais uma vez para as obras de arte. "Aquela pintura à direita é a que mais me incomoda."

"Gosto da perspectiva de olhar para baixo por entre os galhos sem folhas no chão congelado."

"Você é a artista, mas você não vê a morte nas imagens que criou."

A pele de Judith formigou. Ela não respondeu embora pensasse o mesmo, sem querer ser arrastada para uma discussão mais aprofundada.

"Se você me dá licença", disse a mulher, que se levantou de seu lugar, deixando Judith contente de ficar livre do escrutínio.

Ela pensou que aquilo já era o suficiente até ali na inauguração, quando Beth chegou apressada e a pegou pelo braço. "Estou feliz que tenha conversado com Vivi", disse ela. "Ela é uma vidente. O que ela disse?"

"Não tenho ideia", disse Judith, dispensando imediatamente a reação da sua própria pele.

"Habilidade excelente. Certeira, toda vez."

"Não sabia que você gostava de adivinhação."

"Eu não gostava, até conhecer Vivi. A precisão das previsões dela é impressionante."

"Sério?"

"Nunca falha. Levei Anna para uma consulta no aniversário dela, semana passada. Vivi disse que todas as amizades de Anna esse ano seriam positivas e mutuamente benéficas." Ela parou, seu olhar pairando no sofá. "Você não pode imaginar como estou aliviada em ouvir isso!"

"Milena me disse que Anna tem estado um pouco solitária."

"É ótimo ver isso acontecer", disse Beth, deixando de lado o comentário de Judith.

Judith não estava convencida de que ela realmente quis dizer isso. Além do mais, ela nunca pensou que Beth seria tão fatalista. Acreditar em seus próprios poderes místicos é uma coisa; ter uma fé cega nos poderes dos outros pareceu uma ridícula abdicação da vontade. Uma terapeuta colocar sua confiança numa vidente, dessa maneira, era estranho. Com todo o conhecimento de Beth, Vivi podia ser uma charlatã.

Beth deu um enorme sorriso para o candidato conservador e Judith juntou-se à sua filha e sua amiga, e perguntou o que elas achavam das pinturas. Anna olhou através do lugar. "São um pouco sinistras", disse ela.

"Consigo vê-las numa capa de CD", disse Milena sem olhar para cima.

"Sim! Como o seu CD do Opeth. Todo assustador, em um cemitério." Os olhos de Anna se arregalaram.

"Podemos ir agora?" Disse Milena, com choramingo em sua voz. Anna parecia cabisbaixa. Judith sorriu para ela compreensivamente e tirou sua chave do carro da bolsa. Milena enfiou o iPod no bolso do seu jeans. "Vejo você na escola", disse ela enquanto se levantava.

No caminho da saída, Judith percebeu as bétulas prateadas em seu cenário invernal, sentindo uma estranha sensação de perda. Estranho, porque ela detestava pintar em preto e branco. Estranho, uma vez que não achou as obras cativantes. Estranho, porque na verdade, ela ficaria feliz em nunca mais vê-las.

PARTE 2

COMPOSIÇÃO

CAPÍTULO SETE

REPETIÇÃO

Apesar do design elegante da casa com seus tijolos de cerâmica e pé-direito alto, Harriet preferia o estúdio. Situado ao final do jardim dos fundos, o estúdio se encolhia numa gruta de samambaias com uma relva macia, na sombra rajada de dois olmos dourados e com os troncos robustos de três tramazeiras, erguidos firmemente. Revestido com cinzas de lenha, o telhado ladrilhado e os batentes nas paredes voltados para sul e oeste, pintados de preto lustroso, a construção tinha um charme de fazenda inglesa. Outrora uma oficina de tornearia, do lado de dentro o chão de concreto estava manchado com óleo de linhaça e, desde que ela havia tomado posse, tinta. Uma bancada alta e longa ladeava a parede de trás e onde uma vez cinzéis, prensas e serras viveram, os acessórios de artista - latas e tubos, pincéis e trapos, sobras de papel, cadernos e paletas - estavam bem-organizados abaixo de um friso de esboços inacabados pregados na parede. Telas de obras em progresso se escoravam nas outras paredes. Tomando o centro do piso estavam dois cavaletes, um par separado e de frente para a luz natural. Atrás dos cavaletes estava uma mesa de madeira. Contra a parede oposta ao lado de um fogão *potbelly* ficava uma única poltrona coberta com uma manta violeta e verde-esmeralda. Pois havia momentos que Harriet escolhia sentar-se confortável e aquecida.

Era novembro e a chuva de início da primavera, seguida por uma série de dias quentes e ensolarados, deu início a uma explosão de novo crescimento. Ela ligou para seu jardineiro, Malvin, para acrescentar algumas horas. Ela foi à janela e o observou podar os arbustos e fotínias ao longo da cerca a oeste. De descendência holandesa, Malvin era um enorme homem cabeludo, que usava uma barba cheia e se vestia sempre em seu uniforme militar. Ele trouxe suas próprias ferramentas, até mesmo um carrinho de mão, dando ré em sua antiga Pajero na entrada da garagem e posicionando a parte de trás para facilitar o acesso, não importasse no que estivesse trabalhando. Ele tinha um charme surpreendentemente elegante, o que o tornava um prazer de se observar e se ela tivesse preferência, o teria representado na pintura.

Ela olhou para trás, seus olhos ajustando-se à luz mais fraca e foi para sua poltrona, ladeando os cavaletes sem muito além de um relance nas telas que estavam neles. Duas telas grandes e perfeitamente quadradas. Ela havia aplicado uma fina camada de guache preto acinzentado para apagar o vazio completo do branco, pois achava que o branco amortecia sua alma. Não conseguia ver no branco, não conseguia conceber uma única ideia. Preto acinzentado se mostrava um pouco melhor.

Ela se sentou, cotovelos nos apoios de braço, dedos de ambas as mãos pressionados juntos. O que havia começado como uma ideia simples, um projeto em conjunto que culminaria em uma exibição de arte e música, havia se transformado em um leviatã complexo. Ela lamentou o momento em que notou a Lua e sua mente saltou imprudentemente daquela esfera celestial para o guia de plantio lunar na gaveta de baixo da cômoda, sem se importar com as consequências.

Traçar o movimento da Lua por nove meses seria, como disse Gigi, oneroso. Ela passou boa parte do mês de outubro sentada diante do guia de plantio e de sua efeméride, atordoada pela informação astrológica. A Lua se moveu tão rápido que em qualquer período de 12 horas ela percorria seis graus completos do zodíaco, o que significava que ela tinha que recorrer a cálculos matemáticos para determinar o momento preciso em que passava por cada planeta, do Sol a Plutão. Gigi havia sugerido usar um computador. A internet com certeza ofereceria um método mais rápido, disse ela. Mas Harriet a enxotou. Ela não toleraria isso. Apesar de no fim não ter escolha a não ser ceder ao uso de uma calculadora científica, daquelas que podem multiplicar graus.

Fora isso, Gigi não era útil. Ela afastou a cortina de contas, entrou na cozinha com um olhar propositalmente desviado perguntando com ironia sobre o andamento do jantar, depois de se enrolar em juntar os elementos de uma salada, saiu, parando na cortina com um "Ainda não terminou então."

Não, ela não tinha terminado, mas uma vez que havia se comprometido em acompanhar cada aspecto maior que a Lua fez com todos os planetas, ela iria persistir.

A atitude desdenhosa de Gigi atingiu o auge no dia que discutiram sobre o quincôncio. Ela entrou na cozinha aparentemente para preparar o almoço, mas Harriet sabia despejar mais desprezo em seu trabalho. Dispostas sobre a mesa estavam nove longas tiras de papel coladas com fita adesiva, cada uma retratando os aspectos lunares pontilhados ao longo de uma linha do tempo. Ela tinha listado os planetas no eixo vertical, o que permitiu uma ampla distensão do espaço em cada dia para permitir os incrementos de seis horas. Codificou os aspectos com cores e fez uma lista em código no canto superior direito.

Gigi se inclinou sobre seu ombro e apontou para o código.

"Quincôncio?", disse ela.

"Isso."

"O que é um quincôncio?"

"150°."

Gigi parou, rodeando sobre seu ombro.

"Achei que todos esses aspectos fossem baseados em números inteiros."

"Esse não."

Gigi foi para a geladeira e procurou alguma coisa por um minuto e Harriet voltou ao seu trabalho.

Momentos depois, Gigi parou de mãos vazias e disse: "Então é um artifício."

"Como é?"

"O quincôncio."

Harriet largou sua caneta. Aparentemente, frações não eram permitidas.

Então foi defender o pobre quincôncio. Ela tinha três em seu próprio horóscopo e sempre sentiu aquela presença, uma sensação de estar fora de si. Mas Gigi permaneceu enfática. O quincôncio, argumentou, era baseado na lei imaginária da correspondência e não na harmonia do círculo. Apenas ângulos divisíveis por números inteiros produzem algum significado, de acordo com ela.

Gigi pegou um punhado de biscoitos da lata na bancada e correu pela cortina de contas, deixando Harriet desconcertada. O que então fazer do seu horóscopo, sua experiência, ela mesma? Ela pegou seu horóscopo da gaveta de baixo da cômoda e olhou fixamente seus quincôncios. Imaginando suas configurações de aspecto na ausência deles, sentiu-se desolada e mal conseguia entender por que estava aceitando a opinião de

Gigi. Embora se fosse seguir aquele raciocínio, ela poderia também expandir a esfera da quinta harmonia que *era* baseada em um número inteiro, e então ficou confortável com os novos aspectos da quinta harmonia que havia encontrado. Com suas qualidades criativas e inspiracionais devidamente atribuídas, ela reorganizou seu sentido de si e não mais se sentiu desajustada.

Ainda assim, estava inquieta. Desde sua experiência sinestésica seguia a lei da correspondência, nunca tendo sido tal coisa uma coincidência em seu universo. Se Kandinsky tivesse encontrado verdade na combinação de cor e forma com a condição humana, e uma vez que a Teosofia confiava de todas as maneiras nas correspondências cósmicas com o mundano, então quem era ela para fazer objeções ao quincôncio?

Gigi havia proposto o que remontava a uma nova lei de harmonia e números inteiros, e junto com isso uma nova harmonia da qual não tinha ideia das implicações. Além do mais, Gigi não estava em posição de contestar a sabedoria das eras. Como ela pôde entrar em desacordo com antigos astrólogos! Para eles, cada aspecto maior correspondia a um signo zodiacal. Áries é o primeiro, alinhado com a conjunção, gêmeos e aquário com o sextil, capricórnio e câncer com a quadratura, leão e sagitário com o trígono e libra com a oposição. O problema era que o método deixava quatro signos sem um par. O quincôncio ajudava a resolver o déficit.

Parece arbitrário, errado e perigoso também, enfraquecer séculos de raciocínio astrológico acumulado sobre essa metafísica fundamental, suplantando-o com outra regra, nascida da necessidade de consistência de Gigi.

Mais tarde naquele dia, Gigi entrou na cozinha em seu roupão de cashmere e foi direto para a chaleira preparar chá. Harriet virou em sua cadeira e falou em defesa do aspecto.

"Como um aspecto é plantado dentro de todo um esquema

de aspectos", Gigi disse em resposta, com um saquinho de chá preso entre seus dedos levantados: "uma excentricidade, apenas para satisfazer um capricho? Então, de algum modo, toda harmonia importante deve corresponder a um signo zodiacal? Por quê? São conceitos diferentes; aspectos são harmonias e signos, zodíaco. Os signos pertencem às constelações e acho que há alguma base no fato astronômico." A chaleira ferveu. Ela colocou o saquinho de chá em sua xícara e acrescentou: "Embora eu não tenha certeza sobre a divisão deles em segmentos de 30°. Isso também parece arbitrário."

"E como você dividiria um círculo em 12?" Disse Harriet, sentindo um repentino fluxo de calor.

Gigi deu alguns passos em direção ao fogão, virou e foi para a cômoda antes de mudar de ideia e parar na pia e mostrar que olhava pela janela. Então ela se voltou para Harriet com seus pensamentos.

"A confusão surge no próprio círculo."

"A roda."

"Quero dizer a roda e a divisão da roda pelo número 12. Pode também haver 13 constelações, ou 200, na verdade qualquer número, considerando a dimensão do universo. Qual o critério para esses 12 serem selecionados e considerados tão importantes?"

Harriet estava sem palavras.

"Antropomorfismo é a raiz disso", disse ela, cruzando os braços em frente ao seu peito. "Para os antigos, os planetas eram seres animados e eles governavam os signos como se fossem reinos. Acho que a humanidade progrediu dessas ingenuidades. Certo?"

"Você está sendo purista", disse Harriet, pensando pelo menos em um ponto de alegação.

"Como?"

"Só a raiz harmônica é relevante para você. Por que não

dividir um círculo em intervalos de 12? E por que então não atribuir para cada décima segunda parte uma série harmônica? Por que, na verdade, não pode haver uma sétima, ou nona ou até décima primeira harmonia?"

Ambas pararam, percebendo simultaneamente o erro da lógica de Gigi.

E o quincôncio estava de volta quando cinco duodécimos de um círculo e a sensação de estar fora de ordem voltou para Harriet com um estrondo ressoante.

Ela voltou ao seu trabalho de rastrear a Lua e Gigi saiu da sala sem dizer outra palavra. Harriet levou mais alguns dias para completar suas nove listas de viagem da Lua, sair e levar suas listas para o estúdio.

Sentada em sua poltrona, dando uma olhada atrás de suas telas pretas-acinzentadas acomodadas em seus cavaletes, sentiu-se perturbada. Gigi estaria errada em dispensar a lei da correspondência. Tinha que haver regras, regras que criassem estrutura e o significado da estrutura. Luz e trevas, a roda de cores, como as cores faziam o espectador se sentir, tudo era fundamental para sua arte. Era trabalho do artista abstrato evocar no espectador uma experiência que fosse transformativa e a correspondência era a maneira de fazer isso. Embora ela não tivesse ideia de como evocar tal experiência ao fazer uso do modelo lunar. Para deixar o assunto ainda pior, depois de toda sua resistência e completa oposição, Gigi pegou as listas do modelo lunar meticulosamente copiadas por Harriet e escreveu quatro composições, também de maneira a completar a quinta. Harriet não tinha ideia de como ela conseguia encontrar inspiração.

Gigi não esperava compor. Sem entusiasmo pelo modelo lunar, ela antecipou uma dificuldade composicional diante das cômicas listas de sua mãe, produzindo na melhor das hipóteses, nove peças curtas e medíocres, proporcionais ao esforço que planejou colocar nelas. Era o dia seguinte à sua primeira cerimônia e ela tinha acordado de mau humor. Depois de desfazer-se das cobertas, colocou seu vestido de cashmere e desceu as escadas.

Ao encontrar a casa vazia, foi para fora e passou pelo jardim, entrando no estúdio após três batidas agudas e, com um rápido relance em sua mãe de pé diante de suas telas de pretas-acinzentadas, ela disse: "Então você está começando", e se jogou na poltrona.

"Na verdade, não." Harriet parou, pincel na mão. "Estou me livrando do branco."

"É justo."

"E você?"

"Nenhuma nota."

"Tenho certeza..." as palavras de Harriet se dissiparam. Um olhar de satisfação surgiu em seu rosto enquanto ela voltou sua atenção à sua pintura. Com seu avental evasê bordô manchado de tinta, seu cabelo negro apanhado em um lenço verde e caindo como uma cascata por todos os lados, ela parecia uma bruxa com cabeça de esfregão e Gigi teve que conter a risada.

"Aquela cerimônia foi horrível", disse ela, como se estivesse determinada a parecer indelicada.

"Tenho certeza que..."

"Para de dizer 'tenho certeza'." Ela fez uma pausa, chocada com sua própria irritação antes de alterar seu tom com: "Um bando de velhos caretas, celebrando os 90 anos de algum sujeito e tudo que queriam de mim era ouvir interminavelmente Gershwin e Fats Waller. Tive que tocar 'Ain't Misbehavin' seis vezes." Ela parou novamente. "Não tinha me dado conta do quanto octogenários podem ficar bêbados ou paqueradores. Foi assustador."

"Mesmo assim..."

"Não tem mesmo assim."

A força de seu comentário a surpreendeu. Ela soou irritada e tensa, mas os clichês de sua mãe eram irritantes como sempre. Sim, ela era grata pelo trabalho, mas não conseguia exorcizar de seu ser a perturbadora frustração de que havia ferrado com sua carreira musical; de que Arthur havia apagado sua presença da billboard. Três anos e suas conexões e esperanças se foram. Houve momentos em que se sentiu ferida com a humilhação, e não conseguiu entender o que a motivou, momentos antes, a buscar pela companhia de sua mãe. Seria melhor ela ter se vestido e saído para uma caminhada. Sim, uma longa caminhada era o que precisava. Ela iria ao jardim, desceria ao lago, deixaria sua mãe ali com seu cabelo ridículo e sua pintura.

Estava para sair do estúdio quando houve uma batida leve à porta e Penélope entrou, vestida como sempre em seu casaco trespassado e de chapéu.

"Harriet, aí está você! Estou levando uma entrega de um monte de Suhair Sibai da liquidação da galeria."

"Quem?"

"Você não conhece o trabalho dela? Artista síria. Vive nos Estados Unidos, é claro. Achados maravilhosos também. Pensei que você gostaria de dar uma olhada. Olá, Gigi." Ela colocou sua pasta na mesa e olhou da bancada para as telas nos cavaletes. "O que é tudo isso?"

"É um projeto em conjunto", disse Harriet. "Gigi e eu nos juntamos para uma exibição. Nove pinturas. Nove músicas."

Sua mãe parecia orgulhosa, mas Gigi sabia que isso era fachada. Ela estava surpresa por Penélope ainda não saber e achou essa omissão de confiança em uma amizade franca e unificada reveladora. Dizer que Gigi não estava certa até que Penélope disse numa voz instantaneamente envolvida: "Fascinante." Ela refletiu por um momento, como se repassasse um monte de possibilidades antes de continuar. "Uma música para cada pintura ou uma pintura para cada música. Quem vai primeiro? Pelo jeito você Harriet. E então, Gigi", disse ela, seu olhar rapidamente preso na direção da bancada. "Você vai compor algo que se adapte?"

"Pensamos nisso, mas ao contrário, estamos as duas nos inspirando em uma fonte externa", disse Harriet.

"A Lua", disse Gigi.

"Nem todas as deusas têm vestidos esvoaçantes, Harriet. Você me surpreende."

Gigi se permitiu um sorriso íntimo pois Penélope é uma aliada inesperada e ela esperou sua mãe reagir.

"Não é nada disso", disse Harriet. "Isso é conceitual."

"Sim. Nova, crescente, cheia", disse Gigi secamente.

"Mais do que isso e você sabe!" Harriet lançou nela um olhar de censura. "O movimento da Lua em relação à toda a galáxia". Ela entregou para Penélope uma das listas que estavam na bancada.

Penélope a desenrolou e demonstrou assimilar a informação. Ela vestia a conduta de uma mulher condicionada pela eficiência, como se cada momento fosse dado aos negócios, deixando pouco espaço para frivolidades. Embora Gigi suspeitasse que sua maneira dava a falsa ideia de uma natureza sensível. Seu cabelo estava bem puxado para trás de seu rosto, enfatizando as linhas da plumagem ao redor da boca e dos olhos, esses diminuindo com o passar dos anos, a cobertura de pele abaixo da sobrancelha caindo inclinada, dando-lhe uma aparência quase oriental, e Gigi imaginou se um dia a dobra caída iria impedir sua visão. Ela enrolou a lista com floreio e o devolveu. "Ambicioso."

"Nove planetas. Nove meses", disse Gigi.

"Nove pinturas", disse Harriet.

"E nove músicas."

"Agora estou interessada. Então, quando vocês vão terminar o projeto?"

"Abril."

"Hum. Logo depois do equinócio da primavera". Ela colocou a mão no bolso para pegar seu telefone.

Gigi observou sua mãe retornar a lista para seu lugar na fila da bancada.

"Ok", disse Penélope depois de uma longa pausa. "Só tenho uma coisa. Parte dos devotos no retorno da caminhada em Camino: tipos de sacerdotisas, um grupo inteiro delas. Elas se reunirão depois para um balanço espiritual em Maryvale. Sou a gerente de cerimônias. Vou arranjar para as senhoras participarem da abertura."

"Isso é gentileza sua."

"Que nada. Um pouco de passeio para elas e eu estava procurando uma excursão para completar o itinerário."

"Torna isso bem mais real, suponho." Harriet parecia indecisa.

"Sério?" Gigi sabia que era seu tom sarcástico que fez Penélope e Harriet trocarem olhares.

Penélope deu um passo à frente e parou diretamente diante dela. "Gigi, sua mãe tem um jeito para essas coisas. Exceto pela série Wessex", disse ela como um aparte, "mas todos temos nossos tempos estáveis." Ela parecia resoluta, olhos brilhando com a força de uma vontade com sangue quente, que era nada menos que intimidante e Gigi se encolheu na cadeira. Penélope prosseguiu. "É o seguinte. Nove músicas soam como um álbum. O que você acha? Vou entrar em contato com Tommo o Blindado. Produtor musical. Já ouviu falar dele? Ele me deve mais de uma." Gigi notou um rápido movimento de sua mão atrás das costas e sua mãe prontamente mexeu nas coisas em sua bancada. "E enquanto tenho você aqui," disse Penélope com a voz baixa, "como está sua agenda? Tenho que preparar algumas festas de aniversário dos velhotes que estão chegando, e o comentário é que você foi uma sensação."

"Tudo que fiz foi tocar '*Ain't Misbehavin'*."

"E o resto. Você deu a eles o que queriam. O que é mais do que posso dizer de seu predecessor."

"Frank não vai voltar?"

"Não."

Ela sabia que tinha que ser educada, tinha que aceitar os trabalhos de Penélope. Eles também eram lucrativos. Penélope pagou a ela bem mais do que seu período no Derwent e aquilo foi bem pago. Era uma sensação de andar numa rua sem saída. E havia pouca chance de ela ter a oportunidade de tocar sua própria música. Pelo menos no Derwent ela podia tocar Wynton Kelly e McCoy Tyner. Agora era tudo Count Basie, Duke Ellington e o maldito Fats Waller. Apesar de seu receio, ela sorriu e agradeceu a Penélope, disse sim, que estava livre e ficaria feliz em tocar em suas cerimônias.

Satisfeita, Penélope juntou-se a Harriet perto dos cavaletes e elas conversaram em tom baixo. Logo elas falaram para Gigi que iriam à galeria ver as novas aquisições, deixando Gigi sentada na poltrona embrulhada em seu vestido de cashmere.

Sozinha naquele espaço, cercada por todas aquelas ferramentas do talento artístico de sua mãe, inalava o cheiro levemente acre da tinta quando uma curiosidade inesperada tomou conta dela. Ela se levantou e foi para os cavaletes. As telas preto-acinzentadas não indicavam o que estava na mente de sua mãe. Oito das listas estavam enroladas em linha organizada, o primeiro mês desenrolado e preso em cada ponta por um dos grandes pedregulhos que Gigi havia encontrado na praia um certo ano. Pedregulhos com corações rosa brilhantes de amor que ela havia pintado para um projeto de escola no Dia das Mães.

A criação das listas tomou várias semanas de Harriet. Toda

vez que Gigi ia para a cozinha, lá estava ela, investindo nas efemérides, anotando cada aspecto com a dedicação de um estudioso medieval. Tanto esforço e pela aparência daquelas telas, Harriet não tinha ideia do que fazer de sua representação da permanência cíclica da Lua no céu.

Organizada na lista estava uma série de fileiras, uma para cada planeta, e no eixo inferior, demarcado em incrementos, a indicação dos dias de uma lua nova à próxima. Os aspectos tinham códigos coloridos e estavam marcados como pontos. O resultado foi uma dança aleatória de pontos. Não fazia sentido ser feito disso, nenhum som a se ouvir. Era tão inspirador quanto um cardiograma.

Ela não tinha ideia do que a levou a pegar o *The Combination of Stella Influences* [A combinação de influências de Estela, em tradução livre], de Reinhold Ebertin, muito menos abrir aquele livro. Além das questões matemáticas, ela mal tinha ideia sobre a astrologia e ainda menos interesse, com sua mente atordoada quando sua mãe seguiu com eclipses ou, como ela chamava, um velho e triste trânsito de Saturno. No entanto, o modelo da Lua parecia o único caminho a seguir se elas persistissem com a exposição, e o envolvimento de Penélope tornou isso mais um imperativo. Pelo menos o modelo era abstrato e temporal, e era tudo que lhes tinha ocorrido com o que continha o número nove e contornava a correspondência banal de pintura e música.

Ela buscou por um dos vários blocos de anotações de sua mãe empilhados organizadamente ao final da bancada e se sentou na poltrona, colocando a lista do primeiro mês em seu colo e Ebertin no apoio de braço.

Para cada combinação da Lua com um planeta, Ebertin havia listado um breve conjunto de descritores. Ela começou com a primeira combinação depois da lua nova, percebendo que começaria na combinação da lua nova em si e cada música teria um ponto inicial idêntico, havendo repetição suficiente sem aquilo.

Estava surpresa em descobrir que a primeira combinação da Lua era com o velho e triste Saturno. Um começo frio e austero, embora pelo menos Ebertin também tenha mencionado o autocontrole. A combinação seguinte era com o enérgico Marte, denotando volatilidade e paixão, e então veio o expansivo Júpiter, seguido pelo místico Netuno. Movendo-se de um par para outro, ela se viu entrando em um fluxo onde o par anterior coloria o seguinte, em sua imaginação. Se Lua/Saturno significava autocontrole, então a subsequente impulsividade Lua/Marte seria sentida como uma liberação. Uma história se revelou quando a Lua abriu seu caminho, brilhando de volta para o Sol e depois minguando até escurecer. E como ela escreveu, ela se tornou a Lua respondendo às influências de cada esfera celestial, escrevendo não uma lista literal de descritores, mas uma história de suas impressões e os sentimentos que eles evocaram.

Sua sensibilidade criativa sabia que acima de tudo era o fluxo que importava, a sequência e os intervalos entre as combinações, e que em algum lugar dentro disso tudo ela encontraria a música.

E ela ficou satisfeita em descobrir que estava de volta ao sublime mundo de sua tese, explorando o processo de composição, um processo muitas vezes desprezado por um simples acontecimento, um evento como uma compra mundana, mas tão efêmero quanto o éter. A maior parte de seus amigos achavam a musicalidade uma aptidão, uma habilidade que você tem ou não, e era verdade que a habilidade musical não era algo que poderia ser forçado ou planejado. Vários compositores veem a composição como algo que acontece ao indivíduo, não é algo que o indivíduo entra.

Ela pensava diferente.

Para ela, compor era um estado alterado, uma zona, mas muito mais do que uma zona, pois a palavra trivializa a experiência, reduzindo-a ao nível dos mapas, como se fosse simplesmente uma área na mente. Um estado de consciência não pode ser fundido com um mero espaço. E aqui estava ela novamente, imersa em um lugar atemporal onde não era mais quem ela era; a Gigi com suas fraquezas. Ela era mais, menos, e ausente de si mesma, tudo ao mesmo tempo. Em transe, sim, mas um transe com propósito. E ela estava livre, ao contrário de seus anos de tese, onde achou-se constantemente defendendo e justificando sua abordagem aos seus supervisores tapados, cujo entusiasmo foi rapidamente eclipsado pela incompreensão.

Ela pegou a segunda lista, e então a terceira, e a quarta. Prestou atenção à emergência e mudança do padrão O tempo voou, logo o sol estava alto e o estúdio naquele quente dia de novembro estava agradavelmente fresco. Cinco listas a seus pés. Restavam quatro narrativas e ela não iria parar até terminar; não iria compor um único compasso até que tivesse um senso do todo.

A fome e as axilas fedorentas fizeram com que ela urgentemente deixasse as listas e corresse para o chuveiro. Voltou vestida com jeans e uma camiseta velha, dando grandes mordidas num generoso pedaço de bolo de maçã que pegou ao passar pela cozinha.

Felizmente Harriet não havia voltado. Ela suspeitava que Penélope a persuadiu a almoçar no Carlton, como sempre fazia. Penélope tinha sempre que estar em movimento e achava que Harriet passava muito tempo no Dandenongs. O que era verdade, pois sem a amiga, Gigi duvidava que Harriet se aventurasse além do sopé das montanhas.

Gigi tinha acabado de chegar ao final da nona lista quando ouviu passos do lado de fora.

Foi a entrada repentina, o choque no rosto de Harriet ao ver sua presença ali, o olhar, como se ela, a filha, fosse uma intrusa, e o sobrenatural de Gigi evaporou. Não havia percebido que por horas esteve encantada, até voltar ao ordinário.

Harriet trocou sua roupa por um vestido espalhafatoso, penteou o cabelo para trás e o prendeu com um pente grande.

"Vou sair do seu caminho", disse Gigi, reunindo as listas e colocando-as de volta, e o Ebertin, onde ela os encontrou na bancada.

"Fez algum progresso?" Disse Harriet com um dos seus sorrisos ridículos, enquanto Gigi ia saindo com seu caderno.

"Não tenho certeza ainda", disse ela.

Se sentiu evasiva, sem estar pronta para revelar como ficou ocupada com as listas, sucumbindo a um afloramento da emoção e a sua serenidade perdida de forma tão retumbante. No lugar, sentiu-se presa dentro da esfera de influência de sua mãe.

Ela não conseguia lembrar de se sentir alguma vez próxima de sua mãe. Harriet sempre pareceu estranha, seus cuidados maternais alternando entre indiferença e controle autoritário. Ela era tão animada que Gigi sentia-se insignificante em sua presença. Estava certa de que Harriet pensava nela, alternadamente, como uma decepção, uma vergonha e um encargo.

Estava ali na casa da sua mãe porque não tinha para onde ir, ali para reexaminar sua vida, ali para dar sentido ao seu passado recente, um passado que a catapultou de volta à busca por respostas, por revelações, por qualquer coisa que a ajudasse compreender por que não tinha um pai. Com certeza a falta de uma orientação paternal explicava o motivo de ela ter se apaixonado por Arthur. Também cresceu no lugar de sua exaltada criatividade um ressentimento que muitas vezes carregava em seu coração da crítica indireta da pessoa que a demitiu, a mulher que a tirou sem justificativa e lhe deu pouca explicação. Suas mais recentes ofertas eram pouco mais do que enfeites em vinhetas prévias e não eram para explicar o que Gigi sabia ser a verdade.

Uma vez, quando ainda era criança, ouviu por acaso sua mãe conversar com Penélope sobre aquele dia devastador em sua vida. Parada no corredor diante da porta da sala fechada, sua vontade por um copo de água foi interrompida quando ouviu a conversa delas.

"Conveniente para ele", disse sua mãe. "Mas eu tive que pegar o bonde até o Mario."

"Comprida pra caramba a rua Gore."

Foi o nome da rua que a fez parar à porta. Seguiu-se uma longa conversa sobre música e a festa de aniversário de alguém. Ela estava perdendo o interesse e estava com a mão na maçaneta quando sua mãe disse que estava aliviada em sair da casa na rua Gore.

"Se não fosse pela condição, pode ser que nunca tivesse saído", disse Penélope com uma voz constante.

"Verdade."

"A culpa é da condição."

"Parece nome de banda."

"Tudo menos a garota."

"Não, ficamos com a garota, lembra?"

Então uma gargalhada e Gigi voltou para o andar de cima sentindo-se confusa. Sua mãe deixou seu pai por causa de uma condição. Ela não tinha ideia do que era uma condição, mas sabia que devia ter sido muito sério: Condição.

Ela correu de volta para a casa com seu caderno, sua mente controlada por flashes de memória, fragmentos como filmes parados, sem a noção do antes ou depois.

Estava parada no meio do seu quarto na rua Gore com uma boneca na mão, ouvindo uma agitação de portas batendo no andar de baixo. Sua mãe estava aborrecida. Ela podia sentir a angústia de sua mãe se aproximar em seus passos subindo as escadas. A porta abriu e lá estava ela, bochechas manchadas de preto, cabelo bagunçado. "Gigi", foi tudo o que disse. Gigi viu ao seu redor de sua mãe flashes de vermelho e dourado. Observou suas roupas encherem uma mala e seus brinquedos, uma caixa. "Espere ali."

E ela esperou.

Sua mãe saiu do quarto. A seguir, a apressaram descer as escadas, foi espremida no banco de trás de um carro, seus pés em uma caixa, as malas e caixas ao lado dela amontoados até o teto, e Harriet no banco do passageiro na frente. Ela não conseguia ver a motorista, mas sabia que era Penélope. Tinha que ser Penélope. Sempre era Penélope.

Dirigiram a noite toda e ela nunca mais viu seu pai novamente.

Ela sentiu-se raptada desde então. Sua mãe, sua sequestradora. Era esquisito ser sequestrada pela sua mãe. Impossível fazer sentido. Especialmente quando a mãe nunca havia dado um esclarecimento.

Gigi havia tentado extrair a verdade dela em diversas ocasiões, mas sem sucesso. Sabia que seus avós haviam falecido recentemente. Que sua mãe estava perturbada pelo luto. Havia uma tela rasgada pela vela pesada que ela jogou. Seu pai a controlava, argumentando com ela, acalmando-a. Sem ele, Gigi ficou perpetuamente de guarda, com o temperamento imprevisível de sua mãe e suas terríveis explosões repentinas de raiva.

Ela se escondia em seu quarto.

Aprendeu a ser obediente, a desaparecer e a ouvir atrás das portas fechadas.

. . .

Novembro chegava ao seu fim e um vento fora de época soprava do Norte desde a hora do almoço. Harriet passou a maior parte da tarde se preocupando com seu jardim, enquanto as rajadas quentes e secas quebravam folhas tenras e botões de flores murchos. Malvin estava previsto para o dia seguinte e ela sabia que ele iria tranquilizá-la como sempre fazia, podando flores umas flores murchas aqui, ligeiramente ali, e lhe dizendo que as plantas perenes logo dariam novos brotos vigorosos. Claro que ele estava certo e era raro que alguma de suas plantas desistisse da vida depois de uma devastação. Seu jardim era robusto, alimentado por solo úmido e fértil desenvolvido por décadas de cuidado pois os proprietários anteriores eram tão amantes do reino das flores quanto ela.

Ela afastou-se da janela e caminhou passando por seus cavaletes, ambos vazios, e avançou com passos lentos pela extensão da bancada onde a primeira das suas nove listas estava desenrolada. Ela deve ter encarado aqueles pontos coloridos milhares de vezes, mas sua mente ainda estava vazia.

Se voltou para a lista e sentou-se à mesa de madeira para ler atentamente a seleção de livros de arte que trouxe de casa naquela manhã. Ela havia selecionado títulos aleatoriamente, passando o dedo pelas lombadas e parando quando o impulso a tomava.

Poderia ter passado seu tempo de outra maneira. Em outras ocasiões, quando sofria o bloqueio do artista, sentava-se no jardim e lia uma Barbara Hanrahan, vagava pelas lojas na Olinda ou ligava para Penélope para ver o que ela estava fazendo. Era até conhecida por convidar Rosa para dar uma volta e ter uma conversa teosófica. Só que dessa vez não poderia fazer nenhuma dessas coisas. Uma parte dela não toleraria distrações. Poderia ser contraproducente e ela achava que provavelmente era, mas o aperto da compulsão que mal conhecia não a deixava ir. Era como se sua própria vida dependesse de fazer a exibição frutificar, como se fosse seu destino e suas próprias deficiências estivessem no caminho. Ela estava no limite. Talvez estivesse se colocando sob um peso desnecessário, mas ela não sabia sair disso. Era um teste, uma provação, uma iniciação pela qual teria que passar.

Ela folheava uma série de lâminas coloridas da obra de Mondrian quando uma faixa cinza veio pelo caminho do jardim, e o rosto de Gigi apareceu na janela. Parecia haver o indício de um sorriso.

"Entra", disse ela e a porta abriu.

"Não queria interromper."

Sim, interrompeu, pensou Harriet, mas disse: "Você não interrompe nada."

"Achei que estivesse trabalhando."

Foi um comentário inocente contradizendo uma certa autossatisfação, até mesmo um júbilo. Pois sua filha não tinha nenhum problema em seu lado da colaboração. Nem um pouquinho.

Harriet não previu encontrar-se numa competição com sua filha, quanto mais perder a disputa. Quando o projeto lhe ocorreu seu desejo era ajudar Gigi a despertar de sua miserável letargia, mas agora que ela avançava numa explosão de criatividade e absorção entusiástica, Harriet se viu descontente. Achou que ela deveria estar feliz e seria feliz, se não fosse por seu próprio niilismo criativo.

"Você está usando seis?" Disse Gigi.

Harriet foi à bancada, pegou a sexta lista e a empurrou para Gigi, arrependendo-se enquanto ela demonstrava sua irritação. Ambas olharam para as telas com cinza e preto de Harriet alinhadas no canto de trás.

"Devo preparar um chá?" Disse Gigi.

"Só se me disser como você está compondo a partir das listas", disse Harriet, tendo coragem finalmente de perguntar.

"Simples", disse Gigi. "Escrevi uma estória para cada mês."

"Uma estória."

"Bem, uma interpretação, suponho. Usei aquele livro." Ela apontou para a bancada onde havia apenas um livro, em cima de uma pequena pilha de papel rascunho.

"Ebertin?" Disse Harriet, pega de surpresa que sua filha tivesse ao menos tocado em um livro de correspondências astrológicas.

Gigi não reagiu, claramente mantendo para si como foi que decidiu usar Ebertin, uma vez que o livro não caiu em seu colo. Foi admirável que soubesse como usá-lo, e novamente ficou claro o suficiente mesmo para o olho destreinado. Que Gigi chegasse tão longe depois de sua demonstração petulante sobre o modelo lunar era incompreensível, e Harriet ficou pensando se realmente conhecia sua filha.

"Então, escrevi as estórias", disse Gigi, "e agora tiro inspiração dessas estórias para compor."

"Uma interpretação de uma interpretação", disse Harriet lentamente, pensando onde havia ouvido aquilo antes.

"Por que não? Senão, tudo que você tem é uma série de pontos coloridos."

Harriet desconsiderou. Parecia para ela um método distante, retirado do modelo em si e ela se preocupava que houvesse pouca ou nenhuma correspondência entre a música e as peças artísticas, se produzisse alguma. O que pensou como completamente objetivo e abstrato, Gigi representou como subjetivo e pessoal. Ela tinha em mente algo metafísico, cósmico, que apontasse para uma verdade superior. Gigi reduzira o modelo ao humano e ao particular, seu próprio eu em particular. Supôs ser inevitável, considerando o estado de espírito introspectivo de Gigi ultimamente, que ela tenha escolhido tal caminho e sugado para dentro de si o modelo ao invés de permitir que sua alma se expandisse para alcançá-lo em seu próprio plano. Agarrada e cercada, em vez de esticada para frente. Talvez lá estivesse a solução. Haveria um contraste, a música subjetiva e a arte objetiva. A música representaria o sentimento, a arte a pura abstração.

Harriet sentiu um leve formigar em seus ossos.

E em sua mente, concebeu a primeira pintura. Ela absteve-se de todo significado e confiou nos pontos coloridos, sua repetição, sua formulação em punhados e espaços, e idealizou uma forma, sua primeira forma, uma forma tridimensional e organizou os pontos coloridos sobre a forma, permitindo que se curvasse e dobrasse junto com os vários planos retrocedentes a um ponto de convergência.

E olhou para sua filha, ocupada preparando chá e, entusiasmada em começar, disse: "Tem biscoito na lata na cozinha. Seu favorito."

CAPÍTULO OITO

TERÇA-FEIRA, 17 DE JANEIRO DE 2017 – CASA DE CAMPO FERNLEY

Era 8h30. O vento diminuiu e a neve caía lentamente como num globo de neve. No estúdio, Judith sentiu a tristeza que veio com a conclusão de um bom trabalho. No início do dia, tinha desistido de sua encomenda para a amiga de Beth – a cena da margem de um rio com sua complexidade de gomas vermelhas – em favor de sua mais recente paisagem de Wimmera, uma representação esparsa de uma fazenda abandonada, e agora o trabalho mal exigia outra pincelada.

A pintura era para ser colocada no bistrô australiano da rua Fore e ela estava satisfeita por transcender sua aversão àquele tema de hambúrguer e torta, sendo um dia com um monte de fotos em seu telefone. A proprietária, uma fervilhante mulher com cerca de 30 anos, estava feliz e ofereceu para mostrar e vender toda as suas obras Wimmera por 10% de comissão. "Elas vão decorar minhas paredes", disse com uma risada alegre, que até então eram tudo menos vazias.

Ela dava os toques finais em um poste e em um corrimão quando Milena apareceu no umbral e apoiou-se com suas costas contra o batente da porta. Judith sentiu sua respiração ficar superficial e curta, embora Milena parecia menos rebelde, quase receptível. Judith fingiu continuar com seu trabalho.

"Você não me disse o que aconteceu", disse ela calmamente.

"Você quer dizer o Theo? Ele é um mentiroso e esquisito."

Ela esperou, mantendo o foco em seu trabalho.

"Se você quer saber", disse Milena com brutal honestidade, "ele tem saído com a Anna."

"Anna? A Anna da Beth?" Ela puxou seu pincel para longe da tela.

"A própria."

"Não entendo." Milena e Anna frequentaram a mesma universidade, então era totalmente plausível que tal coisa pudesse ocorrer. Mas a ideia de Anna com Theo estava além da compreensão de Judith.

"Quando eu estava nas aulas do dr. Attenhofer sobre Romanticismo e os pré-Rafaelitas."

"Achei que você estudava História."

"É uma matéria eletiva." Ela enfiou as mãos no bolso de sua calça jeans. "E foi quando eles saíram."

"Lamento."

"Por que se lamenta? Ela me fez um favor."

Com isso Judith não podia discutir. Ela estava para voltar ao seu cavalete quando Milena disse: "Então, qual é o telefone dele?"

"De quem?"

"Do meu pai."

"Espera." Ela apoiou seu pincel e fez que ia sair da sala. Milena moveu-se para o lado.

Revirou a gaveta da cozinha reservadamente, feliz com o prospecto de Milena e seu pai passarem um tempo de qualidade juntos, mas não conseguia encontrar o cartão rápido o suficiente.

"Aqui." Entregou a Milena o cartão de visitas.

"Doutor Peter Love", Milena leu em voz alta. "Professor no curso de rosacrucianismo e maçonaria. O que é essa merda toda?"

"Ele ficará feliz em ouvir notícias suas."

"Ah é? Da última vez que o vi, ele me disse que eu estava arruinando minha vida."

"As coisas serão diferentes dessa vez."

"Agora deixei o Theo, você quer dizer."

"Apenas veja o que ele tem para dizer."

Milena desapareceu e Judith retornou ao seu estúdio. Ela prestou atenção à voz de Milena, mas a casa estava silenciosa. Pegou seu pincel e o sacudiu em um jarro de terebintina, assistindo o solvente ficar cinza. Ela então alcançou uma camiseta velha de Milena e enxugou o pincel, sentindo a fria terebentina em sua pele, inalando o fresco odor ácido pensando em como Milena estava lidando com a traição de Theo com um certo pragmatismo que era fora do comum para sua idade.

Ela foi para a sala de estar e atiçou o fogo, sentando-se então no tapete com seu laptop. Passou os olhos nas manchetes pelo seu navegador com pouco interesse, pelas histórias de austeridade, o Oriente Médio, as mudanças climáticas e a sempre mesma crescente crise de refugiados. Um item na manifestação antiglobalização chamou sua atenção. Protestavam contra o sigilo de uma reunião do G8. Havia faixas contra o livre-comércio e vários homens com máscaras *V de Vingança* e então quis saber se Lawrence Pike apareceria com seu grande sorriso e comentário apelativo.

Ela digitou "paisagens Wimmera" em seu buscador e rolou pelas imagens de planícies secas, barragens e montanhas escarpadas, representações quase místicas em estilo, cativantes, e perguntou-se como seria viver em um lugar tão desolado. Ela tinha sua vila, seus fazendeiros, seus turistas e Exeter nas proximidades. Na Wimmera não havia nada. Apenas insetos, pássaros e animais. Imaginou a solidão absoluta tentando colocar-se no calor, na secura e na poeira, e soube que não conseguiria viver em um lugar tão vazio. Ela precisava sentir os outros, mesmo que evitasse companhia. O que não precisava era Milena jogada pela casa. Seus nervos esgotaram-se quando imaginou os dias que tinha pela frente, e a Wimmera parecia mais convidativa.

Ela afastou o pensamento de que na manhã seguinte teria que ir a Bournemouth. Era uma perspectiva muito sombria. Antecipando que Milena não havia ligado para seu pai, pegou seu celular.

CAPÍTULO NOVE

INVERSÃO

Felizmente o dia estava fresco, mas para Harriet não. Por que ela concordou com nove? Pensou no momento da concepção, que nove pinturas em nove meses seriam facilmente realizáveis. Talvez tenha negligenciado o elemento conceitual, o tempo necessário para sua execução. Cinco meses na colaboração e havia terminado somente uma peça e ainda tinha outras oito em vários estágios de gênese. Mas hoje era véspera de Natal e pela necessidade, foi forçada a sair do estúdio para as festividades. Ainda assim, não podia renunciar à sua preocupação.

Ela estava parada entre a cortina de contas e a lareira, mãos nos quadris, cotovelos abertos, grata pela ventilação permitida por seu avental. Seus olhos estavam fixos em sua peça do Kandinsky pendurada sobre o piano, as formas geométricas interconectadas, o uso do amarelo e do azul, a lua negra dominante e marcante contra um fundo de tons terrosos suaves. Viu a obra como sempre, algo que eleva, espiritual.

Pensou por um momento. Gigi estava no supermercado local com uma longa lista, sem dúvidas aproximando-se de uma fila ainda maior. Harriet foi para o estúdio, passando pela cortina de contas em seu caminho, e voltando logo depois com sua única peça completa. Ela a colocou na borda do piano, ao lado de seu Kandinsky e então parou no centro do tapete Kashan, olhos indo de um lado para outro. Sobre sua imediata impressão, achou mais estranho que um modelo cosmológico produzisse algo tão mundano pois apesar de todas suas significâncias simbólicas, ao lado de seu Kandinsky a obra parecia destituída de algum significado interno. Ela supôs que mapear a volta mensal da Lua produziria algo pelo menos um pouco mais profundo. Em vez disso, seu caleidoscópio de pontos coloridos alinhados em uma série de planos tridimensionais não evocou nela uma emoção elevada. Não havia nada inspirador, nada para venerar, nada extraordinário na execução. Ao lado de seu Kandinsky a obra parecia não só apagada, mas forçada.

Nunca havia se sentido mais desmoralizada. Desviou seu olhar, como se dispensasse a obra totalmente, como se a obra e não ela, fosse culpada. Pensou com amarga ironia que seu entusiasmo em saciar a indisposição de sua filha tinha precipitado uma crise nela mesma. Imaginou a abertura da exibição, os olhares de incredulidade e incompreensão nos rostos dos convidados quando vissem suas pinturas e sucumbiu a um surto repentino de energia, que a fez querer berrar de frustração com sua pele queimando num calor súbito.

Olhou rapidamente o trabalho mais uma vez e com uma determinação renovada, resolveu melhorá-la. Embora logo após essa resolução, chegou o mesmo bloqueio frustrante. Talvez fosse uma crise não de cor, mas de forma. Sim, talvez fosse isso, a forma não continha significado interno e não tinha sutileza e como resultado, faltava na composição movimento e harmonia.

Ela foi confortada pelo pensamento e permitiu-se uma linha paralela. Afinal, nunca havia pintado dessa maneira antes, nunca havia usado um mapa conceitual. Um mapa lunar, pelo amor de Deus! Não adiantava persistir com as outras oito obras. Ela precisava encontrar uma abordagem alternativa. Seus olhos vagaram, parando por fim no reflexo do espelho no outro canto da sala. As cortinas vermelho-sangue e sofás combinando tornaram-se blocos de cor nos ângulos certos um ao outro, e num momento de inspiração, lhe ocorreu que ela poderia alinhar formas com os aspectos lunares e então aplicar a cor. Afinal de contas, espalhar pontos coloridos quando distribuiu os aspectos lunares de nenhuma forma poderia ser exatamente a fonte de seu erro. Ou talvez o que fosse exigido não era nem a correspondência de aspecto e cor e nem o aspecto e forma, mas aquele pensamento fez sua mente girar. Claro que havia uma forma correspondente para cada aspecto e se ela não conseguia vê-las, então era falha sua pois o universo nunca erra.

Ela pegou a pintura da borda do piano e foi para o estúdio, passando rapidamente a mão pela cortina de contas e ouvindo o suave tinir do vidro, vendo centelhas de luz branca como estrelas minúsculas, conforme as contas se acomodavam em quietude.

Gigi foi para casa com dificuldade carregando duas bolsas volumosas e o carrinho de compras de sua mãe, xingando suas rodinhas que se arrastavam pelo cascalho. Ela teria estacionado perto da porta da frente, mas Harriet não tinha nada disso. Disse que não aguentaria, nem por um momento, os fragmentos da luz do sol que refletiam no metal e lampejavam pelas janelas, cegando-a ao passar por ali. Então Gigi estacionou devidamente na garagem coberta. Era um dia fresco, o clima instável e assim que passou pela porta sentiu um friozinho em seu fino vestido cinza.

Em seu caminho para a cozinha, ouviu a porta dos fundos fechar e quando brigou para passar pela cortina de contas, sua mãe não estava lá. Olhou pela janela a tempo de ver Harriet escapar para o estúdio. Foi um movimento furtivo, incomum, desaparecendo daquele jeito quando soube que Gigi estaria carregada de compras do mercado.

Na ausência de sua mãe, começou a esvaziar o carrinho e as sacolas, colocando seus conteúdos na mesa até exibir de ponta a ponta todo tipo de comida natalina, decorada com motivos de azevinho e frutinhas: Brie e Roquefort, pato e vinho do porto, salmão defumado e camarão fresco, presunto, salame e prosciutto, peito de peru cozido, avocados e dois maços de aspargos, um pedaço de pão branco crocante, um bolo e um pudim de Natal (ambos em latas), um pote de requeijão, biscoitos amanteigados (que Gigi se ofereceu para preparar, insistindo que era fácil, mas Harriet insistiu igualmente para comprar), castanhas variadas, nozes, figos, tâmaras frescas, marmelada, ameixas, uma lata de chocolates, uma garrafa de licor irlandês e uma caixa de Sauvignon Blanc. Pensando nas convidadas, era ridículo: Melissa era vegana e não comia glúten, Verônica era vegetariana e intolerante à lactose. Penélope não comia açúcar e Rosa, que com certeza daria uma passadinha, só comia comidas não processadas.

Ninguém sabia e ninguém perguntou por que Harriet aderiu ao banquete tradicional inglês, quando poderiam também apenas ter comido um caldo de tofu e todas ficariam satisfeitas, mas na única vez que Gigi fez uma sugestão, encontrou uma zombaria intratável.

Ela foi à pia e serviu-se um copo de água, voltando a se sentar à mesa, fazendo seu melhor para adotar uma atitude positiva nessa data festiva. Pensou em vasculhar a caixa de fotos, mas descartou a ideia como sendo insensata. Enfiou sua mão em sua bolsa e tirou *O Cemitério de Praga,* e logo estava perdida em um mundo de conspiração, espionagem e falsificação, admirada que ela ou que qualquer leitor pudesse alimentar uma simpatia pelo protagonista: um psicopata inescrupuloso e assassino. Dez páginas depois, decidiu que era evidente que o controle de Umberto Eco provocava tal resposta em seus leitores.

Ela guardou o livro e refletiu sobre as suas composições e que tipo de efeito teriam nos ouvintes, se sua interpretação sutil da nona evocaria sentimentos de tristeza intensa ou alegria beatificante. Duvidava ser capaz. Não tinha talento ou experiência. Outras pessoas eram gênias. Ela não.

Havia um tinir atrás dela e Harriet flutuou através das brilhantes contas pretas da cortina, enfeitada com uma túnica de sarja fina até o tornozelo, a trama do verde mais profundo com um fio violeta cruzando na diagonal. A túnica cortava suavemente na cintura, o corpete terminava em um decote recortado. Embaixo da túnica ela vestia um top de cetim justo, dourado e salpicado com bolinhas de vermelho e verde suaves, penduradas por fios pretos.

"Ei, você voltou" disse ela, fingindo surpresa.

"Levou séculos" disse Gigi categoricamente, pensando que foi sua mãe que levou séculos desde que a viu apressada para seu estúdio vestida em seu avental, com movimentos furtivos reforçados pela maneira que deve ter se esgueirado pela casa, pela porta da frente e para o andar de cima, ao seu quarto, para trocar de roupa.

"Sempre leva", disse Harriet, analisando o recibo na mesa. "Você fez um bom trabalho. Tudo na lista?"

"Sim", disse ela, amassando a lista em seu bolso, esperando dessa vez que dispensassem o manjar turco e seu cheiro insuportavelmente enjoativo.

Houve um momento de silêncio. E então: "Não tinha manjar turco?"

"Eles não tinham nenhum", disse Gigi rapidamente.

"Acho que acabou. É popular." Ela repousou as mãos no encosto de sua cadeira. "Você poderia fazer uma corrida de volta. Eles podem ter algum escondido."

"Eles estão para fechar."

"Tão cedo?" Mas ela não prosseguiu.

"Esperamos alguém mais?" Disse Gigi, olhando a mesa pensando na quantia ainda maior que a habitual.

"E quem poderia ser?"

Ninguém. Ela não tinha tias, tios, primos. Seus avós paternos eram falecidos. Era só ela e sua mãe. E é claro, Penélope, que ela imaginava, de certa forma, que tinha tomado o lugar de uma tia, e Rosa que era como uma tia-avó, se isso fosse possível. E Melissa e Verônica eram acessórias no Natal também. Era um hábito formado quando estavam na escola primária e Gigi implorou à sua mãe para deixá-la convidar suas novas melhores amigas. Elas juntas eram se complementavam por inteiro, eram uma família. Uma família sem homens. O que nunca seria uma família autêntica, seria? Embora certamente ela não sentisse saudades de Arthur. Os Natais nos três anos que estiveram juntos foram uma rodada vergonhosa de shows e naquele período ela sentiu falta de seu Natal em casa.

Harriet começou a ajudar com a comida, espremendo na geladeira o peixe, as carnes cozidas, o patê e o creme. Sem se virar, disse: "Coloque o vinho do lado de fora, está bem?"

"Claro."

Harriet gostava de seu vinho branco frio, mas não gelado e descobriu há muito tempo que a laje de pedra no lado de fora da cozinha, que nunca pegava um relance de sol era ideal, mesmo em uma noite de verão.

Gigi ajudou tirar as coisas da mesa e depois a limpou com um pano úmido, arrumando-a para o Natal com uma toalha de mesa de linho branca e guardanapos que combinavam, talheres brilhantes que eram de sua avó, e um centro de mesa enfeitado com galhos de pinheiro repleto de frutas vermelhas pintadas à mão, enfeites dourados, tudo arrumado em torno de uma vela vermelha alta e robusta que Harriet fez com cera de abelha quando Gigi era criança, e nunca foi acesa.

Gigi percebeu que entrava pouco a pouco em linha com o ritual da véspera de Natal e seu humor abrandou.

Harriet estava apressada com as atividades na bancada ao lado da pia e em pouco tempo entregou a Gigi um prato de crudité e outro de frutas frescas e secas.

Gigi foi para um lugar livre da bancada e começou a preparar guacamole antes de Harriet pegar os avocados, pensando que pelo menos Melissa e Verônica comeriam aquilo. O porquê de sua mãe nunca ter acomodado as necessidades dietéticas de suas amigas no Natal era um mistério.

"Música?" Disse Gigi, deixando o guacamole na mesa enquanto foi colocar Count Basie em consideração à sua mãe.

Quando retornou deixando a cortina cair gentilmente atrás dela, Harriet lhes serviu uma taça de champanhe. Ela ergueu sua taça com um: "Feliz Natal Gigi" e um sorriso agradável, e Gigi sorriu de volta. Viu por um momento fugaz uma senhora solitária, uma solteirona, uma coroa, o lado errado dos 50 com pele flácida e rugas. Apenas uma mulher, uma mulher com fraquezas, com excentricidades. Uma mulher incomum, perdida em um mundo de cem anos atrás, um mundo que mantinha vivo dentro dessa casa com sua cortina de contas de vidro vintage.

Gigi tomou um gole de seu champanhe e então subiu as escadas para trocar seu fino vestido cinza, não se sentindo exatamente festiva - ela estava muito cansada para aquilo - mas disposta a tentar. Ela havia tido uma semana cheia de apresentações tocando Scott Joplin, números antigos de auditório e os sentimentais favoritos de guerra. Em duas ocasiões Penélope agendou um acompanhante, Peter, um violinista que, tendo tocado todos os números antigos em seu instrumento por meio século, não precisava mais de ensaio, apenas um *set list* e um discreto toque da nota no início de cada peça. Peter era também um solista talentoso e seu entusiasmo pela música transbordava para ela, e eles tocavam em um mundo particular deles, cercados por um público que quase não ouvia.

Ontem, depois da última cerimônia da temporada - um almoço na adega - Penélope a levou para tomar café em Prahran. Gigi reclamou que era um longo caminho para um café, mas Penélope insistiu que não havia nenhum lugar mais perto. Elas viajaram boa parte da hora em silêncio, Penélope concentrada na estrada e Gigi perdida numa corrente de pensamentos casuais.

Quando Penélope desceu pela rua Chapel buscando um lugar para estacionar, Gigi se deu conta que haviam conversado tão pouco que ficou preocupada de inadvertidamente ter cometido alguma transgressão na adega, e que Penélope estaria guardando suas reclamações para um momento sem movimento, uma preocupação que rapidamente descartou como paranoia.

Encontrado o lugar para estacionar, Penélope levou Gigi ao primeiro café que passaram. E durante o café e bolo Penélope jogou conversa fora, a enchendo com o passado do violinista Peter, de como era difícil ser músico em Melbourne especialmente se você não canta, e de como ela se sentia por todos os artistas, os que tocavam ou não, que precisavam encontrar maneiras de sobreviver num mercado difícil. Gigi relaxou e encontrou na amiga de sua mãe uma companhia agradável.

Concordaram em ir por caminhos diferentes e dar uma olhada nas lojas por uma hora. Gigi fez várias compras: um colar artesanal da Etiópia para Verônica, um gorro tricotado à mão para Melissa e uma tiara melindrosa vintage para sua mãe. Ela estava rapidamente ficando cansada de fazer compras, quando uma roupa na vitrine de uma loja chamou sua atenção.

Ao ver a roupa estendida em sua cama, ficou satisfeita por ter ido prová-la. Ela retirou o cabide e arrancou a etiqueta. Era um vestido leve na altura da panturrilha, de estampa espinha de peixe preta e cinza, corte justo com decote quadrado. A jaqueta combinando era feita sob medida, com lapelas de bico e amplo caimento sobre os ombros, e descia rente à barriga, terminando em algum lugar entre a cintura e o quadril. Com a meia fina preta e sapatilhas de couro envernizado, se sentiu perfeitamente uniformizada para suas próximas apresentações, totalmente de acordo com a música que seria obrigada a tocar.

Uma roupa sem complicação ou pretensão e sem enfeites festivos ridículos.

Em uma pilha no chão ao lado de sua cama estavam suas outras compras, todas embrulhadas com papel de presente e formando uma bela, embora pequena, exibição. Ficou surpresa ao sentir uma animação um tanto quanto infantil ao ver as embalagens. De repente parecia que era Natal e ela percebeu que até havia começado a sentir-se confortável em estar de volta em casa.

Seu quarto estava iluminado e arejado, a janela na parede voltada para o norte emoldurada pela inclinação do telhado do andar superior. Além da cama nova de casal, os móveis não tinham mudado desde sua infância: um guarda-roupas de nogueira pesado e uma cômoda que combinava; uma penteadeira com espelho e uma pequena estante que ainda tinha O Ursinho Pooh, Alice, e todos os seus outros favoritos. De outro modo o quarto seria vazio. Suas bonecas, bijuterias e objetos preciosos encaixotou muito tempo atrás e quando foi para a universidade, retirou seus pôsteres de bandas que estavam pendurados. Felizmente Harriet os substituiu com um dos achados de Penélope, uma cena silvestre que teve dificuldade para vender, mas que Gigi gostou bastante. Por um pavoroso momento, desejou que um dos quadros da série Wessex não fosse do mesmo jeito.

Ela parou na janela e passou uma escova pelo cabelo, seu olhar pousando nos dois elmos do lado de fora do estúdio de sua mãe, com suas folhas douradas e troncos escuros, as samambaias robustas e altivas, suas folhas penduradas frouxamente na brisa suave, a linha baixa do telhado do estúdio e então mais adiante, à medida que o jardim terminava, as reentrâncias escuras onde o sol nunca brilhava e só a hera crescia. Ela olhou para o outro lado, lembrando numa pressa repentina do sonho que teve na noite anterior, do qual havia acordado surpresa ao se achar, depois de acender o abajur ao lado da cama, olhando para o motivo flor-de-lis nas cortinas.

Era o mesmo sonho que agora já havia tido várias vezes. Sempre a caverna escura, sua nudez, a presença atrás dela, o pressentimento, a incapacidade de se mover, a corrente de ar acima e a luz piscante. Cada vez que o sonho se repetia, o medo arrebatador ficava mais forte. Ela sentiu-se exposta, vulnerável. Sentiu cada tremulação da luz em seu corpo, como a carícia de uma língua quente.

Devia ser de manhã cedo quando acordou, e depois de absorver o máximo que poderia suportar daquele horrível padrão flor-de-lis, apagou seu abajur e, disposta a não dar ao sonho nenhum espaço em seus pensamentos, lentamente voltou a dormir.

Estava certa de que o sonho representava a escuridão em seu coração, a escuridão que não tinha nada a ver com Arthur. Era como se fosse refém da recusa de sua mãe em dar algum esclarecimento sobre seu pai. Como se fossem lhe contar algo de grande significância e ela acordava antes de ouvir. E cada vez que tinha o sonho, seu desejo em saber mais sobre ele se fortalecia, junto com sua frustração pela relutância e esquiva de sua mãe.

Era um sonho adequado à sua psique. Sempre pensou que a vida a havia marcado, como um daqueles que devem aprender pela experiência e não com o conhecimento indireto. Embora soubesse que tinha sido salva dos piores excessos de sofrimento que a vida poderia oferecer. Só que ela sempre procurou saber algo interno, de um jeito que fosse direto e sensorial. Ela precisava sentir algo para saber algo, e o sonho estava cheio de possibilidades de saber. E de pé, em seu fino vestido cinza, escova na mão, soube que nunca ficaria satisfeita ao menos que rastreasse seu pai e lhe fizesse uma visita.

Se ouviu baterem à porta da frente. Ela saiu de seu quarto e foi para o andar de baixo para atender.

Penélope lhe deu um grande sorriso caloroso. "Olá, maestra", disse ela, entrando com dificuldade, carregando uma bolsa de viagem e uma grande bolsa para telas, com a alça de sua pasta de couro escorregando de seu ombro durante seu trajeto. "Aqui", disse ela e deu a bolsa para Gigi.

Caminharam pela cozinha e Penélope colocou a bolsa de viagem na sala de estar. Gigi segurou de lado a cortina de contas para deixar Penélope passar sem se enroscar, Penélope desabotoou seu casaco e o deu para Gigi, que o pendurou em um cabide atrás da porta.

"Querida!" Harriet girou com os braços abertos e beijou sua amiga nas bochechas. "Feliz solstício atrasado."

Era a mesma coisa todos os anos, uma referência ao reconhecimento do festival de inverno pagão do hemisfério norte, enquanto partilham de todos os enfeites de um Natal demasiadamente comercializado. "É a época de ficar feliz", o mantra delas, e Harriet fa-la-la-la-lava enquanto servia a Penélope uma taça de espumante e completava o seu.

Penélope inspecionou o patê. "Cardápio bom, Harriet. Cardápio bom. Trouxe também alguns extras." E vieram pretzels, biscoitos de arroz, homus e babaganuche, laranja com chocolate, balas de menta para depois do jantar e uma caixa de manjar turco.

Gigi esforçou-se para não torcer o nariz. Ocorreu-lhe que sua mãe e a amiga dela fingiam ter mau gosto, comprando logo toda a comida que saía naquela época do ano em todos os supermercados ou mercearias, comida amontoada nas prateleiras e bagunçada nos caixas. Harriet até mesmo usou a embalagem, cortando formas aleatórias de cores vibrantes, amarrando-as juntas e prendendo-as nas prateleiras da cômoda. Ela fez decorações de plástico, papelão e antigos cartões de Natal, usando qualquer coisa com um motivo e decorando cada peça disponível.

Seu zelo com a ornamentação deve ter começado logo depois que se mudaram para Sassafras, pois Gigi não tinha memórias dos adornos no Natal da rua Gore. Na casa em Sassafras sua mãe preparava com tesouras e restos de embalagens que tinham a forma que ela iria cortar já marcadas. Ou usava o furador e dizia para fazer um buraco no ponto preto. Logo ela perdeu o interesse.

Para dar mais alegria, Penélope colocou um vestido - ela nunca usou um vestido -, dessa vez de seda vermelho-vivo com a estampa de uma rena. Gigi sentiu um desejo por cashmere ao ver aquele vestido, e imaginou o que a tinha possuído para se vestir tão formalmente. Ela estava do lado de fora de novo com essas duas mulheres, sua mãe e a amiga dela, representando um ritual anual que elas obviamente tinham compreendido completamente.

A cozinha estava cheia de simplicidade, mas Gigi não pôde deixar de notar que faltava algo. Não tinha fogo na lareira, não havia cheiros quentes e picantes, nada cozinhando no forno ou no fogão. Naquela fria noite de dezembro elas iriam saborear lanchinhos e molhos, e Gigi viu a subversão, o jogo que jogavam, a zombaria, a lareira fria, tudo à mostra, deixado superficial e sem alma. Dava a falsa aparência de Natal e ao mesmo tempo uma crítica, uma vez inventado por esses conspiradores que levavam a vida como charadas. E estavam contentes em serem as únicas a compreender a falcatrua deles, felizes em continuar como se essa celebração fosse real para elas, sentida sinceramente e então percebeu que havia sido enganada o tempo todo, a cada ano de sua vida, por uma mãe tão carente de profundidade, tão pretenciosa e criativa que nem mesmo se incomodava de dar a Gigi um autêntico tempo festivo. Era uma traição que revelou a aliança de sua mãe com Penélope, uma aliança que tinha prioridade sobre a sua própria filha.

Era novamente uma criança, solitária, submissa, nunca causando rebuliço, ficando quieta enquanto a mamãe fazia sua arte, esperando o papai voltar para casa. Era assim que as coisas eram? Não conseguia se lembrar de histórias na hora de dormir ou de excursões, ou festas de aniversário, apenas daquele desejo pela presença de seu pai. Ela tinha sido uma criança infeliz? Negligenciada? Não amada? Ou aquilo era uma invenção, uma projeção criada pelo seu eu adulto, para justificar seu ressentimento com a mãe? Tudo que sabia era que a criança abandonada contida dentro dela ficava mais exigente a cada dia.

Ouviu-se baterem outra vez à porta da frente. Harriet e Penélope espremiam as comidas adicionais nos cantos da mesa. Nenhuma delas prestou atenção à batida. Gigi colocou sua taça na cômoda e passou pela cortina de contas.

Verônica e Melissa estavam lado a lado na entrada, Melissa segurando um ramo de alguma coisa sobre a cabeça delas. "Feliz Natal!", gritaram em uníssono.

Gigi abriu a porta e as conduziu para dentro, querendo

perguntar: "O que é isso?" quando Melissa lhe deu um beijo em seus lábios.

No corredor tiraram seus casacos leves de verão, jogando-os no corrimão e revelando um par de vestidos decotados e acinturados, com mangas curtas e saias volumosas: bolinhas amarelas sobre preto. Era o encontro das irmãs Andrews com Tweedledum e Tweedledee, e Gigi segurou a risada mesmo quando prometeu aproveitar a primeira oportunidade para se trocar para seu cashmere.

"Hora da festa!" Gritou Verônica, com uma sacudida que ativou suas pulseiras. Ela entregou a Gigi uma embalagem pequena embrulhada em papel rosa, com Papais-Noéis vermelhos em relevo dizendo: "De nós duas."

E suas amigas marcharam pela sala de estar e pela cortina de contas, com Gigi seguindo atrás. Ela trocou seu presente pelo seu vinho e parou, observando.

Teve cumprimentos barulhentos, exagerados e tudo mais, e com taças cheias até a borda, todas se organizaram em volta da mesa da cozinha, ocupando seus lugares de sempre, Harriet em uma ponta da mesa e Penélope na outra, Verônica e Melissa juntas com suas costas para a janela e Gigi do lado oposto e perto do lugar vazio ao lado de sua mãe, que era de Rosa. E o universo encolheu tanto que não havia nada além da mesa delas, nenhum outro lugar para estar, nenhuma outra maneira de celebrar, como se estivessem presas em uma bola de Natal suspensa na blusa de sua mãe. Gigi de repente sentiu que estava sufocando.

O incenso queimando lentamente no suporte de metal sobre a cômoda não ajudava, enchendo a sala com um odor excessivamente doce, que Gigi presumiu ser olíbano falso. Sua única qualidade que salvava é que conseguia mascarar o cheiro do manjar turco que Penélope colocou em sua frente na mesa. Ela esperou pela chance de passá-lo adiante.

Scott Joplin tocava ao fundo. Ela ouvia, seguindo as notas, até que a comoção de vozes o abafou. Bebeu o champanhe de um gole só e pegou mais. Podia ver que sua mãe já estava alta. Ela ficou expansiva, tentando ser o centro das atenções com vinhetas desconexas que ninguém queria ouvir, principalmente porque nunca chegaram ao seu destino.

Depois de um longo período de atenção educada, Penélope tentou dar ao resto do grupo uma oportunidade de desviar, interrompendo com: "Harriet, você lembra dos Diproses?" Harriet fez uma pausa no meio, franziu a testa, acenou com a cabeça, deu um grande sorriso, então começou outra vinheta que não tinha nada a ver com os Diproses.

Os Diproses costumavam morar na segunda casa ao lado, antes de seus filhos crescerem, saírem de casa e eles diminuírem. Gigi tinha uma vaga ideia de que os pais eram músicos. Ela pode ter se interessado no que Penélope tinha para dizer sobre eles, mas não conseguia interromper a tagarelice inebriada de sua mãe.

Melissa e Verônica também ouviram, mas com suas taças vazias, enchidas e esvaziadas novamente, ergueu-se nelas uma grande animação e coragem de conversar com Gigi do outro lado da mesa. Os Hunnacots foram esquiar nos Alpes franceses com um grupo de amigos ostentadores para escapar da temporada tola, então Verônica estava passando o Natal nos Pargiters. E elas relataram em fragmentos, interrompidas por risadas estridentes, como haviam escondido o peru da mãe de Melissa até ela ficar tão frenética que começou a ter palpitações.

A comida foi beliscada, trouxeram mais vinho de fora e a noite passou, Gigi permanecendo com sua roupa estampa espinha de peixe, particularmente satisfeita com a sensação de separação e superioridade que ele lhe concedeu.

Harriet chegou àquele estágio de embriaguez que a fez

relembrar o passado distante, com seu sentimentalismo se estabelecendo essa noite em sua primeira e única gestação. Gigi já tinha ouvido tudo isso antes. Era uma das poucas histórias que Harriet contava, embora somente quando estava bêbada. Como Ralf conversava com ela através da pele de sua mãe, com suaves palavras de amor e histórias de seus planos para o futuro dela. Como ela havia mudado a vida dele e eles ainda nem haviam se conhecido. Então ele dizia palavras de cautela e dava suas advertências para Harriet. Ela não podia beber vinho. Não podia comer doces. Deveria tocar Wagner e não Bauhaus, e acima de tudo, não podia pintar. Os gases tóxicos, dizia ele. Como ele pôde! Harriet disse que se sentia oprimida. E durante seus murmúrios para sua filha ainda não nascida, ele passava para o alemão e Harriet não tinha ideia do que ele dizia, mas sua expressão era tão gentil e amável que a fazia recuar com descrença.

"Que tipo de homem faz isso?" Disse Harriet, derrubando sua taça.

"Nunca ouvi falar de um." Penélope sempre a defendia, o que apenas dava mais coragem.

Harriet virou para Melissa e Verônica, mostrando procurar seus rostos. "O Sr. Pargiter e o Sr. Hunnacot eram assim?"

"Claro que não!" Disse Penélope, intervindo para salvar as jovens da vergonha, arrependendo-se talvez de seu comentário recente, pois um olhar de apreensão passou por seu rosto.

"E suas mães teriam ficado tão perturbadas quanto eu fiquei se fosse com elas."

"Definitivamente", disse Penélope.

"Uma vez assisti um filme", Melissa ofereceu, "onde a mulher grávida tinha pensamentos similares e o pai terminou sendo muito legal."

"Conversa fiada!" Disse Harriet.

"Não, eu assisti." Melissa ficou vermelha.

"Que filme era esse?" Perguntou Verônica.

"Não sei", disse Melissa, curvando sua cabeça. "Talvez eu tenha sonhado com isso." Ela olhou para cima e Gigi chamou sua atenção.

"Não dê atenção", murmurou Gigi, puxando uma azeitona de um prato que estava por perto.

Suas amigas ficaram em silêncio.

A música havia parado e Gigi foi colocar Fats Waller para tocar. Quando passou de volta pela cortina de contas, Penélope levantou-se para alcançar o vinho e colidiu com a cadeira de Gigi. "Ela segue firme", disse ela, e riu.

"Ele era consistente. Dou esse crédito a ele." Disse Harriet. Ela esvaziou sua taça e a segurou para Penélope colocar mais. "Quando você nasceu", disse ela se dirigindo à Gigi, "ele a idolatrava como se você fosse uma boneca preciosa. Ele nunca me deu aquele tipo de atenção."

"Você era apenas o útero, querida", disse Penélope, voltando ao seu lugar.

"Verdade. Ele nunca me quis. Era você." Ela apontou uma mão trêmula em direção de Gigi e deu um dos seus sorrisos confusos. "Não uma filha. Uma extensão de si mesmo. Como outro braço."

"Ele deve ter ficado desapontado quando ela acabou se tornando nem um pouco como ele", disse Penélope.

"Você pensa assim." Harriet engoliu seu vinho. "Ela é a cópia da minha mãe."

"Um retrocesso", disse Penélope, jogando um pretzel dentro da boca.

"E aqui está ela, uma mulher crescida, uma mulher talentosa, uma Brassington-Smythe." Harriet enunciou seu sobrenome com consoantes compridas.

Gigi chamou a atenção de Verônica e ergueu sua taça. "Aos BS."

"Aos BS", suas amigas disseram ao mesmo tempo.

"BS?", disse Penélope.

"Abreviação para Brassington-Smythe", disse Gigi rapidamente.

"Sim, claro."

Penélope inclinou-se para frente e reorganizou a comida, alinhando tudo o que era vegano, vegetariano, livre de glúten e de lactose na frente de Melissa e Verônica, com um: "Aí está garotas, mandem ver." Suas amigas obedeceram, pegando um punhado disso e um bocado daquilo. Gigi rapidamente realocou o manjar turco. Ela até então não tinha visto Harriet comer nada, mas pelo menos sua mãe colocou em seu prato um canapé e algumas frutas secas, nada suficiente para absorver o álcool.

Gigi deu uma garfada no último pedaço de salmão defumado no prato à sua frente e sentou-se de volta em sua cadeira, esperando ansiosamente a noite acabar. Quando a música parou, foi trocar a gravação e encontrou na calma da sala um alívio da atmosfera que sua mãe havia criado na cozinha. Ela levou alguns momentos para ouvir Duke Ellington, mas a música não conseguiu abalar o sentimento de que foi enganada sua vida toda com um Natal que nunca conheceu.

Mais alguém bateu à porta da frente.

Era Rosa, toda singular e com aparência acolhedora. Gigi se abaixou um pouco e a beijou na bochecha. "Entre", disse ela e mostrou o caminho, imaginando que efeito a presença da senhora teria no ambiente.

Uma vez passando pela cortina de contas, Rosa parou e lançou seu olhar nas outras. Ela então pegou a cadeira ao lado de Gigi, inclinou-se em direção a ela e disse: "Você está especialmente elegante esta noite, minha querida." Rosa usava um vestido fino recatado, trançado de verde.

"Está aproveitando seu Natal, Sra. Spears?" Disse Melissa educadamente.

"De fato estou, Melissa. Embora participando um pouco demais da comida farta. É inevitável, não acha?"

"Para mim é fácil. Sou vegana."

"Isso faz pouca diferença. Conheci veganos que se empanturram de bolo e torta."

"Também não como glúten."

"Celíaca? Sério? Você fez o teste?" Rosa ergueu suas sobrancelhas com o rubor de Melissa. "Bem, é claro que as pessoas devem cuidar de seus tratos digestivos."

Harriet, que parecia milagrosamente sóbria, levantou e rapidamente tirou alguns pratos vazios. Então ela sentou-se e pegou o vinho Sauvignon Blanc. "Rosa, deixa eu te servir..."

"Chá, não é Harriet. Sim, um bom bule de chá."

Ela diretamente se virou em seu lugar para falar com Gigi, deixando Harriet com a chaleira e o bule. "As jovens de hoje aqui no Ocidente se permitiram tornar muito sugestionáveis, você não acha." Ela parou, buscando o rosto de Gigi. "A mente, veja Gigi, a mente é a coisa mais poderosa que temos, muito mais poderosa do que o corpo. Não deveríamos deixar que fosse assim? Pois se permitimos a supremacia ao corpo, sucumbimos aos seus apetites, enfraquecemos o espírito. Nós, em nossa sociedade hoje, damos muita atenção a falsas demandas, demandas impostas a nós de fora de nossas peles, provocadas em parte por uma infusão tóxica de bobagem cultural popular por assim dizer. Você não concorda?"

"Bem, eu..."

"Você deve concordar. Você é uma pianista. Uma pianista deve controlar seu corpo, treiná-lo para tocar o instrumento e ao fazer isso, torna-se o próprio instrumento, da sua própria alma."

"São pensamentos elevados Rosa", disse Penélope.

"Possivelmente, todavia pertinentes." Disse Rosa, com uma rápida olhada em Melissa, que desviou seu olhar.

Houve um silêncio incômodo. Melissa permaneceu com as bochechas vermelhas e Harriet também. Mais do que vermelhas; seu rosto brilhava.

Gigi teve a sensação de que Rosa não tinha ideia da mágoa que causou. Sua condenação repentina não foi característica, mesmo para ela. Muito provavelmente, era com Harriet que ela estava aborrecida por estar visivelmente bêbada na véspera de Natal. Pois Rosa ainda a tratava como se trata uma das crianças que são suas alunas e em vez de arriscar um confronto com uma bêbada, ela escolheu ao contrário trazer seriedade para a reunião, com uma farpa na mulher mais vulnerável ali presente.

Um ar de inquietação pairou no ambiente.

Harriet retornou com as coisas do chá em uma bandeja e colocou a xícara e o pires de porcelana chinesa de Rosa diante dela, esforçando-se ao máximo para servir com uma mão firme.

"Logo você vai viajar para a Inglaterra", disse Penélope com leveza, quebrando o silêncio.

"E com muita expectativa."

"Onde é a conferência?"

"Bournemouth. Não começa até o dia 28. Mas vou um pouco antes para fazer um passeio turístico."

"Então você deve visitar o Fritz", disse Penélope.

Gigi enrijeceu. Fritz se mudou para a Inglaterra quando ela tinha 12 anos, para ocupar uma vaga na universidade. Ela ficou desapontada na época. Até o momento de partir, ele se esforçou para substituir o pai dela. Nos anos seguintes, sua mãe a levou para viver nos Dandenongs e Fritz a visitava de vez em quando, a levava aos parques, jardins e salas de chá nos arredores, e comprava para ela pequenos presentes de uma loja de brinquedos artesanais. Quando ele foi para o exterior, ela sentiu-se abandonada novamente e ressentiu-se com sua mãe mais ainda.

Fritz conhecia Ralf. Eles cresceram juntos na mesma cidade alemã. Embora nunca falava com ela sobre ele. Conforme ela crescia naqueles anos antes de ele ir embora, ela lhe perguntava e sempre obtinha a mesma resposta. 'É melhor não ficar pensando em quem ele era, Gigi. É melhor esquecê-lo."

A única informação que descobriu, entreouvindo sua mãe e Penélope em um de seus episódios de ouvir-atrás-da-porta-fechada, foi que elas suspeitavam que o pai dela também tinha ido para a Inglaterra. E que Fritz o avistou uma vez na estação de trem.

Ela sentou-se à mesa de Natal, segurando-se, fingindo alegria, empenhando-se para responder com risadas nos momentos certos, observando Rosa lentamente esvaziar sua xícara e finalmente se despedir, e então se rendeu, em particular, a uma intensidade inesperada.

Quando Harriet voltou ali depois de acompanhar Rosa até à porta, Gigi era incapaz de conter-se e correu para ela com: "Vou encontrá-lo."

"Quem?"

"Meu pai."

Houve uma troca de olhares. Verônica e Melissa pareciam intrigadas. Gigi levantou-se abruptamente, batendo na mesa e fazendo seu conteúdo estremecer. Sem o pedido de desculpas que sabia ser esperado dela, deixou a cozinha.

Harriet a seguiu e gritou através da cortina de contas: "É melhor que você vá então! Vá e o encontre. Vá e viva com ele, se isso é o que você quer!"

Gigi, que quase tinha terminado de atravessar o tapete Kashan, virou-se. "Você sabe onde ele está", disse ela com uma voz baixa.

"Não. Mas você tem idade suficiente e se isso é o que precisa para tirar essa obsessão da sua cabeça, que assim seja."

"Harriet", disse Penélope rispidamente. "Você perdeu o juízo?"

"Fiz tudo que pude por essa menina. A defendi tempo suficiente. Mas não adianta. Ela tem que saber."

"Saber o quê?!" Gigi não teve intenção de gritar.

"É Natal", disse Penélope, seu rosto aparecendo ao lado de sua amiga. "Agora não é o momento."

Está certo, pensou Gigi. Agora não é o momento. Agora nunca é o momento.

Ela correu da porta pelas escadas acima. Bateu a porta de seu quarto atrás dela, arrancou as suas botas e jogou-se de costas na cama.

O quarto parecia pequeno e apertado, a mobília, opressora. Não parecia mais o seu quarto. Tudo nele era estranho. O guarda-roupas entreaberto, suas roupas penduradas numa cadeira, o espelho refletindo a escuridão. Ela estava desorientada, um barquinho à deriva, muito distante da calmaria. Não esperava que a viagem iminente de Rosa precipitaria uma crise tão violenta. E na frente de todas também. Pelo menos conseguiu esperar até depois da saída de Rosa. Mas e Melissa e Verônica? Elas devem pensar que ela perdeu o juízo. E ela não lhes entregou seus presentes. Quis descer e desculpar-se, mas seu orgulho não a deixava. Lágrimas jorraram, lágrimas de confusão, pois agora havia surtado com sua declaração na frente de todas e não tinha mais certeza se realmente queria continuar com isso.

CAPÍTULO DEZ

QUARTA-FEIRA, 18 DE JANEIRO DE 2017 – BOURNEMOUTH

O apartamento estava à meia luz, o ar estagnado e azedo e ela amaldiçoou ter concordado em ajudar Milena com a mudança de suas coisas. Ela deu uma olhada no relógio. Onze horas e onze minutos. Quinze segundos até 11:12. Ela vinha notando bastante 11 e 11 recentemente. A recorrência dos números a inquietou, especialmente quando os viu em um mostrador digital, quatro linhas retas de vermelho brilhante, quatro pedaços de tempo: Queremos dizer algo e depende de você entender o quê. Ela não tinha maneiras de decifrar isso, como se isso pudesse ser entendido. Muito provavelmente era um acidente do tempo. Seus olhos atraídos pelo relógio, seu cérebro registrando a série de números únicos, isolando aquela série como um padrão. Por alguma razão inexplicável, humanos percebem padrões. Talvez seja algo primitivo, pensou ela, algo a ver com a sobrevivência, com encontrar nosso caminho.

Ela cobriu e cortou uma abobrinha, deslizando a faca duas vezes por seu comprimento e cortando em cubos os segmentos. Anéis de cebola cozinhavam na panela de fundo de cobre que havia dado a Milena quando se mudou para Bournemouth. A panela mal havia sido usada. Nem a pequena caçarola com tampa de vidro, ou a sanduicheira. O liquidificador ainda estava na caixa. A maior parte dos utensílios de cozinha Milena havia retirado dos armários e gavetas e os colocou em um pote de plástico, sem muito cuidado. Judith recolheu a cerâmica e embrulhou em um jornal velho que trouxe junto consigo.

Ela apagou o gás, acrescentou a abobrinha e colocou a tampa, então deu uma olhada na imensa televisão no outro canto do cômodo. A câmera percorreu uma paisagem urbana desolada de prédios explodidos pela metade, cabanas improvisadas de metal, ruas cheias de detritos, cadáveres e um petroleiro ao lado. A fumaça subia de fontes aleatórias escondidas. E na casa, Theo, que deveria estar em uma convenção de tatuagem, ajoelhado no chão, absorto, tenso, antecipando a ação. Ele segurava um controle com suas mãos brancas. Um fone de ouvidos sem fio prendia seu cabelo escorrido e desgrenhado, tingido de preto, como uma tiara. Cabelo amassado em volta das orelhas, afunilando em tufos até os ombros. Com seu olhar fixo na tela, ele pegou uma lata de uísque bourbon e Coca-Cola, empoleirados na beira da mesa de centro, entre embalagens de hambúrguer e um cinzeiro cheio de bitucas. Ele tomou um gole e limpou a boca. Então, com um puxão hábil de seu jeans preto, ajustou a posição de suas bolas e arrotou.

Ela observava a tela. Havia pouca ação, apenas um arrastar de passos apressados que foram interrompidos e tudo ficou quieto.

Então uma voz masculina, americana, berrou: "Eles estão se aproximando."

Um homem de rosto quadrado, atarracado, vestido com uniforme de combate, agachou-se atrás de um carro capotado, arma empunhada.

"Tchu, tchu, tchu. Boom. A cabana, a cabana. Tchu, tchu, tchu... Argh", e o homem caiu no chão.

"Vai se ferrar!" Theo gritou. "Você me pegou pelas costas."

A tela ficou vermelha e "Saída de Coward: Pressione X", apareceu.

Theo pressionou o botão e uma arma virtual disparou direto na tela. Ele reiniciou o jogo e pegou seu controle.

Ela pegou a faca e picou uma cenoura em pedaços grandes. A faca dava pancadas na tábua de cortar e outro pedaço de Theo voou pela bancada. Maldita Milena por não se certificar que seu príncipe encantado estaria ausente quando ela veio ajudá-la a se mudar. Maldita seja por insistir que Judith preparasse o almoço enquanto ela empacotava suas coisas. Por usar os vegetais que Theo nunca comeria, disse Milena, mas que Judith preferia ter jogado tudo no lixo.

Maldito o pai dela também, por estar fora naquele fim de semana. Em um retiro, disse ele quando ela telefonou na noite anterior. E que estava aliviado de Milena finalmente voltar à razão e que entraria em contato. Ainda assim, suas expectativas eram baixas. Quando Milena recebeu seu lugar na universidade em Bournemouth, Theo encontrou uma vaga como colocador de piercings em um estúdio de tatuagem na cidade, um feito impressionante e Judith estava tão animada quanto Milena quando o estúdio lhes ofereceu o apartamento no andar de cima. Peter tinha ficado tão enfurecido que cortou todos os laços com sua filha.

Judith achou sua reação extrema, embora compartilhasse de seu sentimento. Theo tinha a mesma idade de Milena, sendo o filho mais novo de uma assistente de caixa e de um entregador de móveis. No começo do relacionamento deles, Milena passava a maior parte de seu tempo na casa dos pais dele. Uma única vez ela o trouxe a sua casa. E ele trouxe consigo uma tempestade e uma queda de energia, e passaram a noite à luz de velas com Judith sofrendo para manter uma conversa. Pela manhã ela ficou aliviada ao vê-lo sair, feliz por nunca mais vê-lo novamente. Uma vez que tinha tão pouca influência sobre Milena, também ficou satisfeita por não a ter em casa. Mesmo os aniversários e Natais Judith passou sozinha naqueles dois anos antes de Milena se mudar.

O Natal sem Milena era agradável o bastante, apesar da ocasião ampliar sua solidão. Ela fazia seu melhor para considerar o dia em si como um número no calendário entre todos os outros em dezembro, com os sinos da igreja da vila anunciando uma missa especial, lhe avisando da possibilidade de comunhão. Mas ela não seria religiosa, nem mesmo por um dia.

Colocou as cenouras picadas na pequena caçarola com um pouco de água, e acendeu o fogo. Acrescentou cogumelos à outra panela e bateu quatro ovos. De repente, ela era mãe. Estaria cozinhando para duas de agora em diante. Seu peito apertou com esse pensamento. Esperava que Peter abrandasse e que pelo menos falasse com sua filha. Parecia querer muito que ele pudesse passar um tempo com ela. Despejou os ovos na panela, certa de que ele sempre permaneceria desinteressado.

Ele tinha sido uma presença ausente por toda a vida de Milena, ali em essência e às vezes pessoalmente, respondendo ao chamado do dever sempre com menos entusiasmo, como se sua filha não estivesse à altura de algum padrão dele. Ela era, ela nunca foi, boa o suficiente.

Ainda que Judith tenha sido mais do que boa o suficiente para ele até conceber essa criança.

Eles se conheceram no campus. Ela estava no final de seu primeiro ano em belas artes, ainda nova e ansiosa, e ele era recém-chegado, substituindo o dr. Samson, seu professor em "Querubim e Divindades", uma matéria eletiva que escolheu por sua fascinação nos trabalhos de Rafael e Hieronymus

Bosch. Dr. Samson desmaiou no meio de um seminário, o que foi uma tragédia e um alívio, pois era um velho rabugento e suas palestras difíceis de acompanhar.

Dr. Love foi cativante desde o princípio. Ele era bem moreno, cabelo preto e grosso emoldurando um rosto expressivo, mas o que mais a atraiu foram seus olhos sugestivos. Quando ele falava de serafins com sua voz suave e com sotaque, uma voz que deduziu ser do leste europeu, ela se encontrou sem forças. Ao final de sua segunda aula, ela ficou para trás. Ele também demorou, recolhendo seus papéis. Ela saiu pelo corredor, levando em sua mente a pergunta que havia formulado mais ou menos na metade da aula e conforme aproximava-se dele, a pergunta tornava-se insignificante. No momento que ele a cumprimentou com um caloroso sorriso se espalhando em seu rosto, a pergunta desapareceu e ela sentiu suas bochechas avermelharem. Um olhar simpático surgiu em seu rosto e ele se ofereceu para caminhar com ela pois talvez um café ajudasse sua memória.

As coisas avançaram rapidamente a partir daí. Era o mês de março de 1995. Eles se encontravam no horário do almoço às segundas, quartas e sextas-feiras. Ela caminhava cerca de 800 metros na estrada e ele a pegava em seu carro, a levava para sua casa de campo nos arredores de Exeter, Judith apaixonada, Peter fervoroso. Ele lhe dizia o quanto estava atraído por ela. Ele a segurava firmemente. O segredo era excitante. Ele era 17 anos mais velho que ela e enquanto os outros na sua idade formavam pares e andavam de mãos dadas ou trovavam carícias no bar da universidade, ela se diferenciava. Seu segredo, seguro de suas amigas e de sua família, era ao mesmo tempo um fardo e o conferidor de um impulso criativo. Sua produção artística triplicou. Ela explorou suas paixões idênticas de estilo, produzindo um híbrido único de Rafael e Bosch, tela após tela. Por meses ela existiu em um casulo, guardando sua esperança de que um dia, talvez após sua graduação, eles se casassem.

Ela descobriu que estava grávida em agosto daquele verão.

Estava muito apreensiva, mas pensou que ele pudesse ficar contente. Eles estavam deitados juntos na cama dele numa tarde de quarta-feira, saciados e sonolentos, quando ela se deitou de lado e passou seus dedos na pelagem escura de seu peito. Os olhos dele estavam fechados, braços relaxados, dedos entrelaçados em sua barriga, seu membro viril flácido e descansando contra sua coxa. Uma súbita onda de desconforto surgiu enquanto ela dizia as palavras, três sílabas ao todo, e os dedos dele se apertaram antes de se soltarem e sentou-se, fazendo uma cara feia ao dizer que ela deveria ter sido mais cuidadosa.

Lágrimas brotaram e ela se afastou dele com a percepção imediata de que um fim havia chegado, mas quando ele disse que ela devia abortar e que ele pagaria, seu estômago virou de indignação.

Havia muita comoção no quarto. Theo não registrou as gritarias. Judith foi ajudar, olhando para o chão da lavanderia ao passar por lá, parando diante das meias sujas e do jeans amassado, e depois para a caixa de areia da gata do lado de fora da porta que transbordava de sujeira, os cocôs de cima desenterrados, provavelmente porque a pobre gata não conseguia quebrar a crosta formada pela sua própria urina. Pelo menos aquilo explicava o cheiro ácido que a atingiu em seu caminho para dentro do apartamento, um cheiro que inicialmente havia atribuído à pouca higiene de Theo.

Era a gata da Milena, uma bichana malhada chamada Kali que era muito mal-acostumada. Milena a pegou de uma amiga nos meses antes de ir embora para Bournemouth, e a coisinha dormia na cama dela desde então. Em casa, cuidar da caixa de areia coube à Judith, como com toda a probabilidade aconteceria novamente. Milena dava comida, abraçava e jogava um rato de brinquedo, e Judith assumiu que ela ainda fazia tudo aquilo, mas que claramente não lidava com o cocô da gata.

Graças a Deus Milena não ficou grávida.

Aqueles meses da sua própria gravidez, quando não era muito mais velha do que Milena era agora, foram árduos e solitários. Ela escondeu a notícia de seus pais o quanto pôde e eles ficaram indiferentes até que a saliência em sua barriga se tornou um melão.

Um dia, sua mãe Grace, a sentou na cozinha. Grace fervia caldo de frango e assava um bolo de frutas e era o máximo que Judith conseguia segurar para não vomitar. Sua mãe foi direta e perguntou, e ela olhou para seus pés, com vergonha, ao contar quem era o pai. E é claro que então veio: "Ele devia perder o emprego por causa disso", seguido pelas lágrimas de Judith e com Grace de pé perto acariciando seu cabelo, e Judith mergulhando na suavidade calorosa de sua mãe.

Ficou decidido que ela devia deixar a universidade para evitar um escândalo. A fofoca local, mesmo nos anos 90, seria ruim o suficiente, sem contar quando a vila descobrisse que ela teve um caso com seu professor.

Ela podia ter reclamado e feito ele ser demitido, mas não o fez, não por consideração aos seus pais embora raramente fosse contra a vontade deles, mas porque acreditou nele quando ele disse que deveria ter sido mais cuidadosa.

Ele visitou a casa de campo Fernley uma vez durante sua gestação. Ela estava no oitavo mês quando num sábado de dezembro ele chegou inesperadamente, estacionando na garagem um pouco depois das dez. Ele lhe disse depois que encontrou seu endereço nos registros da universidade, o que achou estranho uma vez que já havia passado para ele suas informações. Ela entrou na cozinha para encontrá-lo, com sua mãe dizendo: "Você tem visita", acendendo a chaleira e deixando claro que ela não tinha intenção de sair dali.

"Como você está?" disse ele, sem se desculpar por sua ausência todos aqueles meses.

"Perfeitamente bem", disse ela, relutante em baixar sua guarda, seu olhar se arrastando para sua mãe enquanto ela começou a preparar o chá.

"Você está descansando o bastante?"

"Sim." O que mais ela faria além de descansar? Ela não podia mais pintar e via com repulsa seus trabalhos anteriores de querubins que havia pintado em um frenesi apaixonado. Sua fase Rafael-Bosch havia acabado.

Ele olhou com desconfiança para a sua mãe e então disse sem rodeios: "Certifique-se de não comer peixe em conserva." E com a respiração profunda de sua mãe, ele continuou. "Acho que você deve estar evitando álcool, cigarros e todos os gases tóxicos."

Com aquilo, Grace se virou. "Não precisamos dos seus conselhos", disse ela, e ele pareceu espantado.

"Muito bem então", murmurou ele. A hostilidade da mãe dela não poderia ter sido mais danosa. Ele manteve a falsa aparência de uma conversa educada, focando principalmente no clima e evitando qualquer menção da universidade. Não demorou muito para que ele terminasse seu chá, se despedisse e fosse embora.

Judith entrou em trabalho de parto duas semanas e dois dias antes de seu próprio aniversário. Milena parecia com ele a princípio, fazendo sua aparição no mundo com uma coroa de cabelo preto grosso.

Um mês inteiro depois, em uma tarde fria de domingo, ela empurrava o carrinho de bebê pela vila em uma rua estreita, esperando num cruzamento cerca de 800 metros adiante.

Cercas-vivas altas que ladeavam as ruas obscureciam os campos adiante e permitiam uma visão mais escassa dos veículos que se aproximavam. Ela ouvia, balançando o carrinho, e esperava, a ansiedade agarrando-a com força. Um carro azul se aproximou e reduziu. O motorista deu uma olhada e então freou de repente. "Você está bem?" disse a mulher pela sua janela aberta.

"Estou", disse ela, embora não sentisse isso.

"Precisa de carona para algum lugar?"

"Não, eu realmente estou bem."

Observou o carro desaparecer e olhou para trás para vê-lo parando em um acostamento estreito. Empurrou então o carrinho até à porta do lado do motorista. Ele ainda estava preso no cinto de segurança. Ela manobrou o carrinho para que ele pudesse ver o rosto da bebê deles, e ele olhou por um momento sem sorrir antes de soltar a fivela e abrir a porta. Ela recolheu Milena em seus braços e a passou para ele. Ele estava hesitante. Então segurou a bebezinha embrulhada por pouco tempo antes de entregá-la de volta.

"Ela é sua", disse Judith.

"Não, ela é sua."

"Ela se parece com você. Você não está contente?"

"Judith." E com isso ele disse que precisava ir. Ele enfiou uma nota de 20 libras na mão dela e disse que entraria em contato.

Suas visitas eram esporádicas. Depois daquela primeira vez, ela pegou o ônibus para Exeter, movendo-se com dificuldades com a bebê e o carrinho, e o encontrava em um parque ou perto do rio. Conforme os meses e anos passavam, Milena assumia mais das características dele e quando ela tinha sete anos, era a cópia dele. Mas ele permanecia indiferente e distante.

. . .

Judith encontrou Milena arrancando pôsteres freneticamente das paredes do quarto. O olhar de Milena disparou para a porta quando ela entrou, com uma mistura de culpa e apreensão em seu rosto.

"Ah, é você", disse ela e continuou.

"A comida está quase pronta."

"Você pode fechar o zíper da minha mala? Preciso pegar esses pôsteres."

"Por que o frenesi?"

"Se o Theo descobrir, vai ficar louco."

"Mas eles são seus pôsteres."

"Ele não queria que eu os levasse, então não diga nada. Está bem?"

"Ok."

Os pôsteres eram grandes e deixaram um espaço perceptivelmente branco na parede. Manchas marcavam a presença do adesivo. A parece parecia um pouco mais branca onde eles tinham estado.

Judith brigou com o zíper da mala que Milena encheu demais. O zíper se prendeu em um lenço. Judith o soltou e então pressionou seu antebraço ao longo da tampa da mala e puxou o zíper ao redor da borda.

"Vamos almoçar então?" Milena disse ao invés de obrigada.

Elas voltaram para a sala onde Theo ainda jogava seu vídeo game. "Ignore-o", disse Milena e sentou-se no banco diante de uma tigela vazia. Diminuindo sua voz, ela continuou. "Pelo menos ele não está no Fórum."

"O Fórum?"

"É um website de networking estranho. Ele passa metade da noite postando sobre P.F. de conspiração."

"Não entendo."

"Papo-furado de conspiração. Como a família real na verdade serem lagartos alienígenas."

"Isso é absurdo."

"Nem me fale. E sabe o que é ainda mais engraçado: ele chama a si mesmo de Cinzeiro Inflamável."

Cinzeiro Inflamável? Judith lançou um olhar para o imbecil do outro lado da sala cercado por seus detritos, e ela não poderia ter concebido uma denominação mais adequada. Ainda que não conseguisse imaginar que ele tivesse os recursos necessários para colocar juntas duas sentenças coerentes, quanto mais se manter em um fórum.

"Suponho que ele copia e cola de outras fontes", disse Milena como se lesse sua mente.

Judith encheu as tigelas e pegou o banquinho ao lado de sua filha. Ela comeu apressadamente, ansiosa para carregar o carro e sair, ansiosa para nunca ter que encontrar o ogro do namorado de Milena novamente.

CAPÍTULO ONZE

VARIAÇÃO

Harriet estava no trabalho. Essa foi a atitude com que acordou e como ficou o dia todo, decidida, agora que as festividades natalinas haviam passado, em realizar a exposição. Ela ficou diante de um de seus cavaletes olhando a pintura número quatro, as manchas de amarelo recém aplicadas, os triângulos azul-da-Prússia secos o suficiente para uma linha ou duas de um tom de laranja. Assustada com uma batida repentina, ela virou, pincel na mão, para ver no gramado um galho morto do parasita que crescia ao lado da cerca. O tempo ficou ruim e um vento feroz do Norte forçava o ar quente por todo o estado. Os últimos raios de sol iluminaram ao fundo a alta e reta tramazeira no jardim do vizinho, com seu topo tombando com o vento. Reflexos de luz incandescente bateram na janela do estúdio voltada para o sul. Não demoraria muito para que o sol desistisse e baixasse atrás da montanha. Apesar do anoitecer, não havia sinal do vento diminuir. Dentro, as janelas ainda davam um calor incandescente. Um ventilador na bancada circulava o ar estagnado. Seria muito mais fresco na casa e muito mais seguro fora da montanha, mas Harriet voltou para sua pintura. Ela estava vestida com uma camiseta e um macacão folgado, seus seios pendentes soltos, seu cabelo amarrado no topo de sua cabeça e com uma tiara. Ela ignorou o odor de suas axilas. O rubor veio e foi sem ser notado. Ela estava muito preocupada, muito focada, muito frenética para se importar.

Ela mediu suas nove pinturas em vários estágios de conclusão, como uma amante abandonada faria com seu ex-namorado: critica, fria e arrogantemente. Todas eram variantes de uma pintura, sua primeira, apoiada em seu outro cavalete, uma pintura que não gostava um pouco mais a cada vez que via. Sua ideia de alinhar as várias formas com os aspectos da Lua conforme ela faz seu caminho pelo zodíaco comprovou-se tão entediante quanto sua abordagem original. Ela era incapaz de entender como um modelo de profunda significância metafísica poderia acabar em mediocridade. Se tornou parte do bando vulgar de Kandinsky, seu trabalho um pouco mais do que um mimetismo dos movimentos dessa mais feminina das esferas celestes. Não havia significado interior. Em seu lugar, correspondências simples que não significavam nada e não evocavam nada. Até onde podia dizer, não havia revelação nem profundidade.

Sua insatisfação provocou uma cascata de dúvidas. Era deprimente admitir para si mesma que sempre fora uma imitadora, uma copiadora, uma reprodutora que acrescentava pouca originalidade às suas obras. Encontrou um modesto sucesso comercial apenas porque a promoção assídua de Penélope trouxe uma clientela indiscriminada à sua porta. Aqui ela estava no auge de sua vida, quando deveria estar no auge de sua carreira e em pleno domínio de seus poderes, uma amadora.

Quando criou o modelo lunar, esperava secretamente que a colaboração representaria uma união da sua criatividade e de seus interesses intelectuais. Diante de suas obras de arte, teve que admitir que havia se lisonjeado, sustentando-se com falsas pretensões. Como se tivesse adotado a propaganda de Penélope e a fixado em seu peito, acreditando que ela era de fato extremamente talentosa e uma joia a ser descoberta ainda. Nunca se considerou vaidosa, mas talvez fosse. Talvez estivesse dando olhares dissimulados no espelho e, satisfeita, rapidamente olhava para outro lugar, nem por uma vez invadindo esse reflexo. Ela se sentia dolorosa e claramente superficial. E se era superficial, suas pinturas também deviam ser.

Com um olhar final duramente crítico para sua produção artística, redirecionou o ventilador e sentou-se na poltrona, braços pendurados nos apoios, grata pelos sopros de ar sufocante. Encostou sua cabeça para trás e fechou os olhos.

Ela deve ter cochilado, pois quando abriu os olhos estava escuro. Deixou sua poltrona e acendeu a luz, forçando uma outra olhada nas pinturas. Os pontos e formas estavam estáticos e ela pôde ver imediatamente que faltava vitalidade em seu trabalho. Tinha que haver alguma maneira de revigorar as obras. Ela estava para abrir a janela quando lhe ocorreu o imperativo de encontrar um lugar no fundo de si mesma, uma qualidade intrínseca à altura da transcendência do modelo. Era naquelas profundidades que encontraria o sentido da composição toda e então acharia uma maneira de dar vida às obras. Era por isso que estava contrariada, com sua imaginação seca. Ela colocou muita ênfase na cosmologia externa. Precisava olhar para a cosmologia interna. E uma ideia lhe ocorreu como uma rajada repentina de ar rejuvenescedor.

Em vez de acompanhar a Lua como se fosse pelo seu lento caminhar mensal pelos céus, ela iria sobrepor seu próprio horóscopo, anotando todos os aspectos que a Lua fez com as posições planetárias no momento do seu nascimento. Seria uma subversão, mas Gigi nunca saberia ao menos que confessasse.

Ela saiu correndo do estúdio, passou pelo jardim e entrou na cozinha, onde revirou a gaveta inferior da cômoda que continha todas as coisas pertencentes ao ocultismo, junto com uma bola de barbante, os cartões de Natal do ano anterior e um pouco de fita para embalagem.

Voltou ao estúdio com seu horóscopo, sua efeméride e a calculadora que Gigi havia lhe dado. Ele tinha sido desenhado anos antes por um associado de Rosa: um erudito terapeuta junguiano que atendia pelo nome de Cosmo. Não tinha certeza se acreditava completamente nos significados que os astrólogos atribuem aos planetas, suas localizações e várias interações. Era leonina e, portanto, acima de tal olhar perdido, ainda que seu signo zodiacal fosse leão, ela sentiu-se na mesma hora elevada, apoiada, amparada, quase um senso real de grandeza, e estava bem com isso. Cosmo lhe disse que ela tinha uma Lua em deslocamento em peixes, e uma preponderância de quincôncios desordenados. Ela tinha dificuldades com seus quincôncios desde então.

Ela colocou seu horóscopo sobre a mesa, abriu sua efeméride, ligou a calculadora e, com menos atenção à precisão matemática que havia aplicado às listas originais, traçou os movimentos da Lua em seu próprio universo, anotando os ângulos de relevância.

Vários dias de trabalho e o resultado foi outra série de pontos coloridos espalhados em nove linhas do tempo. A ordem era diferente, as cores e suas frequências, as mesmas. Ela antecipou sobre seu olhar uma ressonância interior, um certo tipo de conhecimento profundo. Ao contrário, seus sentidos criativos estavam calados. E outra noite quente e com muito vento tornou-se em escuridão.

Ela foi até à janela do estúdio voltada para o sul e olhou de volta para a casa, notando um brilho caloroso através das cortinas do quarto de Gigi. Ela passava bastante tempo por lá nessas últimas semanas, sempre que estava em casa. Estavam se evitando desde o acesso de raiva de Gigi na véspera de Natal. Até onde Harriet podia captar, Gigi mantinha-se firme ao seu desejo de ir embora em busca de seu pai. Ela levava para vestir seu casaco de cashmere por toda casa, não importava como estava o tempo. Harriet nunca a viu vestindo outra coisa. Era sua armadura e talvez fosse também, uma demonstração de sua aliança com Ralf. Não que ele vestisse cashmere. Pelo amor! Para ele, as cores eram branca, cinza e preta. Nisso ele era intratável. O que pai e filha compartilhavam era a teimosia quando se tratava de seu vestuário. Ao pensar nisso, ambos eram intratáveis sobre muitas coisas. Era um pensamento desconfortável de que a criança que um dos pais cria acaba sendo mais parecida com o outro.

Talvez fosse a semente que importava, pensou ela, e não o solo onde cresceu. Semente ruim. Embora não fosse tão enfática que Gigi fosse produto de uma semente ruim. Ela tinha que resistir permitindo a mágoa e a apreensão que sentiu colorir sua visão de Gigi, apesar de sua busca enfurecida. Uma busca que não era mais uma exigência de Harriet pesquisar em sua memória e revelar o passado, mas um esforço real no presente, tudo porque Harriet havia sido muito boca fechada. Ainda por toda sua reticência, foi como se a sondagem de Gigi tivesse rachado e deixado exposta a psique de Harriet, a deixando à mercê de sua coveira interior, encurvada ao exumar memórias.

Aqueles últimos anos com Ralf de quando Gigi tinha cerca de quatro anos foram intoleráveis: Ralf Schmid, com seu doutorado em ocultismo, sempre vestido com um terno vintage dos anos 50 e camisa lisa branca, raramente estava em casa e quando estava, apenas se interessava por Gigi. Um homem pensativo e conforme os anos na rua Gore passavam, se tornou mais distante e mais desinteressado, mas sempre crítico quando se dirigia a Harriet, por tudo que ela fazia ou não fazia pela filha deles. Não havia dúvidas na mente dele que era ele quem cuidava melhor da filha. Nessa altura o relacionamento deles, que nunca havia chegado a muita coisa depois que o frenesi inicial de fazer amor passava, havia se deteriorado demais para ser salvo. Embora raramente discutissem, o que em grande parte era devido a ela nunca defender sua maternidade.

Como geralmente não era dada à autocrítica, Harriet acordava a cada manhã presa pela culpa. Uma narrativa de auto admoestação se desenvolvia nela a cada dia, tomando o lugar de sua confiança, uma narrativa contada por uma reprovação amálgama de Ralf e da sua própria vergonha. Pois ele estava certo, os seus cuidados maternais estavam em falta. Quanto mais dominante a narrativa se tornava, mais forte era a vergonha que ela sentia. Ela era uma falha e todos podiam ver isso. Não conseguia mais olhar as pessoas nos olhos. Frequentemente pendurava sua cabeça, olhando para baixo, para o chão, e quando caminhava seus ombros começavam a curvar-se.

Sua vida se limitou até ver apenas Penélope e seus pais que, enquanto julgavam Harriet com os olhos cheios de decepção, adoravam a sua única neta.

Seus pais estavam velhos. Tinham cerca de 40 anos quando Harriet apareceu, e na época que Gigi nasceu os dois já tinham 70. Eles viviam uma vida bem tranquila em Mont. Albert. Sem carro, era um esforço sair da rua Gore para visitar, e superar com Gigi em um carrinho, o bonde, o trem e 15 minutos de caminhada, uma jornada que ela só estava preparada para fazer a cada duas semanas. Logo depois do aniversário de sete anos de Gigi, quando ambos tinham 77, Harriet ficou livre da obrigação.

A idade deles era um fato que Harriet havia esquecido, e ela se perguntava se sete tinha sido seu número da sorte afinal de contas, embora dependesse de como interpretasse os eventos que se seguiram, pois era inegável que foi a época mais crítica de sua vida, ao mesmo tempo devastadora e libertadora.

Seus pais haviam ido fazer sua caminhada matinal no parque, seguindo sua rota habitual por um trecho de estrada que atravessavam com tanta frequência que certamente conheciam as lascas e arranhões das pedras do meio-fio por onde atravessavam para o outro lado. Naquela manhã, quando saíram do meio-fio, um caminhão virando à esquina de uma rua lateral os atingiu, antes de fugir. Uma casualidade brutal, um acidente, um caminhão inesperado movendo-se muito rapidamente sobre eles naquele dia em particular. Um dia comum e nada poderia ter alterado o momento em que o hábito, por acaso, acabou com suas vidas.

Foi um grande choque: a batida à porta, a polícia na entrada, aquele olhar em seus rostos. Usavam sobre eles a cor da morte. Parados na porta com Gigi em algum lugar atrás, sua mente oscilou. Podia ter sido o Ralf. Ela teria lidado com isso melhor se fosse. Na verdade, provavelmente não teria sentido nada senão alívio. Em vez disso, seus pais levaram uma pancada de um caminhão em alta velocidade, o que os levou à morte

Não havia testemunhas e o motorista nunca foi encontrado, fatos que tornavam o evento ainda mais angustiante e houve momentos que Harriet duvidou do acidente, mas a polícia não teria mentido. Além do mais, ela havia identificado os corpos.

Trinta e quatro anos não era idade para se perder os pais de uma vez só. Ela foi forçada relutantemente a um desespero denso. Ficou em depressão. Algumas vezes chorava. Algumas vezes sentia como se sua mente estivesse em um declive, com todos seus pensamentos escorregando para o esquecimento. Seu desespero pesou ainda mais com uma nova medida de culpa. Ela devia estar lá. Planejava estar lá. Cancelou sua visita agendada naquela manhã com um pretexto inventado de dor de estômago, quando na verdade não queria ser incomodada. Gigi estava de mau humor e ela não gostava do bonde, do trem e da caminhada com uma Gigi mau humorada. Especialmente com o clima ficando severo. Sim, tinha sido um dia severo.

A herança se revelou descomplicada. Mas quando o advogado da família lhe disse a quantia que poderia esperar, e ela se achava uma mulher com bastante meios, ficou chocada. As mortes, a herança, sim, aquilo certamente foi um ponto de virada significante em sua vida.

Ela lembrou daquele dia em que se sentou no escritório do advogado dos Brassington-Smythe em Clifton Hill, vendo o corpulento Sr. Gamble ler o testamento para descobrir que ela, a única beneficiária, estava destinada a herdar uma fortuna. Ela teve que sentar-se, incrédula. Sabia que seus pais eram ricos, que só a casa em Mont. Albert tinha um valor considerável. Depois tinha a casa de passeio em Sassafras, mas ela não tinha ideia dos investimentos, dos fundos. Uma vez até havia especulado que pudesse ser deserdada depois de ir contra a vontade deles sobre sua carreira, e então sua união com Ralf, que eles sempre consideraram inoportuna.

E lá estava ela, vivendo na rua Gore, naquela casinha geminada de notável feiura, com sua varanda brega e janela desalinhada na fachada. Onde deveria haver uma sacada com um belo corrimão enfeitado, deveria ter e tinha em todas as outras casas da rua, ali não tinha nada. Uma casa menor que o restante, mirrada, presa como uma ideia tardia e erguida sem cuidado. Por sete anos, quase oito - e ela achava que estava contando os meses - suportou a choupana, tudo enquanto Ralf, apesar de sua renda, recusava-se a mudar, a comprar, a terem uma base em um mercado imobiliário crescente.

Deixá-lo mais cedo significaria voltar para a casa dos pais, ou enfrentar privações como mãe solteira em dificuldades, compartilhando acomodações alugadas, dependendo da venda de sua arte. Os tempos de prosperidade acabaram. Penélope tinha sorte em vender uma peça dela por mês. Foi por isso que ficou, se iludiu de que ele era um bom homem apesar de sua união sem amor e usou seu próprio desinteresse repreensível pela maternidade como uma desculpa para se adaptar a ele?

Todos esses pensamentos dispararam por sua mente enquanto ouvia o Sr. Gamble.

"Somente", disse ele, e pausou.

"Sim?"

"Há uma ressalva."

"Uma ressalva?"

Ele limpou sua garganta e lhe disse que ela somente receberia sua herança se cortasse todos os laços com Ralf.

As palavras dele esmagaram através da sua dor com a força da revelação, espalhando as construções da sua realidade como muitos destroços de um prédio mal construído, substituindo a sua culpa paralisante por um poder ressurgente.

Ela fez um ciclo de volta à rua Gore, atordoada.

Ralf tinha sido surpreendentemente frio com as mortes, mesmo para ele. Logo depois de ouvir a notícia, seu comportamento desinteressado, mas crítico, mudou e ele tornou-se quase dissimulado. Por volta daquela época, ele envolvia Gigi em longas conversas particulares. Ela se tornou seu aliado e em mais de uma ocasião, sentavam-se juntos, observando Harriet enquanto ela começava a fazer as tarefas diárias. Eles a observavam em silêncio, intencionalmente, conspirando. Era como se ele soubesse da condição e estivesse tramando algum tipo de contramedida. Embora ele não tivesse como saber. Ela não lhe contou e escondeu sua cópia do testamento no fundo da lata onde guardava seus lápis, um lugar que ele nunca olharia. Mas a paranoia aumentou dentro dela além de sua dor, até que também se tornou vigilante e desconfiada.

Penélope, que não gostava de Ralf desde o princípio, lhe disse em uma de suas visitas regulares que se ela pensava que ele fosse de alguma maneira perigoso, deveria deixá-lo. Mas nesse caso, aquilo era exatamente o que Harriet esperaria Penélope dizer. Ela tinha se contido em revelar os detalhes do testamento, sabendo que somente teria selado as coisas para Penélope, o que não a teria ajudado se decidir.

Precisava ter clareza em seu coração de que era uma suspeita bem fundamentada e não a sua iminente riqueza que a motivaria partir. A condição deu a ela a escolha e era uma escolha que parecia ter desvendado Ralf. Mas ainda assim, não tinha certeza.

Ela não contou a ninguém, pois não tinha ideia de onde buscar esclarecimento. Rosa estava longe, de férias na Índia e Fritz, que tinha encontrado para um café algumas semanas depois do acidente, estava reticente quando se tratava de Ralf e seu passado duvidoso.

Ele tinha olhado para ela favoravelmente e lhe disse que deveria dar-se um tempo. "Pegue leve com você mesma", disse ele. Então ele desviou a conversa para o tema da natureza artística. Ele escrevia um artigo para Tim Storrier e queria falar sobre a paisagem australiana. Ela suspeitava que ele não queria se envolver com seus casos, uma postura compreensível quando considerou que ele ainda era seu amante abandonado.

Sozinha e se sentindo sem apoio, se debateu até um dia, alguns meses depois, encontrou uma carta dobrada na sobrecapa do tomo de Ralf sobre os Rosa-cruzes. Ah, a carta! É mais provável que foi aquela carta que mudou suas circunstâncias. Como era ser alguém que sabia a causa raiz de tudo? Como, quando os eventos tombavam um atrás do outro? Era como peneirar pela areia quando todos os grãos formam a duna. Tudo o que ela podia ter certeza era que quando os acasos coincidem, o ator se torna a vítima de seu destino. A vida tinha uma ordem superior a isso e se revelou naqueles momentos como um puxão: ela não era mais a árbitra de suas escolhas.

O vento não mostrou sinal de diminuição. Na escuridão da noite sem luar, seu bramido era tudo de mais ameaçador, e na área iluminada pela janela do estúdio, folhas de grindélia cobriam o gramado. Uma figura emergiu no escuro, alcançando a luz do estúdio. Harriet afastou-se, rapidamente deslizando seu horóscopo sob alguns pedaços de papéis na bancada, enquanto a porta do estúdio abriu e Penélope entrou.

"Gigi me disse que você estaria aqui", disse ela de maneira direta. "Amuada."

Ela ficou em pé com sua capa de chuva, mãos nos quadris e deu uma olhada avaliadora em Harriet e suas obras de arte.

Harriet imediatamente ficou defensiva. "Ela disse isso?"

"Não, eu. Ou melhor, disse agora. Bem agora na verdade. Olhe para você!" Ela apontou a mão na direção de Harriet.

Instantaneamente ficou aborrecida que todos, especialmente Penélope, a acusassem de ficar amuada, e que o calor aumentou e desta vez ela estava intensamente familiarizada com o desconforto, o que não lhe deixou escolha a não ser abandonar sua ira.

"Chá?", disse ela levemente.

"Não quero chá. Não vim aqui para tomar chá!" Penélope parecia furiosa, mas Harriet viu em seu rosto uma camaradagem familiar.

"Para *o quê* você está aqui?"

"Somos amigas há bastante tempo Harriet."

"Desde o ensino médio."

"Conheço você a mais tempo do que qualquer outra pessoa, mesmo seus pais, por acaso.

"Você sempre foi boa em matemática", disse Harriet ironicamente.

"E essa não é você." Ela caminhou para frente e fez um gesto amplo com o braço.

"O estúdio?"

"O retiro rabugento."

"Estou no trabalho."

"Não, não está. Você não fez nenhum progresso desde a última vez que estive aqui. Você está evitando Gigi."

"Isso não é verdade. Tenho um prazo para cumprir. *Nós* temos um prazo."

"Há tempo suficiente."

"Nove pinturas!"

"Cada uma, uma variação. Uma vez que você acerte a ideia. Além disso, você sempre trabalhou rápido. Lembre daquele Cezanne que você acabou em dois dias. Tivemos que secar a tinta com o secador!"

"Para o turista japonês, não foi?"

"Coreano, mas não importa. O cliente ficou extasiado. Aquele era o ritmo das coisas. E nunca teve uma reclamação. Você sempre teve jeito."

"Para imitação Penélope", disse ela, com uma careta infeliz. "Para derivação."

"Você é uma intérprete."

"Sou uma copista."

"Você não é assim, Harriet." Penélope parecia exasperada.

"Não produzi uma obra satisfatória desde a série Wessex", disse Harriet, dedilhando seus pincéis organizadamente alinhados na bancada. "O que começo a ver como uma indicação." Ela parou. "Uma sentença de morte."

"Você vendeu um."

"Para Rosa. Não exatamente uma apreciadora de belas artes."

"Quem sabe quem tem bom gosto?"

"Você. E você não gosta dessas obras."

"Elas estão realizadas. Apenas não negociáveis no ambiente de hoje. A Inglaterra não é popular no espírito da época presente. Ninguém que conheço gosta de cenas bucólicas da pátria."

Elas mal eram bucólicas, mas não comentou. Em vez disso, ela falou: "Se as minhas obras tivessem mérito, iriam ressoar independentemente, e venderiam."

"Bobagem. A maioria dos compradores não são mais do que grandes pessoas da ralé com Porches."

"Então estou certa. Meu trabalho se adequa aos muitos ignorantes. Ou não, como pode ser o caso."

"Harriet, simplesmente quero dizer que o mercado desconsidera a qualidade. As pessoas não têm os recursos para decidirem por si mesmas. Precisa ser dito a elas do que gostar."

"Mesmo para Rosa."

"O que você quer dizer?"

"Talvez não seja bem assim. Mas ela não soou mais espiritual ou estética com uma pintura do que uma pessoa comum."

"Você não tem como saber isso."

"Eu tenho. Ela me disse. Ela o comprou como uma recordação para comemorar sua viagem para Bournemouth. Uma bandeira do Reino Unido teria feito tão bem, mas onde você compra tal coisa em Sassafras?"

Elas ficaram em silêncio por um momento. Harriet sentou-se em sua poltrona. Penélope pegou uma das cadeiras de madeira do centro do cômodo, colocando-a em ângulo na direção de Harriet.

"Conheço você há 40 anos Harriet", disse ela pensativa.

"Você já disse isso."

"Bem, vale a pena reafirmar. Conheço você a tempo suficiente para saber que isso é papo furado."

Harriet evitou seu olhar.

"Você está chateada", disse Penélope, com sua conduta abrandando. "Sobre Gigi. Você não tem sido você mesma desde que ela se mudou de volta para cá."

"Ela é insuportável."

"Ela é sua filha e você a ama." Penélope a observou firmemente. Então tomou um fôlego rápido e bufou. "E ela é uma encrenca."

Com isso, os pensamentos de Harriet ficaram confusos e se levantou para caminhar pelo estúdio.

"Ela está aborrecida, até onde sei. Perambula pela casa com aquele cashmere horrível. Por causa do Arthur." Ela jogou as mãos para cima. "Como alguém pode ficar perambulando por causa do Arthur?" Ela parou ao lado de seus cavaletes. "Francamente Penélope, estou ficando desesperada. A exibição era para ser a salvação dela. Virou um grande sacrifício pessoal."

"Você está exagerando."

"Estou? Essa colaboração tem sido um desastre desde o começo. Ela se opõe a tudo que sugiro e quando finalmente consigo que ela concorde com o modelo lunar, ela estraga tudo e compõe nove obras no mesmo número de dias, um grande triunfo pessoal, sem dúvidas." Então fez uma pausa, e disse baixinho. "Me pergunto ainda se também é por vingança."

Ela foi para a janela de frente para o oeste e fingiu olhar para o escuro, antes de virar para trás e direcionar suas perambulações em torno da mesa onde Penélope estava. "E agora ainda assim ela está quieta. Não, não quieta. Zangada comigo, por alguma razão inexplicável. Tudo por causa de Rosa e daquela maldita reunião."

"Você não pode culpar Rosa."

"Não? Não, claro que não. Só porque ela provocou aquilo sobre o Lemuriano desprezível. Sinto vontade de rasgar a série Wessex; então eu acabaria com isso. Aquelas pinturas zombam de mim toda vez que entro na galeria. Não suporto olhar para elas. É como se eu tivesse trazido tudo isso à existência com o ato de cada pincelada."

Penélope sorriu. Harriet parou de andar de um lado a outro, e olhou para ela vagamente. "Você não vê, não é?" Disse Penélope.

"Não vejo o quê?"

"Ela culpa você. Ela sempre culpou você."

Harriet ficou quieta enquanto passava por suas divulgações recentes e pelas reações de Gigi. Ela tinha que admitir, mesmo que só internamente, que Penélope estava certa.

"Você tem que contar a ela."

"Contar a ela? Contar a ela o quê?"

"Tudo. Todo o estardalhaço."

"Não tenho provas", disse ela com a voz fraca, embora soubesse que o tempo que temia há duas décadas tinha finalmente chegado.

Foi Fritz que acendeu suas suspeitas: Algumas semanas depois de se encontrarem no Mario sobre a morte dos pais dela e ele acalmar suas apreensões, ele a convidou para seu jantar de despedida. Estava marcado para ele ir para Berlin assumir um posto como professor sênior, embora dias depois, a posição inesperadamente foi perdida. Ela não queria participar, atipicamente, preferindo os limites da rua Gore a qualquer outro tipo de saída, mas Penélope insistiu, incentivando-a se enfeitar para a ocasião e se divertir.

O jantar foi um negócio estranho. Eles formavam um grupo de 20 pessoas no La Travera, um restaurante italiano em

Southgate, sentados em volta de uma mesa com vista para o rio Yarra. Para um professor de belas artes, ele tinha amigos aparentemente bem conservadores. Todos tinham o cabelo liso e o traje austero dos anos 90. O cabelo preto indomado de Harriet sozinho era o bastante para fazê-la sentir-se deslocada. Ela estava num vestido vintage de melindrosa vermelho cintilante, meia-calça preta grossa e sapatos de couro sem salto. Sentiu-se como uma relíquia, mas com isso desafiante, uma vez que era ela e não eles que demonstrava originalidade. Ela que, na verdade, representava ao mundo a artista que era.

Conforme a noite passou, sob o esforço de ser uma companhia adequada, bebeu um pouco a mais de Sauvignon Blanc do que estava acostumada. A sobremesa ainda chegaria. O grosseiro ao seu lado esquerdo colocou a mão em sua coxa e ela prontamente a removeu, virando seu rosto para a bruxa ao lado direito, que beliscou sua comida a noite toda e se metia nas conversas pela mesa com um garganteio agudo, adotando uma opinião obtusa no que quer que estivesse sendo discutido.

A mulher inesperadamente direcionou o mesmo modo soberbo para Harriet. "Você já deve ter ouvido falar do escândalo, imagino?"

Harriet não tinha ideia do que ela estava falando. Ela olhou rapidamente pela mesa em busca de Fritz, pensando que a mulher devia estar se referindo a ele.

"Quem poderia imaginar que um culto satânico mortal poderia se desenrolar em Mont. Albert."

"Mont. Albert?"

"Você não lê os jornais, querida?"

"Não recentemente."

"Várias prisões. Um ou dois tipos de alta posição. Especula-se que a filha de um ex-professor escapou por pouco."

Ela sentiu que o mundo era a mesa se aproximando dela. Estava com dificuldades em pensar numa desculpa para sair, quando sentiu um toque em seu ombro. Era Fritz convidando-a para ir para fora, com um sorriso e um: “Cigarro?” Ela se levantou sem hesitação.

Ao chegar do lado de fora, ele disse: “Achei que você precisava de um resgate.” Ela riu e se encostou no muro ao lado do rio, contemplando os prédios da outra margem, sólidos e altivos, os reflexos trêmulos das luzes da cidade na água, uma penumbra aquosa sob os arcos da ponte Princes. A noite estava fresca e uma brisa suave soprou. “Vou sentir sua falta”, disse ela, apanhada pelo momento.

“Eu também.”

“Meia volta ao mundo...” Ela captou a expressão dele e deixou a sentença escapar. Ele parecia ter uma urgência, uma preocupação inquietante em seus olhos.

“Tem algo que devo contar a você antes de partir.”

“Fritz, eu não...”

“Sobre Ralf.”

“Hã?”

Ela ia se virar quando ele disse: “Acho que você estava certa em ser paranoica.”

“O que você quer dizer?”

Ele hesitou. “Ele se envolveu em algo.” Ele deu uma olhada em seu relógio, e então para o restaurante, e ela pensou se aquilo era tudo que ele iria dizer. “Fritz”, disse ela: “pode me contar.”

“São chamados a Ordem de Shannon”, disse ele com a voz baixa.

“E eles são?”, perguntou ela.

“Eu os descreveria como uma seita oculta da ordem mais baixa. Supostamente envolvida no sequestro de uma menor. Apenas alegações, veja bem. O corpo nunca foi encontrado.”

“Quando foi isso?”, disse ela alarmada, pensando no escândalo dos jornais.

"Cerca de um ano atrás."

Ela sentiu-se aliviada. Deu um passo para o lado, mas ele a pegou pelo braço.

"Veja, é apenas um rumor", disse ele rapidamente. "Mas eu conheço Ralf. Digo, conhecia o Ralf. Não, isso não é verdade." "Eu conheci o Ralf. Na época de Munique. Mesmo naquela época, na sua adolescência, ele tinha alguns interesses estranhos."

"Muitos garotos têm interesses estranhos", disse ela duvidosamente.

"Talvez", disse ele e então seguiu com sinceridade. "Mas quando um interesse se torna uma crença, a crença é dada por um conjunto de verdades aparentes e é consagrado em um dogma e ritual." Ele balançou os ombros. "Bem, achei que você devia saber."

Ainda era tudo uma conjetura. Uma conjetura talvez motivada por um ressentimento duradouro pois Fritz nunca transcendeu ter sido usurpado. De pé ali enquanto ele terminava seu cigarro, não dava a ela coragem de lhe contar que as coisas nunca teriam dado certo entre eles, com ou sem Ralf. E que ele tinha sido um caso amoroso, nada mais. Daquele primeiro encontro no show do Bauhaus, ela achava que ele era como agora, pouco cômico e sério demais.

Além do mais, ela já sabia que os interesses ocultos de Ralf iam muito longe. Ele fez o assunto esotérico o centro de sua pesquisa de doutorado e vinha escrevendo artigos e contribuindo com capítulos de livros sobre o tema desde então. A ambição dele era ver estabelecido em Melbourne um curso de pós-graduação em estudos esotéricos, uma ambição que até agora não prometia sucesso. Enquanto a história do ocultismo era uma especialização em crescimento na Europa, o financiamento para qualquer coisa de orientação religiosa nas universidades australianas era direcionado, segundo ele, para as áreas indígenas. Ele reclamava disso com tanta frequência que era praticamente a única coisa que dizia na presença dela, além das críticas aos seus cuidados maternais. Fazia sentido que ele se juntasse à uma sociedade oculta. Pode ser parte da pesquisa dele. Ela conseguia imaginá-lo criticando a sociedade em um longo artigo em algum periódico de esoterismo. Nessas circunstâncias, as insinuações de Fritz pareciam ilógicas e ela reafirmou para si que muito provavelmente Ralf se juntou àquele grupo de ocultismo de má reputação simplesmente por interesse acadêmico.

Apesar de todas suas justificativas, um gancho de suspeita ancorou em sua mente enquanto estava no bonde a caminho de casa e começou a se perguntar se havia algum fundamento para as alegações de Fritz. Se os seus interesses em ocultismo se estendiam além do acadêmico, então teria ele se permitido se envolver em quaisquer que fossem os rituais que o grupo fazia?

Ela respirou fundo, atribuindo seus pensamentos à escuridão da noite e à companhia no bonde: um homem mal-encarado em pé próximo ao motorista, dando olhadas disfarçadas para a jovem sentada perto dele; os estúpidos no fundo olhando os outros passageiros com desprezo.

E de novo, Ralf era muito idólatra, muito indulgente e muito furtivo. Aquelas conversas sussurradas pela mesa da cozinha eram menos que inocentes.

Eram todos pensamentos impossíveis. Ela havia permitido que suas apreensões aumentassem como demônios e assombrassem sua imaginação, e isso tinha que acabar. E quando desceu do bonde na esquina da rua Gore, ela os mandou embora.

Mesmo porque, depois daquela noite ela ficou vigilante.

Antes da morte de seus pais, havia aceitado que Ralf fosse um daqueles homens super zelosos com a afeição por sua filha, como se fosse o pai da própria Afrodite, e ficou para sempre comprometido com a glória da sua criação. Era um amor que consistia em uma extensão do amor-próprio. Sua ligação sempre tinha sido exclusiva: Harriet, a indesejada. Mas ela nunca questionou seus motivos antes daquela noite com Fritz, nunca considerou seriamente, nem pelos sete anos da vida de Gigi, que ele fosse de alguma maneira inapropriado. Ignorou por meses as luzes negras que piscavam nos cantos de seus olhos sempre que ele se sentava com Gigi na cozinha. Era contraintuitivo que um homem que amava tanto sua filha desejasse então machucá-la.

As semanas que seguiram foram um tumulto de disputas internas. Foi difícil admitir, mesmo para si mesma, de que nunca havia gostado de Gigi. Não da maneira que os outros pais fazem. Brincadeiras, passeios, festas, festas do pijama, ela os via como transgressões. Cuidar de Gigi sempre competiu com a sua criatividade, no mínimo a metade de sua atenção para sua filha. E sua fraca atitude com seus cuidados maternais lhe permitiram mitigar seus receios sobre Ralf. Ela reassegurava-se de que Ralf sem dúvidas era o melhor dos dois para cuidar da filha. Aquilo certamente era o que Gigi pensou, e ainda pensava, apesar de ele nunca ter ficado em casa tanto quanto ela. Ele dava tempo de qualidade para Gigi. Sempre que estava em casa, ela tinha sua atenção total. Harriet havia sido uma presença ausente, preenchida como se estivesse com suas próprias preocupações criativas. As revelações de Fritz não mudariam sua visão de si mesma. Certamente, não o suficiente para tomar a atitude drástica que mais tarde tomou

Foi a carta que finalmente mudou sua atitude.

Em uma noite de sábado, cerca de dois meses depois do jantar de despedida de Fritz, ela ouvia seu álbum do Bauhaus com o volume alto, para atrair alguma inspiração sinestésica de sua derivação de um Hirschfeld-Mack. Gigi estava na cama e Ralf na universidade, dando os toques finais em um documento para uma reunião. Tinha sido uma semana com muitas tempestades e embora o sol tivesse começado a brilhar, ventos com força de vendaval ainda sopravam. Fazendo o possível para ignorar o barulho da porta da frente, ela foi até a cozinha para reabastecer uma jarra de água turva antes de limpar um pincel, e ao passar pela mesa a caminho da pia, um livro caiu no chão. Era uma cópia de o *Conceito Rosacruz do Cosmos*. Deve ter esbarrado nele. Ela foi colocá-lo de volta na mesa quando a carta escorregou da sobrecapa.

O conteúdo da carta parecia inofensivo. Em tom formal, dava as boas-vindas a Ralf para a Ordem de Shannon. Um privilégio ter alguém do calibre dele, a carta seguia mencionando que com as formalidades iniciais completadas com sucesso, esperavam ansiosamente que ele participasse da próxima reunião, que parecia sugerir que ele havia passado por algum tipo de teste. E naquele ponto começou a tocar "*Kick in the Eye*", provocando sua sinestesia, mas as luzes não estavam nos tons pastéis que ela normalmente via quando escutava Bauhaus; essas eram pretas, iridescentes e escuras. Ela ficou parada, observando. Então colocou a carta de volta na sobrecapa e pôs o livro sobre a mesa. De repente achou Bauhaus desanimador e foi desligar o toca-discos. Ao chocalhar da porta da frente juntou-se uma vibração insistente do caixilho da janela, tomando o silêncio.

Ela ouviu um movimento no andar de cima e achou que Gigi pudesse ter acordado. Subiu os degraus em pares, acendeu a luz do patamar e espiou o quarto de Gigi. Ela estava dormindo.

Ficou então na porta de entrada do quarto principal. O quarto estava frio. As cortinas estavam fechadas por causa da noite. Pensou vê-las se agitarem ligeiramente. Olhou para a escuridão e notou a protuberante mala dele no chão. Ela viu novamente no centro de sua visão as luzes negras cintilantes. Só que dessa vez as luzes não foram provocadas pelo som. Seu primeiro pensamento foi de que Ralf pegou muita roupa. Ele sempre fazia a mala no último minuto, e dessa vez fez com antecedência. Ele deveria partir para sua conferência em Amsterdã na segunda-feira seguinte, pegando o voo do domingo à tarde.

Sabia que ela planejou encontrar Rosa para almoçar no domingo, e voltar antes da hora dele partir.

De repente lhe ocorreu que ele planejava sair mais cedo para levar Gigi junto.

Seu mundo se partiu com esse pensamento. Ela não era mais quem ela era. Tinha acabado de perder os pais. Não podia estar prestes a perder sua filha.

Não tinha ideia do que fazer. Sua mente era um turbilhão. Então percebeu algo como um alívio, que se Ralf planejava fugir com sua filha, ela então o deixaria.

Deu três passos entre a cama e o guarda-roupa e elaborou um plano.

Parou então de pé na entrada do quarto deles, olhando aquela mala pronta, pensando em todas as outras mulheres que ficam, mulheres que comprometem a verdade e a realidade por uma falsa segurança. Pobre ou rica não parecia importar, mas ela estava um pouco indignada consigo mesma de que a herança lhe deu o ímpeto. Parecia ser simples assim. E aquele material. Suspeitava que outras mulheres colocavam o conforto no topo da lista delas de critério para ficar. Embora ela mal podia chamar a rua Gore de conforto. Ficou intrigada sobre o que a manteve lá enquanto estava tão infeliz. Não era amor. Ela não o amava. Lealdade, talvez tradição, ou vergonha.

Naquele sábado, enquanto a noite chegava e Gigi estava sozinha em seu quarto mais à frente no corredor, Harriet desceu as escadas e pegou a carta da sobrecapa do livro de Ralf sobre os Rosa-cruzes e encontrou a câmera dele, tirou várias fotos, removeu o filme e o colocou dentro de sua bolsa. Ela deixou a carta aberta na mesa.

Estava marcado para Penélope chegar em uma hora para dar seu veredito sobre o Hirschfeld-Mack. Uma hora para fazer as malas.

Ela levou Gigi para a casa de fim de semana de seus pais em Sassafras. Ralf poderia facilmente descobrir onde ela estava, mas não imediatamente, não ao menos que ele fosse à polícia. E ela suspeitava que ele não faria isso. Aconteceu por acaso que em nove anos ele nunca tinha visitado aquela casa de fim de semana, ou a casa dos pais dela em Mont. Albert. Parecia que ele as desprezava tanto quanto eles o desprezavam.

A única vez que foram forçados a estar na companhia um do outro foi logo depois que Gigi nasceu. Claudia e James Brassington-Smythe nunca entenderam as preferências de sua filha. Que ela tivesse ido contra o desejo deles e buscado uma vida como artista estava além da compreensão deles. Ela sabia que os havia desapontado, suspeitava que tinham esperança de que ela cresceria e voltaria a si, mas quando se mudou para a rua Gore aos 26 anos para morar com um estudante alemão fazendo um doutorado em ocultismo, eles ficaram mortificados.

Claudia e James eram o tipo de cristãos praticantes que consideram o ocultismo uma adoração ao diabo. Um fato que fazia Rosa esconder deles seus próprios pontos de vista sobre o assunto, apenas revelando-os a Harriet quando teve certeza de que poderia confiar nela.

Harriet não compartilhava da discrição de Rosa. Franca e rebelde, não guardava segredo sobre seu flerte com a área da teosofia. Teve a prudência de não trair Rosa, então seus pais sempre suspeitaram de que havia sido influenciada por Penélope. Uma concepção errada, reforçada quando explicou ao interrogatório de seus pais que conheceu Ralf em uma das cerimônias de Penélope. E porque quando seus pais visitaram a rua Gore naquela única vez para ver a bebê, Ralf passou por eles ao sair pela porta e eles tiveram calafrios.

"Então é ele."

Na lembrança, ocorreu a Harriet que ela pudesse ter ficado com ele todos aqueles anos por despeito.

O pensamento de explicar a história para Gigi fazia seu coração palpitar. Ela voltou-se para Penélope, que parecia impaciente em deixar o estúdio.

"Você deve a ela uma explicação, Harriet."

"O que posso dizer a ela?"

"A verdade", disse ela enquanto caminhava para a porta.

"Qual mulher gostaria de saber tal coisa? Toda sua percepção sobre o pai seria destruída."

"Não acredito que você pense assim."

"Melhor que ela me odeie. Pelo menos é o status quo."

"Apenas conte a ela." E ela saiu.

Harriet foi à janela. A luz ainda brilhava no quarto de Gigi. A cobertura de cima estava recortada contra uma névoa do luar. O vento finalmente diminuiu. Ela ouviu o grunhido gutural de um gambá, viu o gato do vizinho disparando pelo gramado, e então tudo ficou parado.

Talvez Penélope estivesse certa. Gigi devia saber a toda verdade antes de ir em busca de seu pai. Poderia até pará-la, mas Harriet duvidava disso. Gigi era muito obstinada. Além do mais, o que Harriet tinha para oferecer como forma de explicação poderia ajudar Gigi a entender seus motivos, mas não faria nada para suprimir sua curiosidade. Se fazia algo, seria dar força.

Maldito passado e a maneira feia que se aproximou sorrateiramente por trás.

CAPÍTULO DOZE

TERÇA-FEIRA, 4 DE ABRIL DE 2017 - CASA DE CAMPO FERNLEY

Ela estava envolvida pela desolação. O eucalipto cortado. O restolho preto. A seiva sanguínea. O pensamento sobre adicionar um novo crescimento. Talvez um toque de verde sobre a base do toco. Mas não teve coragem de colocá-lo lá. Além do mais, algumas cenas ficariam melhor deixadas para se expressarem desinibidas das manipulações do artista. A obra venderia, estava certa disso. Ela a levaria ao bistrô australiano pela manhã.

Enfiou as mãos nos bolsos de sua calça. Era pôr-do-sol e lá fora estava tudo calmo. Olhou para a cena silenciosa, três presenças escuras, o céu com um brilho suave. Uma sombra passou atrás do galpão de madeira e foi para uma árvore próxima. Ela pensou que fosse uma coruja.

Sabia que devia comer, mas não estava com fome. Indiferente, deixou o estúdio e foi para a sala de estar.

Houve um trago de ar, mas não se deu ao trabalho de acender o fogo. Em vez disso, abriu seu laptop e percorreu os tópicos do Fórum, parando para ler um post do Monstro

Formado sobre a Ordem de Shannon. Surgiram arrepios gelados em sua pele.

Pétala Celeste chamou a Ordem de "adoradores dos bosques" e quando Fred Spice pediu esclarecimentos, Fumo Enlatado entrou com um link para uma exposição de Bohemia Grove por ninguém menos que Lawrence Pike. Ela não entendeu.

"Eles são uma conspiração", disse Fumo.

Pétala Celeste seguiu com o breve resumo de um ritual, túnicas todas pretas e corujas, centrado em torno da queima de uma efígie. "É chamado de a Cremação de Cuidados."

"E o que esses adoradores dos bosques fazem?" Fred Spice perguntou com o que ela achou ser um toque de ironia.

Fumo respondeu com uma série de links com os quais ela não se importou.

As insinuações eram severas e ela não queria acreditar que aqueles teóricos da conspiração, com toda sua ingenuidade e ideias malucas, estivessem certos em alguma coisa. Ela queria acreditar que rituais satânicos eram coisas de histórias de terror, que cultos daquele tipo eram raros e giravam em torno de um psicopata megalomaníaco, com carisma suficiente para atrair os sem discernimento e os fracos. Queria acreditar que juízes, políticos e acadêmicos eram educados demais, racionais demais, decentes demais para tais interesses vis.

Então Cinzeiro Inflamável comentou que os Templários comandavam a junta e qualquer um que diz o contrário é um nada.

Cinzeiro Inflamável? Poderia ser Theo? Milena mencionou que Theo estava obcecado com um fórum cheio de doidos da conspiração. Aquele era seu nome de usuário. Ninguém mais se chamaria Cinzeiro Inflamável, certo?

Saber da presença dele bem ali em seu laptop era tão

repelente que ela se desconectou do Fórum imediatamente. Era 18:14 e ela ficou pensando em como preencher sua noite.

Ela abriu sua caixa de entrada. Não havia novos e-mails. O de Beth estava na metade da lista.

Beth tinha boas intenções. Ela era uma amiga preocupada. Seu e-mail estava cheio de ícones de coração. Sem menção a Anna. Um convite aberto para almoçar no bistrô australiano. Que talvez Judith considerasse uma sessão com Vivi, a vidente que poderia ter mensagens do outro mundo. Não, ela não iria. Nunca. Não estava pronta para nada disso. Queria ficar sozinha, embora soubesse, vagamente, que sozinha não era a melhor maneira de ficar.

Arquivou o e-mail em uma pasta sinalizada Beth e percebeu outro, enviado cerca de seis meses depois da abertura, quando Vivi fez aqueles comentários estranhos sobre o tríptico. No e-mail, Beth disse que se sentiu obrigada a contar para Judith que lamentavelmente teve que se separar das bétulas prateadas. Vivi a alertou diversas vezes que não faria bem ter aquela energia pendurada em suas salas, então teve que vender as obras a um visitante da Austrália, que os observou pela janela por um tempo antes de entrar nas salas, tendo acabado de almoçar no bistrô australiano. O cavalheiro em questão entusiasmou-se por tanto tempo que Beth ficou preocupada que ele fosse um pouco insano. E quando ele perguntou se estavam à venda, explicando que seriam apenas algo para sua esposa pelo aniversário de casamento deles, Beth aproveitou a oportunidade para se livrar do homem e das obras. Beth disse que achou que Judith ficaria pelo menos satisfeita em saber que elas haviam sido realocadas e que sentia muito em lhe contar, mas não queria que ficasse chocada se aparecesse e fosse confrontada por uma parede vazia.

Pareceu estranho saber que aquelas pinturas foram enviadas para a Austrália e ela se perguntou onde teriam acabado. Não em Wimmera, com certeza ninguém que vivia em uma paisagem como aquela iria querer pendurar em sua parede um tríptico de bétulas prateadas retratadas num estéril preto e branco, com um insignificante toque de cinza

Ela deixou sua imaginação se levar para a terra que amava, mesmo sabendo que nunca iria para lá, e retornou ao seu estúdio e substituiu a cena do eucalipto por outra tela: uma cena afetada por uma barragem desprovida de água, sua base de barro rachada, em mosaicos. Um banco de um rio morto. Um cachorro sedento. Uma velha cabana de cimento fibroso caindo aos pedaços. E um vaqueiro num cavalo. Tudo isso, sob uma cúpula de céu azul e sem nuvens.

CAPÍTULO TREZE

INTENSIFICAÇÃO DINÂMICA

Os tocos de tramazeiras antigas erguiam-se como lápides com datas centenárias: os mortos em repouso; as samambaias em seus buquês verdes básicos. A grama macia na sombra ainda carregava o orvalho da noite anterior, e um vento frio soprou do sul. Ela puxou seu cachecol de algodão para o redor de seu pescoço. Ela caminhava pela rota próxima ao riacho, ignorando a oferta de conciliação de Harriet mais cedo naquela manhã, quando sugeriu que Gigi se juntasse a ela na galeria para ajudar a pendurar os últimos achados de Penélope. Gigi não tinha ideia de qual seria sua utilidade e não se sentia uma boa companhia para sua mãe.

Mais de um mês passou desde a véspera de Natal e do seu anúncio de que planejava encontrar seu pai. Então Rosa partiu para sua conferência em Bournemouth, deixando Gigi consumida por perguntas. Se cadastrou para um visto, que chegou pelo correio de manhã. Ela poderia, ela deveria reservar um voo e ir ver Fritz, exigindo que ele lhe contasse o que sabia. Mas estava hesitante.

O sol livrou-se de uma nuvem e brilhou através da copa.

Uma mulher rechonchuda, usando um chapéu com aba larga que obscurecia seu rosto, aproximou-se com um cachorro preto puxando sua coleira. "Bom dia", disse alegremente a mulher conforme passou e Gigi se deu conta que era a mãe de Verônica, a Sra. Hunnacot. Ela sorriu e a cumprimentou.

Ocorreu-lhe que não tinha visto Verônica ou Melissa desde o Natal, recusando seus convites com desculpa de shows, algumas vezes reais, outras vezes falsos. Ela sabia que a reação delas foi infantil, mas nos dias seguintes à sua explosão suas amigas tomaram o lado de sua mãe, o que achou que elas não tinham o direito de fazer. O que era então a lealdade delas? "Achamos que você pode estar obcecada", disse Verônica quando Gigi recebeu a visita com seus presentes.

Elas estavam na entrada do Pargiters, vestidas com macacão e bandanas que combinavam.

"Você tem que deixar isso para lá", disse Verônica com sabedoria.

"Estamos preocupadas com você", disse Melissa.

"Gigi." Verônica cruzou os braços debaixo de seus grandes seios. "Você ficou esquisita."

Gigi observou a roupa delas e não comentou.

"Venha receber um mimo", disse Melissa, com os olhos cheios de preocupação. "Posso fazer seu cabelo."

"E eu vou fazer as suas unhas."

"Obrigada", era tudo que Gigi conseguia pensar em falar. Uma parte dela queria confiar, com ânsia em liberar o desabafo, mas Verônica e Melissa não entenderiam, elas não poderiam, e então ela ficaria presa fazendo comentários esclarecedores e dando conta de conselhos bem-intencionados.

Só conseguia imaginar com o que elas viriam se tivesse mencionado seu sonho. Sairiam os dicionários de sonhos e as comparações com seus próprios sonhos, e aqueles conteúdos residindo em suas profundidades que continuavam a surgir na superfície da sua consciência, exigindo serem conhecidos, gritando por sua atenção e oferecendo nenhuma explicação reconhecível quando despertos e se traduziriam sem sentido. Ela preferia não saber e ficar intrigada do que acreditar em uma falsidade. Havia algo sagrado sobre o inconsciente, disso tinha certeza, um eu superior existindo fora do alcance do seu eu inferior, que estava presa em um estado de perplexidade infinito, desajeitado pela vida, para sempre olhando na direção errada. Se você quer olhar para fora, olhe para dentro, e se quer olhar para dentro, olhe para fora, mas primeiro você tem que aprender como olhar.

Estava tendo o sonho com uma frequência muito maior. Era mais ou menos o mesmo toda vez. A caverna, o escuro, a presença eminente, as luzes piscantes, a corrente de ar acariciando suas costas e a lenta percepção de que estava nua. Sempre era incapaz de se mover. No episódio da noite anterior, algo passou diante dela, ou alguém. Tinha um cheiro aromático, mas não era incenso. Ela ouviu murmúrios baixos em vozes graves, rítmicos e repetitivos. Não tinha ideia do que era dito. Uma estrela ardente de cinco pontas, vermelha escura, apareceu em sua próxima visão e sabia que era ferro de marcar gado, sentindo seu calor abrasador.

Ela acordou com Count Basie tocando no andar de baixo. Sua mãe assumiu o comando do toca-discos. Ela aumentou o volume e tocou jazz da velha guarda desde o amanhecer até partir para seu estúdio. Mal se falavam, sendo apenas educadas. Gigi passava a maior parte de seus dias em seu quarto, praticando em seu Roland.

Havia poucos shows para ocupá-la ou para ganhar dinheiro de fato, o que usava para justificar o atraso em seus planos de viajar embora tivesse o suficiente para as passagens em sua conta poupança. Naquela manhã, como qualquer outra manhã das últimas seis semanas inteiras, ela saiu da cama se perguntando por que ainda estava na casa de sua mãe. Harriet claramente não a queria lá. Provavelmente nunca a quis. E a mesma narrativa da triste jovem Gigi passou pela sua mente, uma Gigi pouco amada por uma mãe que a tirou de seu atencioso pai. A cada manhã enquanto a narrativa rodava por si só, ela buscava por pistas, descobertas, entendimento. Nada apareceu. Apenas um questionamento incessante dos motivos de sua mãe.

Seus avós morreram repentinamente em um terrível acidente. Aquilo justificava uma mente cheia de pesar. Uma certa irracionalidade. Sua herança de todo o patrimônio, com a condição de que deixasse Ralf, só era motivo suficiente para uma mulher que coloca a riqueza à frente do amor e que no caso de sua mãe, não era difícil de imaginar. Obviamente, ela não o amava. Impressionava o fato dela não o ter deixado antes. E poderia ter abandonado também sua filha, uma vez que claramente também não a amava. A natureza repentina e dramática do evento exigia justificação. E o mais perturbador de tudo era o fato inexplicável de seu pai fracassar em vir encontrá-la.

Ela ouviu o farfalhar dos arbustos ao lado da rua. Parou e escutou. Um passarinho começou a cantar. Seguiu sua melodia até que ele ficou quieto e ela continuou.

Achou que lembraria a música de seu sonho. Talvez não. Lembrar um sonho era um processo duvidoso. A mente acrescenta e exclui tão fácil e rápido, num esforço frenético para reconstruir o efêmero. Talvez tenha pensado que havia música porque a queria lá. Qual música? A sua própria?

Ela praticava suas nove novas canções todos os dias desde que as compôs. As desenvolvia lhes dando forma, cor, embelezamento. Estava satisfeita com a maneira que se saíram e a única coisa da colaboração que esperava ansiosamente era a gravação.

Penélope entrou em contato com Tommo o Blindado, que tinha um estúdio de gravações em Bayswater, e passou seu contato para Gigi. Penélope era uma mulher notável: prática, organizada e generosa. Mas era impossível entender o que a motivava. Ela nunca baixava a guarda. Também era inabalável em sua afeição por Harriet, o que às vezes devia ser um fardo. Ela sabia que Harriet confiava em sua amiga e imaginou o quanto Penélope sabia. Ainda que não houvesse sentido em perguntar. Ela nunca trairia sua amiga. Além do mais, seria contraproducente. E não teria como premiar a verdade de Harriet, uma vez que descobrisse que a filha interrogou sua amiga.

Ela continuou a caminhar até chegar na intersecção da travessa Nobles, o lugar onde Melissa iria querer voltar ao medir a inclinação. Gigi seguiu o trajeto destemida. Imaginou sua mãe na galeria, sozinha com sua série Wessex. Nada falava mais de um artista na base do declínio. Nem mesmo Penélope podia mudá-los.

Algo na elevação íngreme a instigou a adotar um ritmo mais rápido, apesar da dor em suas coxas e a rapidez de sua respiração. Uma colina superada era uma conquista por si só, uma recompensa simples e satisfatória.

Sua mãe tinha sua própria colina para subir, mas permaneceu presa em algum lugar na base. Gigi sabia que ela estava com dificuldades para criar as nove pinturas, mas como foi banida do estúdio, não tinha como avaliar o progresso. Sentiu uma pena curiosa de sua mãe, constrangida como ela estava por sua aderência incondicional a Kandinsky.

Kandinsky, lhe parecia, nada mais era do que um renascido, um evangelista em uma missão de impor seus pontos de vista aos outros. Uma experiência sinestésica com uma pitada de pensamento teosófico e ele racionalizou sua experiência, transformando a sinestesia em um monte de regras como se apenas ele fosse o canal dessa revelação, uma revelação que deve ser transmitida a outros, vestida *nele,* uma grande formulação especial de Kandinsky. Como muitos renascidos, ele transformou saber em conhecimento. Ele era um seguidor que procurava representações literais do abstrato, suas visões eram fixas, absolutas. Sua mãe, uma ajudante, nunca transcenderia aquela realidade fechada. Por isso ela estava fadada a regurgitar.

Gigi temia que Harriet nunca compreenderia o extraordinário mistério da criatividade e da inspiração. Esse inefável trazer de dentro, essa imersão no processo, fluida, solta, livre. Um processo em que a verdade não era mais o objetivo e a realidade se tornou metafórica e fecunda.

O que importava para Gigi era o conhecimento imediato e ela se agarrava a isso com a convicção de um estudioso que leva adiante a paixão pela ideia nova. Essas eram suas teses descobertas e nada poderia ter apurado mais grandemente sua compreensão do que aqueles três anos de doutorado.

Três anos usados para provar que a turma do Kandinsky está errada, embora não foi isso que pretendesse fazer na época.

Gigi sentiu-se convencida de que, uma vez que o extraordinário mistério da criatividade fosse lançado como conhecimento, não importava a profundidade espiritual do insight, isso atrairia adeptos como uma armadilha de vespas. Ficou perplexa que todo e qualquer artista não compartilhava do seu entendimento. Era tão óbvio. O artista, como o compositor, precisa de fluxo e flexibilidade, não de regras. A composição artística, assim como a composição musical, é uma experiência transformadora. Ela não tinha sido transformada um pouco cada vez que escrevia algo novo? O processo de composição oferecia novos entendimentos de quem era, cultivando equilíbrio e reflexão.

Ela parou em uma curva e olhou para a catedral de árvores,

pensando em sua interpretação humana - uma igreja. Lar de música religiosa e de inflexibilidade, gloriosa e pura ao mesmo tempo, destinada a atrair as massas. Compositores, como arquitetos, se empenharam por ápices divinos. Havia algo inegavelmente primoroso e perturbadoramente evocativo nas obras de cristãos místicos como Hildegard von Bingen e Thomas Tallis, compositores cuja busca foi revelada tão perfeitamente em uma igreja, um espaço de apresentação feito sob medida em si. Ela ouviu vozes subindo para encontrar os tetos abobadados e então descendo novamente; vozes incorpóreas, invocando fascínio e admiração nos ouvintes, mas constrangendo compositores que eram forçados a fundir cada frase com o eco descendente da última.

Ela continuou seu caminho, dando um amplo espaço para as moscas varejeiras que estavam reunidas em torno de uma pilha de sujeira de cachorro.

Varejeiras. Sujeira de cachorro.

Ela riu por dentro. Os compositores usavam qualquer coisa como fonte de inspiração, mas suas obras seriam imitações vazias que não foram capazes de invocar um tipo de consciência mística, o que pode ser difícil de alcançar caso moscas e sujeira de cachorro sejam a fonte.

Na opinião de Gigi, obras de inspiração mística eram atemporais, reverenciadas até hoje por místicos aspirantes e admiradores do divino. Melissa tocava Tallis do seu jeito para trabalhar todos os dias. Ela dizia que lhe dava a disposição certa para a ficção. A música move o ouvinte, toca as emoções, enche e aumenta, eleva ou deprime. Perdido em seu deslumbramento de renascer depois de seu episódio sinestésico em um concerto de Wagner, Kandinsky queria que a arte imitasse a música. Ele queria que a pintura movesse o espectador tanto quanto a música move o ouvinte. Quantas vezes sua mãe opinou isso em uma de suas muitas palestras de Kandinsky, geralmente depois de sua terceira taça de Sauvignon Blanc e, portanto, nunca muito coerente.

Gigi sabia que Kandinsky tinha colocado para si mesmo uma tarefa impossível. Nenhuma pintura poderia jamais ter o poder de consumir as emoções da maneira que a música faz. O som envolve. Nossa audição, entre os sentidos, é o caminho entre nosso estado emocional de ser e o mundo fora de nós; som agudo assusta, passarinho cantando desperta, o balbuciar de um riacho acalma.

Seus passos se estenderam. O suor brotou em sua testa. Ela ficou ofegante. Seguiu em frente num ritmo determinado, seus pensamentos lutando com a sinestesia, uma confusão desfocada dos sentidos. A sinestesia, decidiu ela, era um estado alterado da consciência e não era em si uma experiência mística e, portanto, pertencia ao mundano e não ao espiritual. Embora soubesse que essa era a resposta individual de uma experiência que a tornou mística, e não a própria experiência. Um sino pode soar milhares de vezes no dia, então alguém passa e tem um envolvimento único com o soar do sino. A luz brilhando entre as árvores, uma certa canção, qualquer coisa pode provocar uma experiência mística em uma pessoa em determinada ocasião, e depois nunca mais. Com a repetição, o fascínio retrocede e o excepcional torna-se ordinário. E esse era o erro de Kandinsky e Harriet. O episódio que evocava uma resposta de fascínio e deslumbramento, era somente algo experimentado de maneira mística. Kandinsky acreditou erroneamente que havia tocado o divino e que daí por diante tornou-se um missionário, capturando os corações e mentes de seus seguidores e os enchendo com maquinações e correspondências arbitrárias.

Mas o que mais a aborrecia era o elitismo que vinha com isso. Como se Kandinsky e sua laia estivesse a par de um conhecimento superior, que ele fazia parte dos escolhidos, em discordância e para converter a cena artística de sua época. Em sua mente brotavam os retratos com molduras enfeitadas na cômoda de sua mãe e na borda da lareira, onde a justiça de Kandinsky resplandecia nele e Gigi facilmente o imaginou olhando de suas alturas para toda arte representativa, assim como os acadêmicos de sua universidade desprezavam a música popular como lixo para as massas.

Era o tipo de elitismo no mundo artístico que fez um Rothko ser leiloado por mais de 46 milhões de dólares. Ou era completamente outro tipo de elitismo - o elitismo dos grotescamente ricos? A obra em questão era essencialmente uma simples faixa azul em um simples fundo amarelo. Dar esse tipo de valor em dólares numa faixa; Penélope ficaria enfurecida. Talvez Rothko desenhou sob a teoria de cores de Kandinsky. Gigi conhecia bem a teoria de cores. Harriet teve uma vez um gráfico pendurado acima da bancada em seu estúdio e Gigi participou de uma palestra sobre as correspondências de música e cor em seu terceiro ano. Talvez Rothko pretendia que o espectador ouvisse flautas e violoncelos tocando com uma fanfarra de trompetes. Ou os espectadores deveriam sentir um azul profundo de luto diante de um ataque cego de ódio amarelo. Sendo Rothko um judeu russo, poderia se dizer que sua obra retratava, da maneira mais abstrata possível, o Holocausto. Embora ela não tivesse ideia se Rothko era fã de Kandinsky, mas sentiu que ele não era. Na verdade, era difícil imaginar um artista com uma disposição independente como Rothko aderir a um conjunto de regras tolas. Do que ela havia visto da obra nos noticiários em seu laptop, foi como se seus vastos campos de cor fossem para hipnotizar o espectador. Talvez isso era tudo que Rothko pretendia. Para os espectadores se perderem em sua obra.

Os quais, salvo alguns poucos escolhidos, o círculo interno do mundo artístico, saberiam disso. Para o espectador comum, a pintura permanecia uma única faixa azul num fundo amarelo simples.

Ela parou com dificuldade para prender a respiração quando um utilitário passou por ela na segunda marcha e espirais de poeira subiam em seu rastro. Antes que a palavra "maloqueiro" fosse completamente formada, a rejeitou. Quem era ela para julgar? Sentiu por um momento nojo de si, sabendo que havia sucumbido ao mesmo elitismo, isolada em seu apartamento ao norte de Melbourne. E instintivamente rebelou-se contra seus preconceitos, se esquivando daquele mesmo elitismo enraizado em seu coração no momento que parou para assistir ao show de rua de Arthur. Talvez alguma parte moral sua a impulsionou para Arthur, para que pudesse aprender o valor da humildade. E não, conforme havia previamente justificado para si mesma, uma necessidade reativa e um tanto quanto desesperada de equilibrar a reclusão de seus anos de doutorado.

Ela chegou ao pico, ofegando forte, e parou até que seu coração e sua respiração diminuíssem. Seguiu então a rua até a intersecção, se arrependendo de sua decisão anterior de não ter ido pela trilha que acompanha a margem do riacho, que a teria levado à uma entrada dos jardins de Alfred Nicholas perto do lago. Ela poderia ter terminado seu caminho até o topo e saído perto de onde estava, evitando a poeira levantada por aquele utilitário.

Assim que virou a próxima curva, mudou de ideia. No lado oposto da estrada Sherbrooke, a área de estacionamento estava cheia de carros e turistas que cruzavam a estrada em ambas as direções, entrando e saindo dos jardins pelos imponentes portões de ferro forjado. Era sábado e os jardins naquela época do ano estavam cheios de excursionistas ávidos em caminhar pelos arbustos, plantações de árvores majestosas, o lago ornamental, e toda uma encosta de freixos nativos e samambaias distribuídas por hectares exóticos e pitorescos.

Ela passou pelos portões e avançou, a caminhada não era mais o isolamento agradável da rua pouco usada, embora a trilha fosse posicionada atrás da estrada.

Supôs que sempre tinha se diferenciado da multidão. Suas preferências por solidão era menos uma atitude da mente, mais uma necessidade interna. Em retrospecto, o isolamento em seu apartamento ao norte de Melbourne adequava-se bem a ela. Ela não era um animal de rebanho. Nem era, disse severamente, esnobe. Embora soubesse que os acadêmicos na escola de música formavam seu grupo exclusivo como um escudo. Tinha feito o mesmo do seu próprio jeito: um clube de um.

Era uma característica de família. Sua mãe vivia não em um clube, mas em uma bolha inflada mantida por Penélope, Rosa e uma gorda herança. Se tivesse que se sustentar no mundo da arte, não sobreviveria. Mal evoluiu desde a década de 80, seu auge, sua homenagem ao auge de Matisse. Embora não estivesse vivendo nos anos 80, mas nos anos 20, alheia às tendências e mudanças de paradigma desde então. Ela era severamente crítica ao pós-modernismo e à tecnologia. Não tinha um celular ou um computador. A internet para ela era algo anormal. Mas Gigi tinha certeza de que essa atitude mental emperrada havia tornado o pensamento de Harriet rígido.

Ela chegou à uma intersecção e virou para Sassafras e a galeria de sua mãe. Agora caminhava ao lado da estrada principal que dividia a montanha em dois, e o trânsito passava rapidamente a caminho do sopé e da vasta extensão suburbana a leste de Melbourne. A rajada de vento a empurrou. Sentindo a friagem fora de época do vento, ajustou seu cachecol de algodão em torno de seu pescoço.

Havia outras razões para o impedimento do fluir artístico de sua mãe. Notavelmente, toda a colaboração servia a um propósito egoísta. Era um desejo corrompido desde o princípio. Harriet alegou desde o princípio que a exibição ajudaria Gigi, que tiraria sua mente de Arthur e a animaria, quando na verdade, Harriet estava motivada pelo ganho próprio. Ela até mesmo admitiu isso, como meio de persuasão. "Bom para a galeria", disse ela. Desde que Gigi se mudou de volta, Harriet não vendeu uma pintura além da peça que Rosa comprou, e Penélope não deu nenhuma comissão. Gigi pode ter sentido pena dela, se não se sentisse completamente usada.

Ela deu a volta no longo arco da estrada, onde o The Crescent desviava para a direita e seguia seu caminho descendo a montanha. Passado o The Crescent, a trilha era cortada em uma ladeira cheia de vegetação abaixo da estrada. Ela entrou no túnel verde. À sua direita, as casas prendiam-se à inclinação com suas entradas impossivelmente íngremes, a floresta se desdobrava abaixo delas, como um cobertor lançado sobre um corpo dormindo.

Ela emergiu em uma intersecção e no começo da pequena parada de lojas que ficavam em Sassafras. Diminuiu o ritmo e começou a andar devagar, parando do lado de fora de uma butique que vendia roupa de lã fina, ideal para o clima mais frio da montanha. Uma mulher vestida com um conjunto de seda e com chapéu combinando saiu na calçada, compras nas mãos, exibindo uma aparência convencida de uma compradora feliz. Adiante, a clientela entrava e saía lentamente das salas de chá de Agatha. Se sua mãe era antiquada, então estaria em boa companhia aqui, nas variações que abundavam nos apreciadores do exótico.

Ela encontrou Harriet na sala de trás. As paredes estavam vazias e as pinturas alinhadas ladeavam o chão Um olhar: "Você levou um tempo" surgiu no rosto de sua mãe, mas ela disse: "Aí está você."

"Peguei um desvio pelo riacho."

"Para limpar a mente, suponho." Ela soou atipicamente severa.

"De maneira nenhuma", disse Gigi, achando o silêncio entre elas melhor do que a crítica. Sempre que uma delas se esforçava para ser simpática, a outra deixava de lado. E ela não tinha limpado sua mente. A encheu de pensamentos insensíveis e foi reprimida à vista de Harriet, ainda sua mãe afinal, magoada e tentando não demonstrar isso.

"Acho que esse ficaria bem no centro da parede", gesticulou Harriet para a pintura que prendia seu olhar. "Chama a atenção das pessoas que passam vindo da sala principal."

Gigi viu a pintura. "Prefiro a que está ao lado dela. Aquela à esquerda."

"Sério?" Harriet pareceu que iria continuar, mas então mudou de ideia.

A pintura da preferência de Harriet era uma alegre cena expressionista na praia. Uma espreguiçadeira, um grande guarda-sol, um castelo de areia, um balde e uma pá, uma variedade de bolas para brincar na praia e alguns barcos na água, tudo reproduzido numa mistura de azuis, amarelos e vermelhos. Sua mãe estava certa, chamava a atenção.

A preferida de Gigi representava uma mulher e uma criança em uma floresta, a criança olhando para a copa acima, o olhar da mulher afastando-se, sua expressão de espera. Pré-Rafaelita em grande estilo e Gigi se viu atraída pela cena, imaginou a pessoa que a mulher esperava e então olhou para a copa como se fosse a criança. Ela preferia o estilo, o detalhe intrincado, sua representação em sua imaginação.

Sem uma palavra, sua mãe pegou a cena da praia e a pendurou no centro da parede. Então pegou a preferida por Gigi e pendurou na parede oposta, quase, mas não exatamente de frente para a cena da praia. "Pronto", disse ela, evitando ainda o olhar de Gigi. "Podemos cada uma montar uma composição em torno delas." Era o jeito dela resolver suas diferenças. Uma vez que nunca concordavam em nada, parecia que iriam pendurar suas individualidades em paredes separadas.

Começaram a escolher entre as outras obras, o silêncio quebrado por murmúrios ocasionais de: "Esse ficaria melhor na sua parede, eu acho." E dividindo o espaço, como havia feito desde que se mudou de volta para casa, estava o espectro de Ralf.

Eventualmente, Gigi não poderia mais tolerar a atmosfera. "Uma coisa está me intrigando", disse ela, hesitante.

"O que é?" Disse Harriet, empurrando o canto de baixo da cena da praia.

"Quando você descobriu que Ralf estava na Inglaterra?"

Harriet suspirou. "Fritz me disse. Mas não tenho ideia há quanto tempo Ralf está lá." Ela permaneceu onde estava, encarando a cena da praia. "Agora, quando foi isso?" disse ela, com uma surpreendente disposição para conversar. "Por volta dos anos 2000, eu acho."

"Então, ele poderia estar lá a um tempo."

"Sim."

"Quase desde quando você me sequestrou."

Harriet virou-se.

"Você precisa ser tão provocadora? Eu não sequestrei você!"

"Foi isso o que senti. Ainda é o que sinto."

Ela ficou de pé, mãos nos quadris. "Sente-se", disse.

"Não estou com vontade de sentar."

"Sente-se."

Ela se sentou.

Harriet permaneceu em pé, suas mãos agora entrelaçadas, seus olhos imperiosos sob seu volumoso cabelo preto, mas Gigi detectou apreensão em suas maneiras. "Fiz o que achei que era certo", disse ela. "Eu sabia que isso a magoaria. Mas ele não me deu escolha."

"Claro que você tinha escolha."

"Você vai ouvir?"

"Estou ouvindo."

"Você está sendo sarcástica."

"Apenas me conte."

"Naquele fim de semana ele estava de partida para uma conferência em Amsterdã."

"E?"

"Era para eu estar fora no dia do voo, voltando para você antes dele sair."

"Isso não me diz nada."

"Isso foi no domingo. No sábado, ele foi para seu escritório trabalhar, me deixando sozinha com você. Eu vi que ele já tinha começado a fazer as malas. Ele nunca fazia as malas no dia anterior. Ele sempre fazia a mala, sem exceção, no último minuto. E lá estava sua mala, toda cheia e pronta. Uma mala bem pesada. Pesada até demais para apenas alguns dias."

"Pode ser que ele quisesse opções", disse Gigi sarcasticamente. "O tempo poderia estar mudando."

"Ralf não era do tipo que se importava com isso. Ele tinha um figurino habitual. Sempre o mesmo terno e camisa, não importava o tempo ou estação do ano."

"Essa dificilmente é a razão para fazer o que você fez." Isso foi o melhor que ela conseguiu? Uma mala?

"Foi uma combinação de coisas. Fritz tentou me alertar sobre ele. Achei que ele estava com ciúmes, então não o levei a sério. Mas ele insistiu que Ralf tinha interesses anormais. Que quando ele era adolescente esteve metido com um tipo de seita."

"Não é à toa que você descartou os rumores. Isso é ridículo.

Um monte de adolescente se mistura com todo tipo de coisa. Drogas, álcool, pequenos crimes."

"Ao que tudo indica, isso era diferente."

"Mesmo assim."

"Gigi, eu presumi que o interesse dele pelo ocultismo fosse puramente intelectual. Era algo que tínhamos em comum. E nunca pensei nele como um praticante. Então, encontrei a carta."

"Que carta?"

"Estava escondida na sobrecapa de um livro. A encontrei quando derrubei o livro."

"O que ela dizia?"

"Era da Ordem de Shannon, dando-lhe as boas-vindas. Eu não sabia nada sobre a Ordem, mas Fritz disse que eles estavam envolvidos em um escândalo envolvendo uma criança pequena. Uma garota. Ela tinha mais ou menos sete anos, sua idade na época. Não sei os detalhes."

Gigi ficou surpresa que depois de quase duas décadas tudo o que sua mãe ofereceu foram desculpas escassas. "Mas você decidiu que a seita tinha culpa", disse ela.

"Isso me lembra algo que Rosa disse." Ela hesitou. "Sobre Lemurianos."

"Ah, pelo amor de Deus!" Disse Gigi, quase não sendo capaz de acreditar em seus ouvidos.

Harriet a ignorou e continuou. "Ela disse que alguns Lemurianos eram ocultistas sádicos inclinados a infligir dor e sofrimento aos outros para estimular seu crescimento espiritual."

"E então você somou dois mais dois e deu dez mil."

"Eu estava brava com o luto."

"E isso é certo?

"O que você quer dizer?"

"Não esqueça a condição", disse Gigi em voz baixa.

Harriet parecia chocada. "Você sabia disso?"

"É disso que se trata realmente, não é? Sua herança." Gigi se levantou. "Você é inacreditável. Toda aquela conversa sobre malas e cartas e você só estava procurando por uma desculpa para reivindicar o que era seu. Eu fui apenas uma peça."

"Eu estava tentando proteger você."

"Bobagem!"

"Então por que eu não a deixei com ele?" Harriet falou rispidamente.

"Queria que tivesse deixado."

Harriet deu um passo para trás. Seu rosto ficou vermelho radiante e sua testa sebosa com o suor. "E por que, por qual diabos ele não tentou encontrá-la?" disse ela com a voz estridente. "Já pensou nisso? Ele poderia ter chamado a polícia. Poderia ter me rastreado. Mas ele não fez isso. Em vez disso, desapareceu. Demais para um vínculo próximo. Francamente, acho que ele se deu conta que eu estava a par e ele não quis um escândalo."

"Mais suposições", disse Gigi, não se movendo, não deixando sua mãe sair.

"Não. Não são suposições", disse Harriet, recompondo-se. "Deixei a carta na mesa da cozinha antes de partir."

"Ele pode não ter notado."

"Ele notaria." Ela foi enfática.

"Ele provavelmente ficou impressionado", gritou Gigi, não acreditando bem nisso. "Meu pobre pai. Não me admira você não me contar." Ela foi até à porta, voltando a ficar com o olhar carrancudo. "Vou encontrá-lo. Tenho um visto e agora vou marcar o voo. E se eu o encontrar, esteja preparada, pois posso também não voltar."

Ela marchou pela galeria, batendo a porta atrás dela em seu caminho para fora. Subiu a rua atordoada e quase derrubou Rosa, que saía da sala de chás enquanto ela passava.

"Me desculpe", disse rapidamente, olhando para a calçada.

"Qual é o problema?"

Gigi levantou seu olhar. "Entre ali", disse ela, apontando para a galeria. "Ela vai contar tudo a você sobre isso, tenho certeza. Sobre meu pai, o Lemuriano."

"Ah, querida."

"Você sabia! Você também não. É uma conspiração do silêncio. Como pôde?"

"Você não entende."

"Acho que entendo muito bem." E ela deixou Rosa dando passos largos, pegando o caminho mais rápido para casa.

Harriet pegou seu lenço do bolso de seu vestido e limpou sua testa, começando a endireitar cada pintura na sala. Sentia, alternadamente, confusão, enfurecimento e irritação. Penélope estava errada ao encorajá-la revelar a pouca verdade que sabia. Contar aquela história para ouvidos hostis fez a dúvida surgir de todos os lados. A história soou fraca e apesar de ao mesmo tempo ter, de certa maneira, sequestrado sua filha para evitar outro iminente sequestro, ela não tinha ideia se ele realmente a teria levado. Que direito tinha de fazer tal coisa? Sua dor a cegou. Ela estava histérica. Foi um tempo dramático que pedia uma ação dramática. Ela havia tido os mesmos pensamentos milhares de vezes. Mas o fato que ficou foi que ele nunca se esforçou para encontrá-las. Por anos se perguntou se ele havia pulado da ponte Westgate, ou dirigido na estrada Great Ocean e se arremessado para uma morte na água, mas ele não era do tipo suicida, se isso fosse um tipo. Além do mais, ele não tiraria sua própria vida. Até onde sabia, ele estava vivo, bem e vivendo na Inglaterra. Fritz jurou que o viu na estação de trens de Londres uma vez. O que levantou novamente a pergunta sem resposta: por que ele não a rastreou?

Talvez Gigi deva ir e descobrir. Pelo menos tudo isso pode ser superado. Embora seja mais provável que comecem todos os tipos de problemas. Ela havia guardado a verdade escondida por anos para impedir Gigi de ir em busca por ele. Apesar do que Gigi pensava, isso não tinha nada a ver com despedaçar sua visão idealizada de seu pai, e tinha tudo a ver com querer protegê-la. E quanto ao motivo básico que Gigi se agarrou com tanta força, não havia um grânulo de verdade nele.

Ela parou diante do pré-Rafaelita que Gigi preferiu: a criança olhando para o céu, a mãe olhando à distância. Era uma sobrecarga sensorial. Havia muito detalhe. Pensou amargamente que elas nem mesmo dividiam um temperamento estético. Suas percepções da realidade eram tão distintas, que poderiam também terem nascido em diferentes raças raízes.

Ela ficou de repente, violenta, quente, seu coração agitado. Sentindo-se sem ar e fraca, sentou-se no sofá para isso passar.

Ela teria que cancelar a exibição. Como pode ter imaginado que uma colaboração entre elas daria certo, que a música de Gigi teria qualquer simpatia com suas pinturas? Seria discórdia desde o começo. Elas tiveram dificuldade até para concordar com um número. E foi daí para baixo. Quanto ao modelo lunar, preferia nem pensar nisso. Mais fácil cancelar. Isso a pouparia do aborrecimento de inventar algo.

Sucumbindo a um desejo de mover e flexionar seu corpo, se levantou e foi para a sala principal olhando ao redor, quando um chapéu cloche azul escuro apareceu na janela, contornando uma tela maçônica. Ela abriu a porta antes da batida e Rosa entrou na galeria, delicadamente vestida com um tailleur de sarja castanho claro e azul, cabelos com cachos grisalhos, tudo em seu lugar.

"Aí está você Harriet", disse ela com um sorriso cordial.

"Você voltou", disse Harriet, recompondo-se. "Como foi a conferência?"

"Fantástica, é claro", disse ela, seguindo Harriet para a sala de trás. "Bons palestrantes. Conhecimento singular. E felizmente, num local bem aquecido." Ela olhou as pinturas. "Essas são todas novas Harriet."

"Penélope tem feito um bom trabalho."

Ela acenou com a cabeça, seu olhar fixo na primeira pintura, depois na seguinte, como se não tivesse intenção de olhar para Harriet.

"Bournemouth passava por uma onda de frio", disse sem rodeios. Eu poderia também ter ido a Reykjavík. Mas passei a maior parte do meu tempo livre com Fritz."

O coração de Harriet deu uma pequena sacudida. "Como ele está?", disse ela.

"Bem. Ele tem uma casa aquecida abençoada. E ele é um homem interessante."

"Sempre achei também."

Rosa ficou diante da cena da praia por alguns instantes antes de continuar a se mover pela coleção. Harriet a observou, invejando sua convicção, a maneira que inclinava sua cabeça para o lado antes de dar alguns passos curtos para ver a obra seguinte.

"Temos muito para falar sobre o que achei surpreendente", disse ela parada diante de um retrato de um dogue alemão desenhado à pena. "Ele nunca se casou, você sabe."

"Eu sei". Ele tem se correspondido por carta e cartões postais desde que partiu.

"Suspeito que ele ainda seja apaixonado por você", disse Rosa, se virando enfim para Harriet.

"Isso é absurdo", disse Harriet com uma curta risada.

"Será? Ele fala de você com muita afeição."

"Tolo sentimental."

"Talvez. Mesmo assim, deve ser um conforto ter um admirador do outro lado do mundo. Gosto bastante desse", disse ela, parando diante da mulher e da criança pré-Rafaelita.

"Rosa."

"O que foi querida?" disse, sem desviar o olhar. Você parece indisposta."

"Gigi."

"Eu a encontrei quando vinha para cá", disse Rosa calmamente. "Ela parecia conturbada."

"Tivemos uma discussão terrível."

"Os filhos podem ser difíceis às vezes. Ela vai mudar de ideia."

"Duvido. Ela foi agendar seu voo para a Inglaterra. Está empenhada em rastrear o pai dela."

"Ela está aborrecida", disse Rosa gentilmente. "Vamos tomar um chá?"

"Tenho apenas saquinhos de chá."

"Ah. Então esquece. Você acha que ela ainda está apaixonada pelo Arthur?"

Harriet hesitou, confusa e sem saber o que dizer. Depois, antes que conseguisse parar, desabafou: "Acho que ela guarda o mais terrível rancor por mim e este é o meu castigo."

"Venha agora", disse Rosa, com um sorriso simpático. "Ela a ama com muito afeto. Vocês estão prestes a fazer uma maravilhosa exibição juntas. Ela vai mudar de ideia."

"Eu realmente queria que ela mudasse. Ela me acusa de deixar o Ralf para reivindicar minha herança."

Rosa pareceu pensativa por um momento. "Essas são as palavras da imaturidade", disse. "Ela é irracional."

"Rosa", disse Harriet. "Estou ficando louca."

"Tente não se preocupar. Terei uma palavra com ela."

"Não tenho certeza de que isso vá ajudar."

"Deixa comigo, Harriet", disse com firmeza. "Algumas

vezes é necessário um terceiro para mediar. Ela vai ver a razão. Tenho certeza disso."

Rosa foi embora. Harriet sentiu que ela escondia algo. Não era característica sua interceder. Aqueles três dias com Fritz. Será que o Ralf esteve lá também? Não pessoalmente pois ele não era amigo do Fritz, mas em suas conversas, desajeitada e relutantemente, jogado para frente e para trás como uma barra radioativa que nenhuma das partes queria segurar por muito tempo.

Ela voltou para a sala e ao pré-Rafaelita, seguindo o olhar da mulher além da moldura.

CAPÍTULO CATORZE

TERÇA-FEIRA, 4 DE ABRIL DE 2017

Ela tinha jurado para si mesma nunca mais fazer isso de novo. Mais cedo naquela noite, quando cedeu à compulsão e pela segunda vez viu o pseudônimo Cinzeiro Inflamável no Fórum, era como se Theo tivesse entrado em seu ser enquanto lia. Ela sentou-se em um transe e um número desconhecido de minutos se passaram, minutos de um tempo que não se pode contar. Por que iria querer invocar uma repetição? Mas aqui estava ela, passando por aquele mundo labiríntico de desinformação, alertas falsos e enredos secretos. Cada segunda foto de perfil, uma máscara *V de Vingança*.

Em um dos tópicos, Fumo Enlatado insistia que os banqueiros eram os mestres de marionetes, e a Pétala Celeste estava lá fazendo referência aos Rothschilds. O Monstro Formado queria saber se alguém tinha assistido à gravação do filme de Lawrence Pike ao ar livre em Bohemia Grove. Sem menção da Ordem de Shannon, mas Fumo fez referências aos maçons. Ele sempre fazia referências a uma ou outra ordem secreta. Ela teve dificuldades em não levar isso a sério. Disse a si mesma que ela era voyeur, aquilo era tudo. Era algo que fazia para ocupar sua mente inquieta. Ficar no presente. Olhar adiante e não para trás. Funcionou até que Cinzeiro Inflamável apareceu em cena, ou melhor, Theo, e perturbou a folga que o Fórum lhe havia proporcionado.

Foi uma coincidência desagradável Beth sugerir que ela verificasse o Fórum. Judith achou provável que Anna a tivesse colocado nisso, pois Beth não era uma usuária de mídia social. Beth não iria saber que entre todas as pessoas que usavam o site, Judith encontraria Theo, mais ainda saber que sua filha Anna havia traído sua melhor amiga. Uma traição que fez Milena abandonar Theo, deixar sua graduação, Bournemouth e mudar-se de volta para casa. Anna foi a catalisadora e dessa maneira, culpável de alguma maneira nos eventos que se seguiram. Sua mãe, inadvertidamente cúmplice, cúmplice por sua própria existência na vida de Judith, bem debaixo de suas salas, vizinhas ao estúdio de tatuagem onde Theo trabalhava. Ela sentiu um ódio súbito por ambas. E então havia o tríptico e a vidente Vivi, com suas alusões agourentas. O que fazer com tudo aquilo ela não tinha ideia, a não ser que todo o curso de eventos estivesse predestinado. O que também significaria que involuntariamente prenunciou o futuro em cada pincelada. Era exagero. Ela não conseguia conectar aquelas bétulas prateadas renderizadas em preto, branco e cinza, e o que aconteceu com sua filha. Beth, Anna, Vivi, era inútil apontar o dedo. Exceto Theo. Era fácil e satisfatório apontar para ele. Ele merecia ser escolhido. Ele era repulsivo.

Ela não ia se mexer. Sentiu um impulso fraco de se levantar, caminhar pela casa, sair, ocupar-se de alguma outra maneira. Poderia pintar, assistir televisão, cuidar do jardim, fazer uma caminhada. Em vez disso, apesar de Theo, ela continuou a olhar os posts no Fórum. Era familiar, reconfortante; o mundo real desapareceu. Seu corpo com sua dor profunda desapareceu.

Refugiar-se nas realidades virtuais era um hábito que formou 14 anos antes. Naquela época ela gostava de vídeo games. Não as ondas de assassinatos que os garotos da idade de Milena jogam. Judith gostava dos jogos que eram mais educacionais. Enquanto os meninos corriam por cenas urbanas, armas prontas, Judith e Milena faziam seu caminho em torno de um castelo ou uma ilha, coletando pistas e resolvendo enigmas. Milena sentava-se em seu colo e pressionava as teclas de setas, e juntas passavam horas em um labirinto, o dia lá fora virando noite, mais um dia terminado.

Era uma maneira de superar a morte de seus pais.

Com a falta de envolvimento de Peter, ela foi forçada a contar com seus pais naqueles anos iniciais. Depois do choque inicial de descobrir sua única filha com uma criança, Grace e Bernard uniram-se. Sua mãe segurou sua mão durante o parto. Eles se preocupavam e adoravam Milena, que sempre podia ser vista na calorosa e atenciosa companhia de um ou de outro. Judith até conseguiu completar algumas pinturas. Mas sua vida havia se reduzido. Seus amigos da faculdade esqueceram dela, a vila fofocava e somente Beth permaneceu leal. Beth, bem casada e com uma filha, entrou na vida solitária e estreita de Judith como sal. Mas Judith retribuía a lealdade. Sentia que não tinha escolha. Talvez Milena esperava demais pois quando seus pais morreram, Judith foi deixada para satisfazer todas as suas necessidades. E ela fez isso, diligentemente dando sua vida para isso, a garota certamente sempre teve comida em sua barriga e roupas em seu corpo. Mas nunca foi suficiente. Ela não era uma substituição de Grace e Bernard. Foi forçada dar atenção às demandas de sua filha através de uma nuvem de desespero.

Ninguém poderia ter antecipado a morte deles. Grace e Bernard tinham ambos pouco mais de 50 anos, muito jovens para serem atingidos pelo mesmo câncer no mesmo ano. Muito nitrato de sódio, supôs Beth em um de seus momentos mais insensíveis, em referência à afeição de seus pais por bacon.

Em Beth, com seu marido e filha prestativos, a autossatisfação parecia ter substituído qualquer que fosse a empatia que tivesse nela. Judith se perguntou se a natureza humana estava conectada de tal maneira que somente a aflição promovia empatia: sofrimento, a mais essencial das experiências humanas; o pesar uma forma inevitável universal.

Seus pais morreram com sete meses de diferença entre um e outro. Seu pai faleceu primeiro, no dia 3 de janeiro, aniversário da morte do avô de Judith, Stanley: o alfaiate da rua Sidwell. Sua mãe faleceu no dia 3 de agosto daquele ano. Não parecia normal, possível ou justo perder os pais daquele jeito. Um longo ano de dor e tratamentos falhos. O declínio contínuo de seu pai e depois de sua mãe, a amamentação, o rosto corajoso forçado, a espera e as vigílias à beira do leito - ela era muito jovem para tudo isso. E o tempo todo Milena exigia sua atenção, suas explicações. "Eles foram para o céu", ouvia a si mesma dizer nos dias seguintes ao funeral, quando estavam sozinhas em casa, quando era assombrada por cada estralo, rangido e mancha de poeira.

Com o tempo, Judith empacotou as coisas de seus pais e os doou para a caridade. Ela gradualmente fez a casa ser sua. E iminente dentro dela, fazendo ruído a cada passo para cima e para baixo nas escadas, estava o tempo e seu curioso fatalismo.

Ela refletiu sobre seus pais falecerem na mesma hora no terceiro dia do mês, e pelo que sabia, no exato minuto pois ambos haviam partido no início da tarde. E ela saberia se prestasse atenção, e não distraída com Milena, que, na morte de Bernard teve um resfriado com febre e estava rebelde, e quando Grace se foi, ela estava do lado de fora arrancando todos os botões das malvas-rosas.

Tudo que Judith sabia era que havia perdido seus pais aos

26 anos e se encontrou completamente sozinha e deixada para lidar com Milena. Ela precisava desesperadamente da participação de Peter em sua educação, mas ele já havia aceitado um posto em Oxford.

No dia que ele ligou com a novidade, ela trabalhava em uma paisagem, uma encomenda para um aniversário e segurava um pincel úmido em uma mão, e o telefone na orelha com a outra. Milena assistia desenho animado. "Vou manter contato", disse, e ela sabia que ele não manteria.

Ela encarou um futuro incerto, sobrevivendo de benefícios, seus pagamentos de assistência, da produção do jardim e da venda particular ocasional. As encomendas eram raras. Ela fazia exibições quando podia, o que não era frequente. Sentiu sua vontade deslizar para fora dela e com frequência via Milena olhando fixamente para a televisão, desejando que os desenhos continuassem para sempre e que nunca então teria que lidar com uma criança importuna.

Ela perdoou a ausência dele, acomodou as demandas de sua carreira, lembrou-se de ser grata por aquela porção da renda dele.

Sete anos passaram e Peter retornou, ligando para lhe dizer que havia assumido um posto na universidade Exeter. Nessa altura, Milena havia crescido e se tornado a sua versão adolescente beligerante. Acabaram-se os acessos de raiva, a vontade obstinada, o "eu quero" incessante. Ela se tornou retraída, mal-humorada, taciturna e movida pelos desejos mais básicos. Adquiriu a detestável atitude irônica que se espalhava em seu rosto, deixando seus olhos entreabertos. O fardo que sua filha era foi transferido dos ombros de Judith para começar a residir em sua mente, a deixava convencida de que Milena precisava da orientação moral e forte de um pai.

Eles arranjaram para que Milena o encontrasse na rua Fore, fora de Nicholas Priory, às 11h30 do dia 5 de agosto de 2010, e ele a levaria para almoçar. Milena não queria ir. Judith teve que suborná-la com créditos para seu telefone celular e uma vez que a porta da frente se fechou, ela ficou na janela da sala de estar, observando-a dar passos lentos pela rua até o ponto de ônibus, como se tivesse a intenção de perder o ônibus das 11 horas. Judith seria então forçada a dar uma carona a ela. A imposição, a perda de tempo, a necessidade de uma troca com Peter, a presença de uma Milena emburrada no carro a fez esperar na janela até que viu o ônibus passar, ouviu seu ronco de marcha lenta e o motor acelerando enquanto seguia seu caminho. Sem sinal de Milena, deixou seu posto e foi para fora no jardim.

Colheu vagens, cebolinha, o mais maduro de seus tomates e uma pequena alface romana. Desbastou algumas cenouras, limpando-as da sujeira da terra. Aproveitou o solo úmido frio em sua pele, o sol em suas costas, o zumbir das abelhas que se deleitavam nas flores de alfazema e manjerona que estavam por perto. E as dobras suaves da esperança a envolveram. Ela colheu alguns brotos de salsinha em seu caminho de volta para a casa.

Cozinhou a vagem no vapor e jogou sobre elas azeite de oliva, pimenta do reino e alho amassado. Preparou uma salada acrescentando abacate em cubos, sementes de girassol e um fio de vinagre balsâmico, servindo-se generosamente antes de levar sua tigela para fora para sentar-se à mesa de ferro forjado no pátio.

Ela comeu devagar, ouvindo o lento cantarolar do verão, absorvendo a cena. As ervas nos terraços que circundavam o pátio estavam exuberantes e altivas, o gramado era uma faixa de verde cádmio, o campo que se ergue além do jardim, uma dança de amarelo Nápoles, as folhas do carvalho se inclinando para um tom verde que pressagia o escurecimento do outono.

Ela foi para dentro com seu prato vazio e retornou com sua cópia de *Drácula*, escolhido uma semana antes de sua fileira de livros de segunda mão para serem lido. Estava na metade da segunda página, achando a história previsível. Que Lucy e Mina se encrencariam com o Conde, que era o homem que Bram Stoker viu servir para salvar o dia, que o próprio Drácula era um vilão em sua essência - era tudo tão óbvio desde o começo. Drácula, com seus poderes sobrenaturais, seu controle dos elementos, gerando tempestades sempre que queria. Disse a si mesma que era fantasia. Na vida real, não havia vampiros hipnotizando, preparando, seduzindo jovens mulheres para matar.

Ao completar o diário mais recente do dr. Seward, Judith foi ao jardim e se ajoelhou na grama macia para arrancar algumas ervas daninhas com as mãos, sentindo a resistência de suas raízes e então sua liberação, sacudindo para tirar o solo úmido e frio. Depois voltou para casa e ao seu estúdio.

Milena chegou atrasada em casa à tarde. Quando Judith ouviu a porta da frente fechar, foi perguntar como foram as coisas. Tudo que recebeu em resposta foi um movimento dos ombros e um resmungo: "Tudo bem, eu acho", as palavras de Milena arrastaram-se atrás dela enquanto subia para seu quarto.

Milena ia para Exeter sair com seu pai a cada segundo sábado depois disso. Mas isso não fez diferença em seu comportamento. Permaneceu taciturna com as visitas e Judith não questionou, feliz em assumir que as coisas estavam indo bem como esperava.

Sentindo sede, deixou seu laptop e foi para a cozinha, parando no corredor perto do telefone fixo. O espesso telefone branco era um símbolo, não da sua conexão com o mundo além da casa, mas do seu isolamento. Com frequência se encontrava no corredor, esperando perto do telefone, indecisa. Dessa vez, em vez de pegar o gancho para ligar para a única pessoa lhe restava, Beth, ela desconectou o telefone e desembaraçou o cabo, metros e metros de uma fita fina que permitia, quando esta estava desembaraçada, carregar o telefone tão longe quanto seu quarto no andar de cima. Desenroscou e esticou até seus dedos doerem.

A folga durou não mais do que o trabalho.

Na cozinha, sua mente estava de volta cheirando o passado.

Dois anos se passaram e Judith começou a perceber as notas de dez libras que faltavam em sua bolsa, o odor azedo do vinho barato no hálito de sua filha, os elementos de um cachimbo caseiro enfiado em uma gaveta do quarto. Então Milena conheceu Theo e Judith só poderia deduzir que ela estava feliz com ele. Eles dividiram aquele apartamento deplorável acima do estúdio de tatuagem em Bournemouth por dois anos e cinco meses. Pensou na data e acrescentou três dias.

Era seu dever ajudar sua filha se instalar, e seu dever ajudá-la se mudar. Ela ligou e foi atendida.

Mas suspeitava que não era o cumprimento de suas obrigações maternais que Milena buscava desde que seus avós morreram. Era a atenção de Judith. Sua atenção exclusiva, total, toda olhos e ouvidos com mais empatia e compreensão do que pudesse ser encontrada no universo; atenção sem um único espere-um-minuto depois.

Todas as mães eram tão sobrecarregadas? Todas as crianças tão autocentradas?

Então, era culpa sua afinal. Com insatisfação, Milena buscou atenção em outro lugar. Nos braços peludos de Theo. Embora não pudesse ter encontrado muita satisfação; ela competia com o Xbox dele.

E então retornou, inalterada, carregando ainda os ecos da criança mal-humorada que foi, uma criança certa de exercer sua influência dominante na casa, como sempre fez. Foi uma autopreservação e um desespero iminente que levou Judith a sugerir Milena se reconectar com o pai. Era a coisa certa a fazer. O óbvio. Ninguém poderia culpá-la por isso. Embora se culpasse. Ela nunca parou de se culpar. Mas não tinha como saber de que jeito as coisas terminariam.

Era 10h45 na quarta-feira, dia 18 de janeiro quando Milena ligou. Elas tinham voltado de Bournemouth e descarregado o carro, Milena empilhando todos os seus pertences em seu quarto. Judith ouviu a voz dela, abafada e suave, e então uma pausa, um grito e uma batida alta quando ela jogou o gancho.

"Filho da mãe!"

Judith saiu do estúdio, passou pela cozinha até o corredor.

"O que foi?"

"Ele disse que não quer me ver."

E ela teve que correr escadas acima, escondendo suas lágrimas atrás de seus cabelos, deixando Judith sem jeito. Era um revés do Peter cordial com quem conversou no dia anterior.

Ela nunca deveria teria tentado desviar sua filha naquela direção. Deveria ter assumido a responsabilidade, sacrificado um pouco mais do seu tempo, escondido aquele cartão de visitas desgraçado e alegado para Milena que ele não queria absolutamente nada com ela nunca mais. Sim, não havia dúvidas que era culpada. Pois estava sendo punida na mesma medida.

Ela fez quatro inspirações profundas, exalando lentamente, guiando-se de volta ao presente. Desesperada para bloquear as memórias, clicou em outra discussão, então outra, e outra, até que seus olhos pararam na discussão mais recente do Monstro Formado sobre a Ordem de Shannon. Ele acusou a Ordem de estar por trás da ascensão importante de um patrocínio que conquistou eleitores na última eleição geral. Pétala Celeste alegou que membros da Ordem financiavam um partido anti-imigração que queria manter os 'parasitas" fora.

Fred Spice disse que duas das alegações eram ridículas e contraditórias. Ninguém discutiu com ele. Então Fumo Enlatado postou uma lista de nomes, nenhum deles que ela reconhecesse, e suas várias posições na diretoria de bancos de investimentos, dizendo que todos eles foram acusados de acordos arriscados, fraude e corrupção, uma vez ou mais. Siga o dinheiro, disse um comentário anônimo de alguém chamado Assessor Cítrico. Monstro Formado alegou que toda a situação foi uma artimanha para manter a esquerda fora do poder e continuar a transferir a riqueza dos pobres aos super ricos. Cinzeiro Inflamável postou um link para os Templários, que outros ignoraram e Judith também pois considerou concordar com Milena - Theo, também conhecido como Cinzeiro, devia estar copiando e colando de outras fontes. Todo seu ser cambaleou ao perceber que estava de acordo com sua filha, e forçou sua atenção de volta ao Fórum.

Os comentários eram previsíveis e começou a perder interesse quando o Monstro Formado alegou que a Ordem de Shannon era tão secreta que se não fosse por sua descoberta de uma carta que seu tio havia escondido no salto de seu sapato, ninguém mais saberia. Judith riu alto. Um *sapato*? Foi o mais perto que ela chegou de participar. Aquelas pessoas tinham deixado a paranoia levá-las para a insanidade coletiva.

De qualquer maneira, permaneceu fixa na tela de seu laptop. Ela seguiu os links para os blogs que alegavam conhecer fontes internas. Havia muita especulação e união de pontos.

Mas conforme a noite se aproximava e o lugar ficou mais frio, o Fórum não conseguia manter sua atenção.

Ela foi para a única outra fonte de consolo que possuía: o Wimmera. Mesmo em formação, havia um enorme peso de serenidade na pintura, um senso de atemporalidade e um profundo saber que emanava da terra e do vaqueiro a cavalo que parecia encará-la inquisitivamente através de olhos sábios e cheios de alma. Ela pegou um pincel e começou a adicionar textura e realces para uma extensão de cerca de arame farpado, um tambor de óleo na lateral e para a cabana de fibra em ruínas.

CAPÍTULO QUINZE

REDUÇÃO

A mala de Gigi estava pronta. Três dias antes, Gigi a arrastou escada abaixo e colocou no corredor a menos de dois passos da porta da frente. Sempre que passava pela mala, Harriet se sentia em frangalhos. Ela se orgulhava de se considerar uma mulher correta, muito forte, e ali estava ela, toda em pedaços, andando de um lado para outro pelo estúdio.

Antes que o sol tivesse animado o dia, organizou sua bancada e ordenou todos os seus pincéis por cerdas de pelo de marta e sintéticos, redondos, pontudos, planos, línguas-de-gatos e leques. E suas tintas: Acrílico com acrílico, guache com guache. Depois varreu o chão e enrolou os tapetes soltos, levando-os para fora para uma batida completa. Pensou até em limpar as janelas, mas mudou de ideia. Em vez disso empilhou suas nove obras de arte de frente para a parede. Estavam completas, mais ou menos, e abominava cada uma delas. Penélope também não ficou impressionada ao vê-las outro dia, seu único: "Mmm" dizendo mais do que qualquer crítica. Harriet estava quase pronta para jogar no lixo suas 18 listas de pontos coloridos, mas não poderia trazer para si tal ato destrutivo, não depois de todo o esforço que levou para produzi-los. Ela as enrolou e arrumou espaço para elas em uma caixa debaixo do banco.

Uma luz turva foi filtrada pelas janelas. O pior do calor do verão havia passado, os dias estavam ficando mais curtos e as folhas de bordo se transformando. Apesar do frio, Harriet sentia ondas de calor em intervalos de cerca de 20 minutos, o que só aumentava sua agitação. Ela sabia que um banho aliviaria seu termostato interno, mas isso significava entrar na casa. Preparou outro chá preto cohosh e sentou-se em sua poltrona, apertando sua xícara. Sem um motivo para permanecer no estúdio, estava inquieta.

Ultimamente não era agradável estar dentro da sua própria pele. Gigi foi muito rápida em culpá-la por tentar lhe proteger, muito rápida em condenar. Harriet não devia nada. Tinha feito o seu melhor para criar a filha. Não a deixou na porta de um estranho ou a jogou num bueiro. Nunca bateria nela, raramente gritava, até onde conseguia lembrar, e lhe deu uma vida confortável e estável. Harriet não era tão arrogante a ponto de considerar sua maternidade perfeita. Ainda carregava um toque de culpa pelo que considerava ser um envolvimento indiferente na primeira infância de Gigi. Mas nenhuma mulher era perfeita. Se ela quisesse ser, poderia fazer uma longa lista de reclamações contra sua própria mãe, mas não faria isso, não por não querer difamar os mortos, mas porque não havia propósito nisso. Nada resolveria porque as coisas eram do jeito que eram. O tempo não pode explicar. O passado já está costurado, pronto para vestir e isso é tudo que qualquer filha pode fazer. Aprender a ficar confortável com qualquer que possa ser a costura. Mas não tinha como explicar isso a Gigi. Ela tinha que descobrir por si mesma.

Tomou seu chá fazendo caretas enquanto olhava vagamente para fora da janela, para as árvores e o céu cremoso, quando a porta inesperadamente se abriu e Penélope apareceu com um pacote enorme. Ela o apoiou contra a parede mais próxima e desapareceu para fora, retornando com mais dois. Uma vez do lado de dentro, fechou a porta, jogou sua pasta sobre a mesa e girou nos calcanhares sem se preocupar em tirar o chapéu ou o casaco. Havia um olhar de triunfo em seu rosto.

"Uma passagem segura através da terra sem mulheres", disse ela.

"Penélope", disse Harriet com um tom desalentado. "Que diacho você quer dizer?"

"Você está aqui e Gigi ali." Apontou.

"Não por muito tempo. Ela está de partida."

"Eu vi a mala. Então, ela vai continuar com isso?"

"Determinada como nunca."

"Você contou para ela?"

"Contei."

"Não ajudou então. Bem..."

"Bem?!" Harriet se inclinou para frente e colocou sua xícara no chão para que não a derrubasse antes de continuar. "Ela sabe da condição."

"Ah",

"E essa é a interpretação dela do porquê eu parti. Sabe do que mais Penélope?", disse com amargura. "Estou começando a pensar que ela pode estar certa. Eu era e sou uma mulher inescrupulosa."

"Bobagem", disse Penélope. "Falta lógica no argumento. Primeiramente, se você amasse o Ralf, você teria contestado o testamento e feito a condição ser retirada. Se você o amasse, poderia até mesmo ter se privado da herança. Há mulheres lá fora estúpidas o suficiente para fazer isso. Em segundo lugar, é muito simplista. Você estava angustiada. Tinha acabado de perder os pais. E em terceiro lugar", disse ela, baixando o tom, "Ralf era um imbecil."

"Gigi o idolatrava", disse Harriet, afundando em sua poltrona. "Ela ainda idolatra."

"Claro que idolatra. Ele ficava em cima dela."

"Então o que vou fazer?", disse ela infeliz.

Penélope estendeu seus braços. "Pintar."

"Não consigo pintar."

"Você consegue. Fará bem a você. Tire a Gigi da sua mente. Deixe-a ir. Ela vai voltar para a exibição. Ela prometeu."

Harriet abriu sua boca para falar, mas Penélope levantou uma mão reprovadora e disse: "Eu a persuadi."

"Como?"

"Esquece. Ela escreveu nove canções gloriosas e agora precisamos nove obras de arte gloriosas de você."

Ela foi até à porta e soltou uma ponta de fita adesiva em um dos pacotes e o rasgou. Alguns momentos depois, Harriet estava encarando nove telas brancas.

"Aí está", disse Penélope. "Nada como um recomeço."

"Penélope." Ela parou. "Não dá tempo."

"Claro que dá tempo." Nove semanas na verdade, graças a março ser um mês longo."

"Nove semanas."

"Isso é uma pintura por semana. Do jeito que era antes."

"Era diferente. Eu tinha outro artista para me inspirar."

"Então, agora você tem um modelo lunar."

"Não é a mesma coisa. É só uma série de pontos coloridos. Não importa o quanto eu tente, não consigo fazer nada com isso."

"Você consegue." Penélope alcançou sua pasta e tirou dela dois pôsteres enrolados.

"Guias de plantio lunar", disse ela. "Desse ano e do ano passado."

"O que vou fazer com isso?" disse ela, em dúvida.

"Visual, Harriet. Agora você tem algo visual. Você pode transpor alguns dos pontos das suas listas, se desejar."

Harriet fez uma pausa. "De uma linha para um círculo", murmurou ela.

"Achei que você iria preferir. E para ajudar, trouxe isso para você", e pegou um CD em sua pasta. "Bauhaus", disse ela. "Os primeiros dois álbuns. Tommo o Blindado os gravou do vinil"

Harriet ficou em pé. "Bauhaus?"

"Lembre-se de tocá-los com volume alto. Agora eu tenho que ir."

"Penélope", disse ela, estendendo sua mão. "Obrigada."

"Não me agradeça", disse Penélope a caminho da porta. "Tenho um grupo de deusas ansiosas para virem à sua exibição. Chame isso de interesse adquirido."

Harriet ficou tocada. Era verdade que Penélope queria que a exibição prosseguisse, mas ela era uma mulher capaz e que poderia facilmente ter arranjado uma alternativa. Isso era muito mais do que proteger um investimento. Penélope se importava.

Ela pregou os guias de plantio na parede e colocou uma tela em branco em um cavalete. Puxou a caixa debaixo do banco e procurou pelas nove listas originais, com suas largas faixas de pontos coloridos. Empurrando para o lado suas tintas e pincéis, dispôs as listas em sequência, afixando-as na bancada com as pedras pintadas de Gigi.

No decorrer de nove meses a Lua fez 135 aspectos com cada planeta. Simplesmente não havia espaço nos guias de plantio lunar para toda aquela informação. Ela teria que escolher um planeta ou dois. O Sol moveu-se um grau por dia, passando por um signo zodiacal no mês. A Lua passou rapidamente por todo o zodíaco na mesma quantidade de dias: o resultado, as fases da Lua. Havia algo rítmico, natural e óbvio nisso. Depois do Sol, o primeiro aspecto que a Lua fez foi com o velho e melancólico Saturno, e ela recuou para o pensamento de começar ali.

Em vez disso, estava atraída por Plutão, ou Hades, o Senhor do Submundo: Uma rocha de gelo compacta grande o suficiente para garantir o título de planeta, não de acordo com muitos. Mas negar sua existência seria fingir que nossas paixões mais sombrias tinham falta de possibilidades transformativas. Rosa frequentemente faria alusão à sua potência, descrevendo como plutônico todo e qualquer rumor sombrio em nossas almas. Harriet sabia que os planetas não eram simplesmente bolas rodopiantes orbitando o Sol, eles receberam nomes em homenagem aos deuses e naquele próprio nome, assumiram a natureza daqueles deuses. Não havia nada de incidental naquele momento em que algum astrônomo escolheu o nome de um planeta, inadvertidamente sintonizando o cosmos e traçando uma correspondência. Adotar o símbolo de Plutão era reconhecer o arquétipo e permitir seu poder para a renovação espiritual. Ela decidiu que ajudaria a restaurar a pequena bola de gelo ao seu devido status no cosmos.

Estudou as listas. A cada mês a Lua Nova se ligava ao Sol em um signo diferente. O primeiro mês era Virgem. A partir daí, a Lua Nova fez um trígono harmonioso com Plutão e para Harriet isso formou o pulso introdutório para os aspectos que se seguiram.

No mês seguinte, o primeiro contato que a Lua Nova fez com Plutão foi estressante.

No mês seguinte, excitante.

Ela começou a transpor os aspectos lunares. Depois colocou o CD do Bauhaus aumentando o volume, deixando os tons persistentes, o baixo e os ricos vocais infundirem nela.

Baixou as cortinas das janelas, deixando do lado de fora o jardim, as árvores, o céu.

Dois compassos da música "Bela Lugosi's Dead" e viu em cores as notas que ouviu: iridescentes, caleidoscópicas, intensas. E olhou para o mês inicial de Virgem no guia de plantio, deixando sua sinestesia e os pontos coloridos interagir e sintetizar. Escolheu um pincel com cerdas de porco, espremeu tinta guache amarelo cádmio em sua paleta e virou-se para a tela branca em seu cavalete. Ela era seu antigo eu novamente, de volta à rua Moor finalizando os Matisses. Seus melhores anos, antes de Gigi, antes de Ralf, quando encontrava Fritz para tomar café no Mario ou para ir com Penélope à Evelyn, ou encontrar Rosa na livraria da Sociedade Teosófica e passear pelo South Bank para um chá da tarde.

O calor do verão finalmente havia dado lugar aos dias mais frescos, com manhãs cheias de névoa e chuva refrescante. Um aguaceiro na semana anterior estimulou brotos novos exuberantes na vegetação rasteira. Os bordos no jardim do vizinho ficavam vermelho-acastanhado. Os olmos dourados estavam perdendo suas folhas. Sensibilidades sazonais estavam escondidas na majestade da tramazeira. Ela ignorou o estúdio de sua mãe, fingindo que ele não estava lá e passou a mão esquerda levemente pelas teclas, sentindo cada nota, os sulcos entre elas, a suavidade fria de seu instrumento. Não olhou para baixo, aproveitando a calma do outro lado da janela. Pois era prisioneira de sua própria criação sempre que estava em casa, o que na maioria das vezes acontecia, instalando-se em seu quarto, esperando até ver Harriet se esgueirando para o estúdio antes de ir à cozinha pegar comida. Pelos últimos dois dias teve que passar por sua mala no fim das escadas, que ela havia feito e jogado no corredor em um momento de ódio, e depois descobriu que era muito pesada para mover.

Estava marcado para partir para Londres em três dias,

permitindo cerca de um mês para interrogar Fritz e rastrear seu pai. Estaria de volta a tempo para a exibição, embora se o encontrasse, se eles se dessem bem, se ele quisesse vê-la mais, ela poderia aplicar para outro visto e voltar, encontrar trabalho e um lugar para ficar. Talvez mudar-se para lá permanentemente. Afinal, ela era meio britânica.

Uma pequena parte dela sentia que isso era fantasia. Que sua busca seria infrutífera. Que estava sob o controle de uma fixação infantil, alimentada pela raiva que sentia de sua mãe. Ela queria punir Harriet, agarrá-la pela nuca e esfregar seu nariz na bagunça que fez na vida de sua filha. Uma filha sem pai era desorientada, sem rumo. O homem perfeito, o exemplo moral do que quer que seja ser bom em uma pele masculina, ausente. Todos nós precisamos de modelos para nos guiar, pensou ela, moldes para permitir comparações. Ela tinha 28 anos e sua vida estava em destroços. Arthur a privou de uma carreira promissora, deixando-a desempregada e sem-teto. Era uma lógica simples, causa e efeito, à qual aderiu com a tenacidade de um caranguejo.

Se ouviu baterem à porta da frente. A princípio, Gigi não respondeu. Depois, sabendo que estava sozinha na casa, desceu as escadas para atender e ficou surpresa ao encontrar Rosa na entrada.

"Harriet está no estúdio", disse ela delicadamente.

"Eu vim para ver você", disse Rosa, mantendo seu olhar um com um sorriso de boca fechada.

Gigi a conduziu para dentro. Ela não pôde deixar de notar o olhar de relance de Rosa para sua mala conforme passou pela porta. Rosa não comentou. Ela passou pela sala e Gigi a seguia atrás.

Houve alguns poucos momentos de hesitação enquanto as duas estavam de pé, a alguns passos de distância, Gigi no tapete Kashan e Rosa mais perto dos sofás. Rosa lançou seu olhar pelo lugar e parecia que iria sentar-se quando mudou de ideia e apontou para a cozinha. "Vamos passar?" disse ela.

Gigi partiu a cortina de contas.

"Chá?"

"Não, obrigada. Estou a caminho do Agatha para encontrar uma amiga e pensei em dar uma passadinha aqui Você está indo bem?"

"Estou bem."

"Bom. Vamos nos sentar ao sol?" Ela não esperou por uma resposta.

Sentaram-se em duas das cadeiras fundas de madeira, arrumadas em torno de uma mesa baixa em uma pequena área de pavimento. O jardim estava esplêndido. As ervas nos potes maiores estavam espalhadas aqui e ali. Os canteiros de vegetais no canto superior ostentavam uma mistura de folhas verdes, tomates e vagens. Plantas com flores roxas cresciam em grupos ao redor dos troncos dos olmos dourados. O gramado levemente polvilhado com folhas douradas. Um sol leve aqueceu o rosto delas. Foi idílico, exceto pelo baixo constante pulsando dentro do estúdio.

"Ela deve estar trabalhando", murmurou Gigi, seu olhar vagando na direção oposta, até chegar no tailleur cinza azulado de lã de sua visita.

"Eu queria falar com você desde que voltei de Bournemouth", disse Rosa. "Entendo que se planejou para fazer uma viagem para lá."

"Sim."

"Para encontrar seu pai." Ela não disse isso como uma pergunta.

"Isso."

"O que tenho a dizer pode fazer você mudar de ideia."

"Você o encontrou?" Disse Gigi rapidamente, seu coração acelerando.

"Não. Fiquei com o Fritz. Bournemouth passava por uma terrível onda de frio, então nos abrigamos dentro de sua casa durante aquele período. Você pode imaginar que dispusemos de bastante tempo."

"Como está o Fritz?" disse ela em um tom casual, como se conseguisse controlar.

"Ele está bem. Tenho certeza de que ele adoraria ver você. Mas talvez não, se o seu propósito diz respeito a Ralf."

"Ele não se importa com meu pai. Minha mãe acha que é por que ele foi trocado."

"Jeito engraçado de dizer. E isso pode desempenhar um papel. Sei que ele era bem carinhoso com sua mãe. Ainda é. Aliás, disse a ele sobre a exibição de vocês. Ele ficou feliz com a ideia e queria que eu transmitisse os parabéns a vocês duas." Ela deu uma olhada no relógio e então limpou a garganta. "É melhor eu ser direta com isso. Seu pai não é o homem que você acha que é."

Gigi suspeitou que Rosa diria algo desse tipo. Gigi se sentou em sua cadeira e cruzou os braços na frente do peito.

Rosa enxotou uma vespa que zumbia em torno da mesa, então continuou. "Fritz deu de cara com uma revelação na reportagem de um jornal. Ele disse que normalmente não acompanha esse tipo de reportagem, mas foi impossível evitar. Todos os jornais exibiam a história. Ele disse que não tinha como não reconhecer Ralf na primeira página."

"O que você quer dizer?"

"Não tem um jeito fácil de dizer isso. Ele foi preso."

"Preso?!" Ela fez que ia se levantar, e então mudou de ideia.

"Sob suspeita."

"Sob suspeita do quê?"

Rosa foi evasiva. "Tem havido muito esse tipo de coisa ultimamente", disse ela. "Celebridades de alto perfil, sacerdotes."

"Que tipo de coisa?"

Rosa não falou. As duas olharam para o jardim.

"Você quer dizer abuso infantil?" Disse Gigi.

"Acho uma verdade estranha que só se descobre o quanto algumas pessoas são más depois do fato. Elas se escondem muito bem."

Ela mal podia acreditar que ouvia isso de Rosa. "Não pode ser verdade", disse ela, mantendo sua voz baixa. "Não é verdade. Meu pai nunca machucaria ninguém."

Rosa lhe deu uma olhada de lado.

"Não, especialmente não a sua própria filha Concordo plenamente que tudo isso parece incomum."

"Ele nunca me machucou", disse Gigi, intrigada.

"Você não. Mas parece que ele gerou outra. Não foi muito tempo depois de se estabelecer na Inglaterra."

Era impossível entender. Seus pensamentos estavam num turbilhão. Ela apertou suas mãos entre seus braços e seu peito, e empurrou suas cutículas com as pontas dos dedos. A música parou. Ela ouviu o ronco de um carro passando pela rua. Tudo pareceu quieto até a música começar novamente.

"Ele me substituiu?" disse ela, sua incredulidade enfraquecendo.

"Talvez."

"Então eu tenho uma irmã."

Era um pensamento esquisito, difícil de entender, de que havia uma jovem que nunca conheceu com quem poderia ter dividido confidências, desenvolvido um laço de família e ela quis voar para a Inglaterra naquele exato minuto. Mas sua breve reflexão foi esmagada quando Rosa disse: "Teve, Gigi. Ela foi encontrada em uma mina."

"Encontrada em uma mina? Onde?"

"Na divisa de Dartmoor. Em algum lugar no sudoeste de

Exeter, onde seu pai era professor. Parte fascinante do país. Bem remoto também."

"Encontrada em uma mina?" disse ela de novo. Talvez ela tenha pulado. Gigi havia ouvido falar de pessoas que tiravam suas vidas desse jeito.

"Não exatamente uma mina", disse Rosa. "Ela foi encontrada numa caverna nas proximidades. A mina leva a um lugar cheio de cavernas, aparentemente. Muitas não são abertas ao público."

Gigi percebeu com um certo horror a imagem de seu pai, que tanto estimava, que havia fabricado ao longo dos anos com fiapos de memória e um desejo covarde. Uma imagem projetada para cobrir um espaço vazio, e como o gesso, agora desmorona rapidamente.

"Quantos anos?"

"Ela ia completar 21 anos, acredito."

Gigi fez uma conta rápida. Oito anos mais nova significava que Ralf não perdeu tempo em gerar sua substituta. "Fritz a conhecia?" disse ela, olhando para Rosa.

"Acho que eu falei o suficiente."

Gigi se inclinou para frente. "Não vá. Tem mais. Tem que ter mais."

"Sempre tem mais, mas tenho certeza de que cobri os pontos principais." Levantou-se para sair, olhando para Gigi, firme e com pena ao mesmo tempo.

"Por favor, não vá."

"Vou me atrasar." Ela parou. "Você vai ficar bem. Você tem a força da sua mãe."

Ela saiu, virou a esquina da casa e desapareceu. Gigi ficou no jardim com seus pensamentos, se esforçando em vão para bloquear o baixo que insistentemente saía do estúdio.

Ela teve uma irmã, uma irmã assassinada em uma caverna. Era aquele sonho, o sonho que vinha tendo a meses. Talvez uma coincidência, mas a sua repetição parecia enfraquecer essa visão. O sonho era tão vago, tão surreal e sem significado nenhum a que cada vez que acordava, fazia todo esforço possível para ignorá-lo da maneira mais rápida: associando a simbologia à mãe ou ao Arthur.

Mais provavelmente o sonho era um alerta. No entanto, não haveria sentido para um sonho se o sonhador não pudesse prestar atenção a esse aviso. Quando não se trata de si mesmo, mas de alguém que não se conhece, não teria como saber. Um sonho com relevância para ela, agora que pôde alinhá-lo com eventos reais e somente lhe atribuiu significância depois de entender.

Ela permaneceu sentada no jardim, tomando sol, resistindo às demandas da música de sua mãe bramindo no estúdio.

Talvez nada do que Rosa reportou fosse verdade. Mas se o homem no jornal era seu pai, então o fato dela também ter uma irmã parecia ser incontestável. O jornal certamente não estaria enganado e Fritz não tinha motivos para mentir.

Devia haver evidência, confirmação, a mãe, quem quer que seja ela, tendo identificado o corpo. Sua irmã foi realmente assassinada? Novamente, a normalmente cautelosa polícia não teria feito tal alegação se houvesse alguma dúvida. Mas o criminoso, que tinha que ser um desconhecido, esperava prova irrefutável e um veredito em um tribunal de justiça. Pode não ter sido Ralf. Ele só estava sob suspeita. Isso não significa que ele é culpado. Ela poderia ir a Exeter e descobrir. Ela mesma perguntar a ele. Visitar a mãe. Conhecer a irmã que ganhou e perdeu em um segundo.

Mas seu sonho estava acorrentado nela, um peso morto impedindo cada movimento seu como se ele sozinho fosse a prova de que seu pai havia cometido aquele ato. Um sonho de uma garota nua cercada por sombras, luzes piscantes, vozes baixas cantando. Era um ritual, um sacrifício, assim como o que sua mãe havia mencionado em conexão com uma seita. Uma seita que Ralf se juntou.

Se perguntou se estaria sonhando o sonho errado, um sonho que pertencia à sua irmã. Seu apanhador de sonhos interior erroneamente acreditava que era para ela. Deu uma risada forte com esse pensamento.

Tudo o que podia ter certeza era de que o sonho a salvou de uma jornada angustiante. Ninguém iria querer viajar metade do mundo para confrontar um pai que se tornou assassino. Lembrou que Harriet estava certa em suas suspeitas. E Fritz.

O remorso lentamente substituiu o horror que sentiu. De que tinha tratado sua mãe com desprezo todos esses anos, tendo por ela ressentimento, culpando-a. Mesmo se Harriet tivesse deixado de cumprir as demandas da condição, talvez bem no fundo houve outro motivo honesto e verdadeiro, o impulso de proteger sua filha.

A música parou. Houve uma longa pausa silenciosa e Gigi antecipou sua mãe saindo do estúdio. Ela observou a porta, mas essa não abriu. Em vez disso, a música começou mais uma vez e Gigi entrou, subiu as escadas, deixando a porta do quarto aberta atrás dela.

Ficou no centro do quarto, absorvendo seu pequeno santuário: a cama mal arrumada, seu Roland embaixo da janela, seu laptop na cômoda, o velho guarda-roupa de madeira.

Sentiu-se atordoada e resoluta ao mesmo tempo.

Tirou seu casaco de cashmere, sua camisa de cashmere e sua saia de cashmere, jogando toda aquela roupa em sua cama. Pegou o vestido cinza sem estampa que havia pendurado no encosto de uma cadeira de madeira, e o vestiu. Depois abriu o guarda-roupa e tirou todas as camisas, vestidos, saias e calças de cashmere. Vasculhou as gavetas da cômoda e fez o mesmo. Logo encarou uma pilha de cashmere em sua cama: sua infância.

Ela devia queimar aquela pilha. Não é isso que as pessoas

fazem para marcar um fim? Fazer uma pira? Em vez disso, desceu as escadas e voltou com um grande saco plástico de lixo.

Quando terminou, tinha um saco de roupas destinado para a loja de caridade. Ela o arrastou escada abaixo e o jogou perto da porta de entrada. Pegou a alça de sua mala com as duas mãos e a puxou pelos degraus acima. Depois pegou suas chaves e saiu de casa.

O The Crescent estava silencioso. Acostamentos gramados, cuidadosamente cortados, orlados por touceiras de agapanto, bétulas prateadas, bordos e olmos, todos desfrutando da sombra das tramazeiras que se espalhavam por toda parte, os ricos vivendo em casas caras e renovadas, em hectares de jardins isolados atrás de muros de pedra bem cuidados. Os menos abastados se espremiam há muito tempo nas partes menos pitorescas e menos históricas da periferia de Melbourne, morando além do sopé das colinas nos subúrbios onde ninguém que conhecesse morava. Verônica cresceu em Gwenneth Crescent e Melissa em Wilton Grove. Era tarde de domingo e o mais provável é que as duas estivessem visitando seus pais. Gigi caminhou devagar, descendo a colina, no seu tempo

Muito em breve se achou em Wilton Grove, de pé na faixa natural fora do Pargiter. O Sr. Pargiter era curador no museu de Melbourne e a Sra. Pargiter era bibliotecária na biblioteca do estado, ambos integrando o funcionamento dos arquivos e das coleções de arte da cidade. Melissa era a filha única deles, seu orgulho, sua alegria e nunca uma decepção. Ou eles também a achavam excêntrica? Que tipo de expectativas tinham dela, se é que alguma? Gigi suspeitava que eram do tipo incondicional, aceitando sua filha do jeito que ela era, ponto final. Melissa não foi superprotegida ou pressionada. Uma garota comum, com aspirações comuns e que agora tinha uma carreira editorial promissora. E ela, Gigi, a mais bem sucedida, destinada à grandeza, estava ali ganhando a vida tocando Gershwin para os vovôs. Ela invejava a regularidade e convencionalidade de Melissa com seu trabalho das nove às cinco, e a segurança de dois bons pais ainda juntos.

Melissa não sofreu o que ela sofreu, e nem Verônica: a morte trágica de seus avós precipitando a dramática reviravolta de sua infância. Criada daí em diante apenas por sua mãe. Para descobrir depois de anos de ignorância que o pai que ela adorava e sentia muitas saudades era um assassino. Não conseguia imaginar nada pior.

Uma sensação de enjoo passou por ela quando se deu conta que metade de seus genes eram dele.

Talvez ele tivesse agido por impulso e não por um desejo há muito tempo escondido. Ela uniu os fragmentos; os interesses no ocultismo - que ele inegavelmente tinha, que pelo menos fosse como acadêmico e não como praticante. Mas tinha a carta. Um dia outra semana, Harriet deixou uma fotografia dela na mesa da cozinha para ela ler assim como havia deixado a original para seu pai ver, para saber que ele havia sido descoberto. A Ordem de Shannon - provavelmente era um bando de velhos desprezíveis cheios de um senso inflado da própria importância, envolvidos alegremente em rituais tolos, longe dos olhos de desprezo de suas esposas. A seita não tinha necessariamente uma intenção sinistra. Ela conheceu amigos na Wicca e tudo o que faziam eram danças da lua nova e lua cheia, e dar graças pelo cultivo.

Ela abriu o portão dos Pargiter e subiu pelo caminho até à porta da frente. Hesitou, não estava pronta para fazer uma confidência, chocar, mas precisava passar por cima da reticência; tocou a campainha, ouviu a musiquinha romanesca e esperou.

Logo a porta se abriu e a Sra. Pargiter a cumprimentou com um sorriso e um oi, virando a cabeça para dizer: "Melissa, é para você." E voltou então pelo corredor e desapareceu, deixando

Gigi imaginando se a informação já havia se espalhado e todos na vila sabiam que ela era filha de um assassino. Imediatamente dispensou esse pensamento. Um cheiro forte de alho frito com cebola soprou para fora. A Sra. Pargiter estava cozinhando.

Melissa apareceu e lhe deu um abraço prolongado, até que Gigi recuou e disse: "Vamos dar uma caminhada."

Ela esperou Melissa pegar sua jaqueta e trocar de sapatos, depois foram pelo Gwenneth Crescent e aos Hunnacots enquanto Gigi ouvia o relato entusiástico de Melissa sobre uma peça que viu uma outra noite no clube The Butterfly. Era mais uma outra versão de *Romeu e Julieta*. Melissa explicou que a mulher sentada ao lado dela na plateia tinha o mesmo vestido da atriz principal, e ambas tinham um longo cabelo loiro. Enquanto assistia, não pôde deixar de imaginar a mulher como a Claire Danes no filme. Que mulher? Logo Gigi não tinha ideia a quem Melissa se referia, a mulher na plateia pareceu fundir-se com as atrizes no palco e no filme, e a própria Julieta estava completamente perdida.

No Hunnacots foram forçadas a esperar enquanto Verônica trocava seu macacão, e depois as três caminharam até o riacho, passaram pela fachada organizada do The Crescente, que dava espaço às samambaias e arbustos nativos, as casas em amplas propriedades bem escondidas atrás da folhagem densa, com a entrada de garagem ou trilha sendo a única evidência de uma residência.

Verônica e Melissa davam risadinhas e disseram: "Não é legal? A gente devia fazer isso mais vezes." Eventualmente, Verônica notou o modo de Gigi e disse: "Você está quieta."

"Têm tocado em algum show bom?" Perguntou Melissa.

"Alguns."

"Você não parece feliz." Disse Verônica com um olhar de preocupação.

"Estou bem." Achou que não conseguiria confidenciar, não

importava o quanto estivesse se sentindo desesperada. Ela riu e voltou a conversa para a peça de Melissa.

Elas pararam sob um conjunto de bétulas prateadas plantadas em uma faixa natural, a folhagem ficando dourada. Melissa olhou para a fina rede de galhos da mais alta, depois passou a mão pela sua casca branca rachada.

"A dama do bosque", disse ela. "Essa árvore simboliza a fase inicial da lua."

"É verdade isso?" disse Verônica.

Melissa deu uma risadinha e levantou a mão para cobrir sua boca. "Pareço pagã?"

"Nem um pouco", disse Gigi secamente.

"Tenho editado um manuscrito. As Bruxas do Bosque de Bétulas. Parte da série dos Lagos Célticos. Isso me deixou bem-informada."

Gigi sentiu um calafrio.

"Você está bem?" Disse Verônica, colocando um braço em torno da cintura de Gigi.

"Perfeitamente bem", disse Gigi, se afastando com um sorriso curto. "Está ficando frio. Vamos voltar?"

O vento tinha aumentado, farfalhando as folhas caídas e levantando a saia de Melissa. Elas caminharam ainda mais devagar na subida, duas vezes ficando de lado para a passagem de um carro. Conforme se aproximaram do Hunnacots, Melissa disse: "Mamãe está cozinhando uma fatia de carne morta. Vamos voltar a Brunswick para comer tempeh."

"Sim", disse Verônica com um entusiasmo repentino. "Quer vir?" acrescentou, se dirigindo a Gigi. "Você pode ficar para dormir."

"Adoraria, mas tenho coisas para fazer", disse Gigi evasivamente.

"Como o quê?" disse Verônica.

"Sim, o que poderia ser tão urgente?"

Desfazer uma mala, pensou ela, mas não disse.

"Venha sair com suas melhores amigas", disse Melissa.

"Outra hora", disse, com o máximo de simpatia que conseguia exibir.

Pois Gigi sabia que levaria um bom tempo antes de lhes contar, se é que algum dia contaria. Ela precisava de solidão, tempo para dar sentido às coisas.

"Suas amigas pareciam desapontadas, mas não por muito tempo. Elas voltaram para Sassafras, ouvindo Verônica entusiasmar-se sobre o próximo lançamento de um batom.

CAPÍTULO DEZESSEIS

QUARTA-FEIRA, 5 DE ABRIL DE 2017

A cena da janela do estúdio era desanimadora. Os botões crescidos da primavera e as delicadas folhas novas foram congeladas por uma camada fina de neve fora de época. O prado em ascensão era uma mancha de marrom e branco. O céu estava pesado, o vento do oeste refrescava e Judith sabia que em seu jardim os vegetais que plantou durante a onda de calor da última semana morreriam ou já estavam mortos.

Ela sentiu frio, muito frio para pintar. Saiu do estúdio e passou pela sala de estar, onde um fogo minguado queimava na lareira. Ela cutucou, atiçou e esperou pelo fogo, depois se levantou e aqueceu as costas.

Na beirada do tapete, seu laptop piscava para ela com sua luzinha brilhante. Ele estava fechado. Ela o pegou e sentou-se com ele na cadeira mais próxima do fogo, e abriu a tela no Fórum.

O Monstro Formado estava novamente ofendido com a Ordem de Shannon, dessa vez com o envolvimento deles com Os Cinco Olhos. Fred Spice queria saber o que ele quiz dizer.

"As nações WASP", escreveu Pétala Celeste. "Formam uma

rede secreta de vigilância."

"Provavelmente estão lendo isso", diz Fumo Enlatado.

"Manda ver", diz Monstro Formado. "Não é por acidente que há cinco olhos também."

"O pentagrama", diz Assessor Cítrico.

"Os maçons estão em todo lugar", diz Fumo.

"Você acha que a Ordem de Shannon é um subgrupo?" pergunta Pétala Celeste.

"Mais parecido com o Rosa Cruz", diz Monstro Formado.

"E o que são os cinco?" pergunta Fred Spice.

"Símbolo de poder. Está em todo lugar. Bandeiras, logotipos empresariais..."

"Sim, bem, V também é cinco", diz Fumo.

"A vitória será nossa!" diz Monstro Formado.

Os outros seguem com joinhas, carinhas felizes e coraçõezinhos.

Judith pensou na estrela de cinco pontas da bolsa esfarrapada de Milena e decidiu que a vitória era improvável. Com irritação, fechou seu laptop sabendo que ao fazer aquilo abriu uma porta na memória.

Pela manhã de terça-feira, 19 de janeiro, a raiva de Milena pela rejeição de seu pai na noite anterior foi substituída por uma escuridão pensativa. Judith agarrou uma xícara de chá com as duas mãos e se apoiou com suas costas para a pia, olhando sua filha sentada no banco da cozinha. Sua tigela de cereal empurrada para o lado para dar espaço à tabela de horários de ônibus de Exeter. Judith a observou passar o dedo por uma coluna.

Elas não se falaram. A mente de Judith estava vazia, nenhum pensamento ganhava força na presença da emoção que fervia em sua filha.

Milena deu uma olhada no relógio da parede sobre a geladeira. Judith seguiu o olhar dela. Oito horas e oito minutos. Então ela iria pegar o ônibus das 8:22, que a faria chegar em Exeter às 8:55.

Judith suspeitou que ela iria confrontar Anna, ou mais provavelmente Beth, pois Anna estaria em Bournemouth. E Beth ficaria mortificada com a notícia sobre Anna e Theo. Era o tipo de ato de vingança proporcional ao humor de Milena.

Ela observou, esperou, desejou que a trama de Milena não envolvesse sua amiga.

O alívio substituiu a preocupação quando Milena deixou a casa. Assim que a porta da frente fechou, ela soltou um longo suspiro, foi ao estúdio e ficou na janela. A neve tinha começado a descongelar, revelando fragmentos de marrom e verde, os montes de neve nas cavidades e nas paredes, ainda inclinados para o alto. O céu estava pálido e fechado, com nuvens rosa pálidas rajadas acima do horizonte. As árvores estavam escuras, seus galhos cheios de ramos como vassouras viradas para cima, e ela esperava que uma figura solitária com roupas grosseiras, chapéu e cajado, aparecesse no cume da colina como se viesse de *O Prefeito de Casterbridge*.

Ela acalmou sua mente com o trabalho de sua nova obra. Uma derivação de Wimmera, pois estava obcecada com o sertão: a sensação persistente do espaço, infinito e esparso, a barragem desprovida de água, sua base de barro rachada, a cabana de fibra caindo aos pedaços, o cachorro magricelo e o vaqueiro a cavalo, com seu rosto cheio de personalidade. Os olhos comoventes, a boca e o nariz largos, um vaqueiro que parecia para ela, conforme o reproduzia em tinta, saber bem mais do que ela.

Faltavam cinco minutos para as quatro horas quando ouviu a porta bater e soube que Milena estava de volta. Ela largou seu pincel, ainda cheio de tinta e foi encontrá-la na sala de estar.

Ela estava de pé no meio do piso, soluçando de raiva. Sua gata, Kali, esgueirou-se para passar por Judith e foi pelo corredor.

"Milena", disse suavemente, estendendo-se para ela.

"Não."

Ela voltou para trás.

Sentiu algo como simpatia apesar de uma sensação crescente de que Milena havia feito algo horrível para causar seu estado atual.

As lágrimas caíram. Ela esperou.

"O filho da mãe. Completo filho da mãe", disse Milena.

"Theo?"

"Não o Theo", disse entre os dentes cerrados. "Por que eu falaria sobre Theo?"

E foi sair da sala, batendo no braço de Judith ao passar por ela, deixando-a ali desconcertada.

Cerca de cinco minutos depois o telefone tocou

Era Peter.

"É melhor que você faça algo a respeito da sua filha", disse ele com uma voz baixa e uniforme.

"O que você quer dizer?" disse ela, hesitante.

"Só isso. Lide com ela."

E ele desligou antes que tivesse a chance de tomar fôlego.

Pensou em Milena em seu quarto no andar de cima, hesitou, e voltou para sua pintura.

O vaqueiro olhou para ela, e por cima de seu ombro, tudo de uma vez. Ele estava em paz e não ousou adicionar uma única pincelada nele; estava muito distraída. Limpou seu pincel e subiu as escadas.

Milena estava jogada no chão ao lado de sua cama.

"O que você quer?" disse ela ao ver sua mãe.

"Seu pai telefonou."

"Sim, imaginei que ele ligaria." Ela olhou para o telefone no seu colo.

Judith ficou em pé na porta. Outra mãe se sentaria ao lado de sua filha, colocaria um braço sobre seu ombro, outra filha poderia ter aceitado o conforto, mas Judith aprendeu há um bom tempo atrás a manter sua distância. Mesmo quando bebê, Milena beliscava.

Houve uma pausa longa. O olhar de Judith girou pela sala, absorvendo o caos de Bournemouth empilhado pelo chão, e depois o rosto de Milena aceso, obscurecido atrás da cortina do seu cabelo.

"Eu atrapalhei a aula dele", disse Milena sem olhar para cima. E então ela riu. "Você devia tê-lo visto. Devia ter uns cem alunos na sala. E todos eles me ouviram também."

"O que você disse?" Disse Judith cautelosamente.

"Disse que ele não tinha direito de bater o telefone na minha cara na noite passada. Nenhum direito." Ela olhou para cima e encontrou o olhar de Judith, seus olhos insolentes vermelhos e inchados. "Tenho todo o direto de vê-lo, eu disse. Mesmo se ele não quiser me ver."

"Na frente de todos aqueles alunos?"

Ela não respondeu, seu olhar deslizando de volta ao seu telefone.

"Isso é tudo o que você disse?"

"Mais ou menos."

"O que mais Milena?" perguntou ela, embora não tivesse certeza de querer ouvir a resposta.

"Perguntei aos alunos se eles sabiam que ele era membro de uma ordem ocultista. Na verdade, a Ordem de Shannon."

"A Ordem de Shannon? Como você sabia disso?"

"Theo descobriu no Fórum. Alguém postou uma lista.

"E você acreditou?"

"Por que não? Mas os alunos apenas riram."

Judith omitiu um sorriso interno ao imaginar a cena, a revolta de Peter, os olhares incrédulos nos rostos de seus alunos.

Foi um momento de triunfo e ela pensou em parabenizar Milena pela execução bem-sucedida. Pois lhe parecia então que seus interesses ocultistas, por mais acadêmicos que fossem, sempre estiveram entre ele e suas responsabilidades de pai.

Ela observou a filha com súbita piedade, sua estatura robusta e atarracada, a massa de cabelos negros emaranhados, o ar selvagem, uma jovem insensível pouco amada por um dos pais, um estorvo para o outro. Mas Milena era difícil de se ter por perto. Havia poucos pontos de intersecção onde mãe e filha podiam compartilhar de momentos agradáveis. Sua filha parecia ocupar a casa inteira, mesmo quando estava quieta. Os hábitos e o ritmo da vida solitária de Judith desfeitos para mudar em linha com Milena. Ela ia telefonar para Peter. Explicar a mágoa de Milena. Que poderia com a ajuda dele encorajar Milena voltar para a universidade para seu último semestre. Depois conversaria com Milena.

Às 8:45 do sábado, dia 21 de janeiro, Judith trabalhava em seu estúdio. Ela tinha dormido bem na noite anterior, sua primeira noite bem dormida desde que Milena apareceu em sua porta na segunda-feira anterior. Quatro noites de agitação e estava aliviada por ter acordado renovada.

Judith levou o dia anterior inteiro para acalmar o porco guinchando que era o relacionamento de Milena com seu pai. Muita persuasão, afago, reconforto e promessas. Ao final do dia, apesar da exaustão do esforço, seus esforços tinham sido tão bem-sucedidos que se sentiu como vencedora de um prêmio em um show agrícola, suas habilidades mediadoras dignas de um distintivo de excelência: o pai tranquilizado, a filha contrita, ambos dispostos a começar de novo.

Eles combinaram de se encontrarem para almoçar, e naquela manhã Milena estava transformada. A criança petulante se foi. Ela parou na porta de entrada do estúdio e conversou sobre seus planos. Como arrumaria um emprego em

Exeter, garçonete em um café talvez, embora Judith achasse difícil imaginar um café a contratando. Milena se entusiasmou sobre como era bom ter voltado para casa, que ela ajudaria e até cortaria a grama se Judith quisesse que ajudasse. Judith não tinha ideia do que fazer com essa milagrosa explosão de convivência.

"Vocês vão se encontrar do lado de fora do mosteiro?" disse ela.

"Ele disse para eu descer do ônibus na ponte Pocombe."

Judith soltou seu pincel. "Não tem nada lá."

"Ele vai me levar em algum outro lugar. Um lugar especial." Ela deu um grande sorriso ao se virar e voltar para seu quarto.

Judith se permitiu um sorriso particular. Suas negociações tinham sido mais bem-sucedidas do que poderia esperar. Saiu da barragem de barro rachada de sua pintura e deixou seu olhar se fixar na cena de inverno do lado de fora. A neve tinha acabado no prado, exceto em partes próximas às paredes de pedra, onde o sol não alcançava. Tudo estava ainda sob a luz baixa apagada do inverno.

Milena saiu para pegar o ônibus das 10:05, deixando Judith otimista de que ela voltaria com sua sanidade restaurada, com Peter tendo a persuadido a voltar para Bournemouth. Acenou para Milena, algo que não fazia desde que Milena era criança, fechou a porta da frente e observou da janela da sala de estar sua única filha desaparecer de sua vista.

A casa, abençoadamente vazia, tranquila. Mesmo o fogo na lareira parecia emitir um longo suspiro. Ela limpou a cozinha, empilhou a louça na pia, alimentou a gata, foi buscar mais lenha e então voltou ao seu estúdio.

O dia todo trabalhou meticulosamente nos mosaicos de barro da represa. Horas de esforço, em se levantar, ir para trás e depois para frente com seu pincel passaram por ela antes que percebesse que eram quatro horas.

Milena parecia atrasada. No passado seria incomum que Peter quisesse passar mais do que duas horas na companhia de sua filha. Às 4:03 ela ligou para o celular de Milena.

Milena não atendeu. Judith sentiu uma palpitação de ansiedade em seu estômago. Não era um sentimento que podia ignorar. Esperou oito minutos completos antes de tentar ligar novamente para Milena.

Nada.

Quinze minutos se passaram. Vinte minutos se passaram. Meia hora.

Sem resposta.

Ela mandou uma breve mensagem de texto para Milena: Me liga. Mamãe.

Saiu para o jardim a tempo de aproveitar o resto de luz. Já estava quase escuro. Calçou suas galochas e seguiu pelo caminho do jardim, evitando as áreas opacas onde as poças haviam congelado. Colheu nabo e couve, voltou para a cozinha onde os deixou na bancada e então pegou o carrinho de mão para ir ao depósito pegar mais lenha.

De volta no pátio, chutou suas galochas e carregou a madeira para dentro.

Na sala de estar, cutucou as brasas e acrescentou lenha.

Uma vez em chamas, foi ao estúdio e olhou pela janela as formas escuras do anoitecer.

Minutos se passaram.

Ela ignorou o vaqueiro cujos olhos a encaravam diretamente, e fechou a porta do estúdio.

Na cozinha, pensou em preparar o jantar. Deu uma olhada no relógio, parou e novamente pegou seu telefone. Eram cinco horas. Ainda sem resposta.

Lutou para se livrar de sua inquietação e foi à sala de estar, persuadindo a gata a aquecer suas pernas junto ao fogo.

A que horas era o último ônibus? Não conseguia se lembrar. Foi à cozinha para pegar a tabela de horários, mas Milena deve ter levado.

De volta à sala de estar, sentou-se ao lado da gata no carpete, abraçando seus joelhos, olhando para as lambidas cor âmbar das chamas. A noite a cobriu com uma capa escura e ela sentiu seu frio nas costas. Levantou-se e foi até a janela, olhando para a escuridão diante das cortinas.

Retornou ao fogo e novamente tentou ligar para Milena. Nada. Continuava a dizer para si que não tinha motivo para ficar preocupada. Milena estava segura. Ela estava com seu pai e estava segura.

Ela deixou o fogo. Na cozinha, passou pelos movimentos de cortar, fritar, misturar, gratinar, e às 5:30 colocou no forno um assado de nabo. Não era uma refeição criativa, mas não conseguia pensar em nada mais.

De volta perto do fogo, olhou para as chamas. O tempo se rastejou como um caçador.

Ela olhou para seu relógio. Seis horas. Milena teria que caminhar para casa do ponto de ônibus no breu. Era certo que Peter a traria para casa?

Às 6:30 ela serviu uma pequena porção do assado de nabo e sentou-se perto do fogo, dando pequenas mordidas no queijo derretido. A gata a ignorou.

Conforme o fim de tarde tornou-se noite, sua ansiedade cresceu para um medo sensível. Estava enjoada. Olhou fixamente para o fogo como se estivesse em transe, até que suas pernas ficaram duras e ela se levantou.

Caminhou de um lado para outro para aliviar a tensão em suas panturrilhas, coxas e joelhos antes de separar as cortinas e espiar a noite pela janela.

Ligou para Milena de novo.

Sem resposta.

Ligou para o celular de Peter.

Sem resposta.

Se tivesse acontecido um acidente, ela teria ouvido falar. Nenhuma notícia era definitivamente melhor do que más notícias, e ela passou as duas horas seguintes mantendo esse pensamento e com medo de ouvir alguém bater à porta.

Por fim, foi para a cama.

Na manhã seguinte, levantou-se depois de dormir pouco.

Foi direto ao telefone. Uma última tentativa. Ainda nada.

Resistiu um impulso de jogar seu telefone na parede, de repente com raiva deles por não terem a presença de espírito de entrar em contato. Disse a si mesma para não ser ridícula. Peter sem dúvidas deixou Milena na casa de uma amiga a caminho de casa, e o telefone de Milena ficou sem bateria. Esse seria o curso lógico dos eventos. Mas quando encheu a chaleira, estava insuportavelmente ansiosa. Sem notícias não era uma boa notícia. Nunca poderia ser boa notícia. O não saber estava imobilizando.

Ela deixou a chaleira com seu ronco e chiado e foi ao telefone fixo ligar para a polícia.

"Com o pai, você disse?", falou um homem indiferentemente. "Você tentou ligar para o telefone da casa dele?"

Ela não havia pensado em fazer isso.

Quando ouviu a voz de Peter, prendeu a respiração.

"A Milena está com você?", disse ela dando um tom casual.

"Não", respondeu ele lentamente. "Eu a deixei na ponte Pocombe."

"Quando?"

"Ontem à tarde."

"Quando?"

"A tempo para o ônibus, é claro."

Seu estômago virou.

"E você não esperou por ela até o ônibus vir?" disse, tentando não parecer histérica.

"Claro que não. Ela não é uma criança."

"Ela também não está aqui."

"O que você quer dizer?"

"Ela não veio para casa noite passada."

"Então provavelmente ela encontrou alguma amiga. Você sabe como ela é."

As racionalizações dele, ditas naquela voz com sotaque familiar, tornaram-se as suas racionalizações. Era a cara de Milena sair e não informar sua mãe. Além do mais, tinha quase 21 anos, idade suficiente para tomar as próprias decisões. Judith não precisava se preocupar. Ela se deixou ficar muito agitada, com Milena a consumindo, mesmo em sua ausência.

Ela preparou café e torradas, se convencendo de que Milena estava bem.

Foi para seu estúdio e começou a trabalhar na cena da margem do rio, determinada a acabá-la. Gradualmente suavizou suas falhas, tirou os indícios de luz na superfície da água, abriu caminho para as profundezas.

Trabalhou na pintura o dia todo, parando algumas vezes para olhar o céu de inverno desanimador e os galhos congelados pela janela, acompanhando as sombras lançadas pelo arco baixo de sol, com longos toques de escuridão. Deu vontade duas vezes de ligar para Milena.

A luz começou a esvanecer. Pensou que não suportaria outra noite sem saber. Se forçou em continuar a trabalhar.

Era 4:16 quando ouviu baterem à porta.

Finalmente!

Ela soltou seu pincel e correu para atender.

Milena deveria estar de pé ali, toda emburrada e desgrenhada, empurrando sua mãe para entrar em casa. Em vez disso, encarou dois policiais uniformizados que perguntaram se poderiam entrar.

Um pavor passou em disparado por ela, um pulso único violento.

Ela sentou-se na cadeira mais distante do fogo Suas mãos estavam tremendo. As apertava em seu colo. Os policiais permaneceram de pé. Um deles limpou a garganta O olhar do outro passou pela sala.

Ambos estavam com muita pena.

Judith achou difícil focar nas palavras.

Um corpo foi encontrado na mina de Baker. Uma jovem com o telefone de Milena. Estaria ela preparada para identificar o corpo?

A princípio não conseguia entender. Então pensou que tinha que ser um engano. A mina de Baker ficava perto de Higher Kiln Quarry em Buckfastleigh, a sudoeste, o ponto de ônibus da ponte Pocombe ficava a leste. Como Milena foi da ponte até a caverna depois de Peter tê-la deixado no ponto de ônibus?

Ela lhes contou. Disse a eles que alguém deve ter tentado agarrá-la enquanto estava lá esperando. Os policiais trocaram olhares. Ela lhes disse que deveriam sair por ali.

Um dos policiais apresentou um bloco de notas e uma caneta.

Ela explicou o mais claro e mais sucintamente que podia sobre o encontro no almoço e o arranjo para se encontrarem na ponte Pocombe. Depois os telefonemas não atendidos. A que horas foram essas chamadas? Ela listou os horários. Então mencionou a conversa com Peter em sua casa naquela manhã, feita depois do conselho do colega deles. Você consegue lembrar exatamente o que foi dito? Ela tentou.

E internamente amaldiçoou Peter por não ficar com Milena até o ônibus vir.

A polícia perguntou se havia alguém para quem eles pudessem ligar. Ela disse a eles que não. Não havia ninguém. Mas nos dias que se seguiram perdeu sua solidão para a polícia e, o que parecia como nanosegundos depois, para a mídia.

Ela identificou o corpo. Mal podia olhar para a fria carne branca em cima da mesa de autópsia, olhos fechados, cabelo bem arrumado perto do rosto. Cabelo que nunca pareceu tão arrumado.

A verdade se desvendou rapidamente depois daquilo. Milena nunca ficou sozinha no ponto de ônibus na ponte Pocombe. Houve um culto fúnebre naquela tarde para dois rapazes cujas motocicletas bateram numa estrutura da ponte na semana anterior. O ponto de ônibus não ficava a 20 metros de distância. As pessoas teriam notado uma garota combinando com a descrição de Milena esperando lá. O motorista do ônibus confirmou esse fato.

Peter foi levado para ser interrogado. No interrogatório, ele foi preso e acusado. A polícia achava que outros estavam envolvidos. Peter não disse. Judith foi avisada que as coisas poderiam ficar feias, especialmente para ela. A mídia causou um tumulto quando o escândalo surgiu.

Ela manteve as cortinas fechadas. Disse a Beth para ficar longe depois de a visitar numa tarde cheia de preocupações duvidosas e um punhado de conselhos. Passou a maior parte de uma longa hora preocupada com a culpa devastadora de Anna. Algo como malícia se desenrolou em Judith conforme ela ouvia, até que finalmente sugeriu que Beth levasse a gata, que se esfregava na perna de sua amiga. Para sua surpresa, Beth concordou sem hesitar, dizendo que seria uma tremenda ajuda terapêutica para sua filha.

Assim que fechou a porta para sua amiga, era somente a polícia que ia e vinha. Eles vasculharam o quarto de Milena. Interrogaram Judith. A interrogaram de novo. Só algumas perguntas a cada vez. E com olhares gentis e sorrisos simpáticos, a deixaram sozinha e fizeram seu caminho para a vigília do lado de fora.

As câmeras, as mulheres e os homens de rostos ansiosos não ficaram do lado de fora da casa de campo Fernley por muito tempo. Uma massa de ar frio desceu do Norte e o vento frio tinha sensação bem abaixo de zero. A rua ficou vazia.

E então a polícia parou de vir. Sua vida voltou à quietude regular.

Algumas semanas depois, descobriu a história toda. A polícia lhe informou que uma garota de 17 anos apareceu com alegações de que tinha passado por um círculo de sexo com base naquela área, mas que os homens em questão encontraram uma substituta. A polícia disse a Judith que a garota estava com medo de morrer, convencida de que ela havia escapado da própria morte. Na mesma época uma jornalista investigadora, claramente faminta em deixar sua marca no mundo da mídia, desenterrou o passado do dr. Peter Love e seus laços estreitos com a Ordem de Shannon, uma seita envolvida no ritual de matar uma menor na Austrália algum tempo antes. Das suas associações em Munique. Ela o fez parecer um pervertido no começo, e certamente não era o Peter Love que havia conhecido.

O pior que poderia ter dito sobre ele foi sua ausência, sua falta de interesse em sua filha.

Monstro Formado, Pétala Celeste, Fumo Enlatado, até mesmo Cinzeiro Inflamável são preferíveis para lembrar de Milena andando pelo caminho do jardim até o ponto de ônibus.

Dois meses e dois dias desde a sua morte, e Pétala Celeste começa uma discussão chamada Os Três Pês - Pedofilia, Política e Poder. E em segundos, Monstro Formado faz referência à

Ordem de Shannon. Ele alega que a Ordem se envolve em rituais de sacrifícios para melhorar a evolução da humanidade. Que apenas os seres humanos de mais baixa ordem são usados nos sacrifícios.

"Como podem dizer isso?" pergunta Assessor Cítrico.

"É como o Lebensborn", disse Fumo Enlatado.

"Uma questão de raça superior-inferior", disse Pétala Celeste.

"Somos todos iguais", disse Fred Spice.

"Não de acordo com eles. Eles dizem que alguns humanos são pouca coisa mais do que animais", responde Monstro Formado.

"É como sacrificar uma galinha."

Ela fecha o laptop antes de ver o nome dele.

Ela sobe ao quarto de Milena, abre a porta pela primeira vez desde o dia 21 de janeiro. Os pertences que ela recolheu em Bournemouth estão espalhados pelo chão. A polícia não desarranjou nada. Ninguém pensou em limpar. Dobrar as roupas dela, talvez. Judith toma fôlego. Sua garganta dói. Lágrimas cegam sua visão. Ela abre a mala e a enche, tendo dificuldades com o zíper que se prende em um cachecol. Não para até que o quarto esteja vazio e o carro carregado para ir à loja de caridade.

Ela fica com um ursinho que a avó de Milena lhe deu quando ela era um bebê, e com sua velha bolsa com o logotipo esfarrapado de uma estrela de cinco pontas.

No estúdio, sua tristeza retrocede. Percebe de relance a casca do eucalipto caída em seu terreno com palha e, ao seu lado, o vaqueiro parecendo enfadonho como sempre. Eles vão ficar bem no bistrô. Dá uma autenticidade maior ao lugar. Ela fica perto da janela. Um emaranhado de nuvens faz uma bagunça no céu. A previsão é de chuva, mas ela deixa o estúdio, a casa, e faz uma longa e lenta caminhada pela rua.

PARTE 3

A NECESSIDADE INTERNA

CAPÍTULO DEZESSETE

A NECESSIDADE INTERNA

O dia estava luminoso e quente, os bordos salpicados em torno de Sassafras fazendo uma bela apresentação de tons vermelhos. O equinócio havia passado e apesar da mudança de estação para o frio e úmido inverno, o humor na vila naquele fim de semana de Páscoa, era de otimismo e vigor. Até mesmo a galeria, um lugar opaco onde a luz se esforçava para chegar, se animou: uma galeria preparada para sua exibição de abertura. Um prospecto gratificante e Penélope colocou uma vitalidade em seu andar conforme resolvia os ajustes finos do ambiente: três fileiras de cadeiras em arco de frente para o canto mais distante da sala, onde um pequeno amplificador, um banquinho de piano e um abajur de canto marcavam o palco.

As nove pinturas de Harriet estavam penduradas em fileira pelas duas paredes que formavam o canto do palco, cinco na parede mais longa, que incluía o peitoril da chaminé substituindo a série Wessex que Penélope relegou ao fundo da sala, insistindo para Harriet remover seus achados para fazer espaço. Lá a série ficou pendurada, em conflito com o tríptico de bétulas prateadas que encontraram seu caminho de volta à galeria quando o comprador, o Sr. Fitzsimmons ligou para ela um dia no mês passado e disse que pedia desculpas, mas sua esposa não os tolerava. Davam calafrios, disse ele. Penélope gentilmente reembolsou o custo, menos 20% pelo trabalho.

Ela foi ao fundo da sala imaginando se, pelo menos para a abertura, devia substituir o tríptico com algo mais sociável pois compartilhava do sentimento da Sra. Fitzsimmons, pelo menos seu calafrio. Fazia parte de um lote de leilão dos bens de um falecido. Estava de olho em uma ou duas outras pinturas do lote, as quais vendeu quase imediatamente.

Ela olhou o tríptico criticamente, com o conhecimento aguçado de que entre todas as suas aquisições, era a menos inspiradora. Apesar da hábil execução, tinha algo artificial, quase manufaturado nas obras. Faltava emoção, e era emoção que atraía Penélope para uma obra. Ela queria ficar comovida e para que isso acontecesse, uma obra tinha que ser vital, quase visceral, como se o artista tivesse sangrado seu próprio sangue na execução.

Seu olhar passou pela série Wessex de Harriet que, por toda vibração, pertencia de maneira curiosa ali com o tríptico, pois aquelas obras também tinham falta de algo vital. Penélope suspeitava que Harriet tinha deixado seu intelecto tomar o melhor dela em sua execução. Elas eram uma confusão de camadas de técnica conceitual, como se Harriet se esforçasse para liberar sua constipação criativa. Ela pensou demais e uma peça pensada em demasia se mostrava ser apenas isso. Se o tríptico sugeriu que o artista estava de alguma maneira limitado ou impedido, então as obras Wessex tinham passado do ponto, cozido até virar uma porcaria, como diria sua tia.

Penélope manteve silêncio em seus pensamentos. Ela escutou Harriet se movimentando pela copa e sorriu por dentro. Era menos ofensivo culpar as forças do mercado e o espírito da época do que criticar a direção artística de sua amiga. Além do mais, Harriet era teimosa. Ela afundava na terra do abstrato havia décadas, gerado de seu caso de amor intelectual com Kandinsky. Penélope achava uma questão de enorme frustração pois o talento de Harriet e seu potencial estavam sendo enterrados nisso. Ainda assim, Harriet era sua mais antiga e sempre seria sua amiga mais próxima, e ela nunca ameaçaria aquele vínculo, especialmente hoje, quando Harriet era uma camada de apreensão.

Ela encostou na pintura vertical da série Wessex e estava para sair da sala quando Harriet apareceu na porta, limpando suas mãos em seu avental e resmungando sobre a necessidade de continuar.

O acanhamento de sua amiga a tocou. "Vou cuidar das coisas a partir daqui Harriet", disse ela e estendeu os braços para a frente como se quisesse pegar uma brisa para ajudar a passagem de sua amiga pela porta.

Em seu caminho, sua amiga lhe deu um olhar de gratidão ansiosa. Penélope a seguiu até à porta da frente e a fechou, virando-se para novamente medir os arranjos. A mesinha, retirada da sala dos fundos, estava posicionada contra a divisória da janela à sua direita e envolta em linho branco. Taças de vinho viradas de cabeça para baixo, em fileiras organizadas. Ao lado delas estava uma pilha dos novos CDs de Gigi, seu primeiro lançamento. Penélope sentiu um surto de orgulho indireto ao ver tudo.

Ela passou pela copa e lançou seu olhar sobre as travessas de canapés e tira-gostos.

Andou em volta, aproveitando o vazio, o senso de antecipação, a galeria que logo estaria cheia um público estabelecido para experimentar algo único, uma mãe e uma filha colaborando em um evento multimídia, ambas tendo como inspiração a mesma fonte e ela suspeitava que era só do jeito que mãe e filha poderiam fazer.

Era seu próprio triunfo também pois sem seu envolvimento, tinha certeza de que Harriet teria desmoronado.

E para fazer isso, teve que dispensar sua inveja familiar no momento que o sentimento apareceu. Sabia que nunca deveria desejar para sua própria vida o conforto e a segurança que Harriet e Gigi tinham, ainda que fosse marcada por uma tragédia. Ela era quem ela era, uma sobrevivente da brutalidade do playground, satisfeita com o conhecimento de que muitos de seus antigos inimigos haviam sido seus clientes em um momento ou outro. Teve que colocá-los em suas cerimônias, vender arte para eles.

Ela era ou se achava, com uma certa satisfação, uma representante premiada e árbitra de bom gosto. Especialmente agora que esbarrou com pinturas de mulheres de origem no Oriente Médio. Aquela peça Suhair Subai que adquiriu foi vendida em uma semana, e agora tinha também alguns Laila Shawwa da Palestina. Muitos dos seus colecionadores eram capazes de sentir muita simpatia pelo deslocado ao ouvir o discurso bem aprimorado de Penélope, uma virada no giro da pobre-importunada artista que havia criado nos anos 80 para mudar as obras de Harriet. Parte brincadeira de vendas, parte convicção, pois se considerava uma sobrevivente e uma batalhadora, que se identificava com todos os sobreviventes e batalhadores do mundo inteiro. Decidiu que tinha de fato muito para fazer com a preocupação esclarecida de seus clientes. E agora ela não conseguia colocar suas mãos em obras de arte árabes o suficiente para satisfazer o nicho que criou no mercado.

Harriet era sua única artista antiga. Pobre Harriet. Ela não conseguia se mover com as épocas. Mesmo sem suas conceitualizações sobrecarregadas, a série Wessex nunca seria vendida no mercado de hoje. Apesar de todo o retorno à pátria que abundava nos Dandenongs, quando se tratava de arte, a Grã-Bretanha estava em desuso. Harriet não venderia as obras ao menos que estivesse preparada para enviá-las para uma exibição lá, pois apenas os britânicos estavam comprando arte britânica. Pelo menos em suas redes. Sem dúvida, uma peça britânica ocasional alcançaria um bom preço em um leilão, mas ela não estava naquela liga. Ela ocupava um meio-termo, suas peças vendendo a dígitos com três, não cinco zeros, preços ótimos para os emergentes e para as artistas femininas em dificuldades. Ela fez uma ou duas descobertas durante as décadas também, e ajudou a estimular as carreiras de muitas. Já teve grandes esperanças em Harriet nos anos 80, quando produzia obras de arte em um ritmo surpreendente. Que ela tinha talento, era inegável. Penélope estava até preparada para desconsiderar sua predileção por seu amado Kandinsky, junto com o fato de que todos os seus pintores reverenciados eram homens que já haviam morrido.

Ralf fez a eles um favor quando apareceu e ocupou toda a atenção de Harriet. Embora Penélope não tivesse como saber na época, não mais do que poderia saber, que Harriet ficaria eternamente presa no passado. Então, novamente, talvez ela pudesse ter se adaptado sem ele, e nesse caso foi o Ralf quem serviu para a congelar no tempo.

Ela repassou em sua mente o discurso que faria na galeria. Faria questão de que todos os presentes vissem as peças na sala dos fundos. Iria sugerir a Harriet negociar um compre-um-ganhe-outro-pela-metade-do-preço. Talvez conseguisse vender o tríptico também. E se uma daquelas sacerdotisas endinheirados não o comprasse, ela o daria para a loja de caridade em Pran.

Pensou nisso quase no momento de ir a Maryvale buscar seus convidados.

Antes de sair, passou um olhar de fornecedora sobre as novas obras de Harriet. Harriet tinha se superado. O prazo de nove semanas tinha sido o renascimento de sua antiga paixão. Pela aparência deles, ela conseguiu contornar suas próprias fraquezas e predisposições artísticas, e ir com o que quer que saía de sua imaginação, capturando aquele momento de puro impulso artístico. E para variar, que ela estivesse em conflito com a época não importava. Aquelas pinturas continham um propósito, um significado interno e uma coerência sutil. Ela as tinha extraído, assim como extraiu sua série de homenagens naqueles anos antes. Talvez isso devesse ser conhecido como sua série Homenagem à Lua, e pensou em incluir a frase em seu discurso.

Ao mantê-la com o modelo lunar, as peças ficaram cósmicas. Cada pintura emoldurada por fios transparentes e estriamentos translúcidos que não seguiam a forma exata de um quadrado, em vez disso curvilíneas, subversivas, distintamente femininas e místicas no sentir. Ela usou três cores principais, e em cada pintura as cores: branco leitoso, cinza azulado e dourado suave estavam alinhadas diferentemente. Também era uma referência ao *Quadrados com Círculos Concêntricos,* de Kandinsky. Triângulos prateados ascendendo a profundos céus violetas, ou descendendo a profundezas índigo. Não eram os triângulos bidimensionais da artista de fantasia amadora; essas formas se estendiam a pontos de fuga, recuando na tela em ângulos estranhos e justapostos com outras formas, lançadas em diferentes trajetórias. Resultado: um movimento estático, um sentido de algo pego num momento e preso no lugar. Era puro Kandinsky em sua fase Bauhaus e, apesar de sua aversão pelo estilo, ela estava satisfeita por ter-lhe dado aquele CD. Essas obras não venderiam facilmente no mercado de hoje, não em seus círculos, mas sabia que suas sacerdotisas eram antiquadas também e isso era a combinação perfeita.

. . .

Harriet chegou à porta de entrada, sem ar e aflita, enquanto Gigi estava para ir à galeria. Deixando sua mãe decidir qual vestido complementaria melhor sua obra de arte, Gigi prendeu o teclado no carrinho de carga e com o porta-partituras debaixo do braço, superou o cascalho, a calçada e o meio-fio. Ela estava com o mesmo vestido cinza e jaqueta combinando que usou na véspera de Natal. Depois vestiu aquela roupa com desconforto, a mulher hetero em uma cena de teatro de revista. Dessa vez estaria no palco, e a cor e o corte estavam de acordo com sua imagem de artista. Cuidou-se com um corte de cabelo no Linda's de Olinda - um corte impecável - e fez a maquiagem com um leve toque de cor nos lábios e nos olhos. Ela caminhou com confiança e ansiedade, atraindo, conforme se aproximava da galeria, olhares rápidos dos pedestres, atraídos pela incongruência da imagem: uma mulher bem vestida, arrastando um longo estojo num carrinho como se ela fosse uma pessoa que faz mudanças.

Ela estava bem familiarizada com aqueles tipos de olhares. A perplexidade, a descoberta e então os sorrisos de percepção de que o estojo continha um teclado. Depois havia os olhares julgadores, como se a mulher observada certamente não fosse pianista. A perplexidade retornava àqueles rostos conforme os espectadores se perguntavam internamente, ou uns aos outros, por que uma mulher bem vestida estaria puxando um carrinho carregado com um teclado atrás dela. Deve ser a namorada.

Aonde ela ia? Qual a ocasião? Qualquer um pode participar?

Ela agradeceu a Penélope, que foi recebê-la junto com seu instrumento e a levou qualquer que fosse a cerimônia que tivessem, insistindo em carregar o equipamento e ajudando a montar. Gigi suspeitou dela ter gostado do papel de ajudante, demonstrando decepção sempre que o palco do dia já tivesse seu próprio piano de cauda.

Ela destrancou a porta da galeria com a chave que Harriet lhe deu e empurrou o carrinho para dentro, fechando e trancando a porta atrás dela.

As cadeiras estavam espalhadas em fileiras desde o canto mais distante onde estava um assento, seu amplificador, o banquinho de piano e o abajur de canto que Penélope insistiu em colocar. Ela montou seu suporte e voltou ao carrinho para soltar as alças, colocando seu teclado no chão. Abriu o estojo, ergueu o instrumento e o carregou passando pelas obras de sua mãe. Ela o colocou sobre o suporte e voltou ao estojo para pegar o cabo e o pedal.

Com o teclado pronto, olhou para as obras de sua mãe, de um a quatro à sua direita e de cinco a nove à sua esquerda.

As pinturas pareciam diferentes enfileiradas. Para a capa de seu CD, organizou as fotos das obras para formarem um quadrado perfeito. Ela pensou na última segunda-feira e no momento que Harriet entrou na cozinha, declarando que suas pinturas estavam prontas. Depois do abraço de felicitação e uma conversa de celebração, Gigi foi ao estúdio com sua câmera para fotografar cada uma e depois imprimi-las, retornando uma hora depois com nove impressões bem recortadas.

A essa altura já era hora do almoço e Harriet estava ocupada preparando café e brusqueta. Gigi colocou as impressões na mesa e lhe pediu para dar uma olhada. Sua mãe era sempre mais receptiva ao meio do dia, ou melhor, mais facilmente induzida. Harriet queria uma série linear simples, de um a nove. Gigi apontou para outros padrões, aqueles que não eram sequenciais. "Você não pode misturar os meses", reclamou Harriet. Mas elas não eram meses. Eram pinturas. O modelo lunar estimulou a imaginação e isso era tudo.

"Mais do que isso Gigi. O modelo representa o movimento

das esferas e as significâncias correspondentes. Tudo tinha uma ordem certa."

"Mãe, os planetas, as raças raízes e todas as correspondências da teosofia não são verdades literais."

"Se não são, então não há mérito na minha realidade e eu também devo desistir."

"Não quis dizer que não há mérito. O que quero dizer é que se você trata o conhecimento teosófico como uma metáfora, ele então ainda tem o poder de explicar o universo, só que não às custas de outras explicações. Modos metafóricos de conhecimento não nos amarram e nos tornam escravas. Suas pinturas funcionaram porque você parou de ser partidária e permitiu-se uma liberdade criativa. E veja o resultado. Essas obras vieram de dentro de você e são fabulosas."

Um cheiro distinto de torrada queimada interrompeu a conversa conforme Harriet girou para resgatar a brusqueta.

Gigi deslizou a mão pelas teclas e sorriu interiormente. Foi somente depois da aprovação de sua mãe que ela carregou as imagens para seu laptop e repetiu o design.

A disposição tinha ficado boa e, empilhada ao lado das taças na mesinha do canto oposto da sala, havia o produto, seu produto, seu primeiro CD.

A gravação tinha sido tranquila. Com apenas um instrumento para mixar e masterizar, o produtor, Tommo o Blindado- um homem folclórico de meia-idade com barba cerrada e uma barriga de cerveja -, pôs suas botas na mesa de som, suas mãos atrás da cabeça e, encostado em sua cadeira giratória, ouviu pelo fone de ouvido, deixando-a tocar sem interferir. Mais tarde ele a chamou de Gigi grava-só-uma-vez. Ela ficou lisonjeada.

Na galeria de sua mãe, cercada por todos os elementos da colaboração, mãe e filha exibindo e performando juntas, apresentando ao público uma harmonia perfeita como se tivessem uma sólida sintonia - se apenas soubessem, pensou ela, com uma leve risada.

Ela passou pelas músicas na ordem que as executaria mais tarde e depois se levantou, esticando as mãos atrás das costas e girando os ombros. Descobriu que estava mais nervosa do que havia antecipado. Aquelas músicas eram seu próprio material. Além dos recitais de final de ano, ela não havia tocado suas composições para nenhuma plateia. Ela estava prestes a ser julgada, não por acadêmicos com pontos de controle em uma prancheta, não por seus pares - mais preocupados em como o trabalho deles se comparava com o dela e o dela com o deles - e não por todos esses ouvidos intensamente afinados a cada nuance de tom e intervalo. Esse público esperava ser entretido.

Suas canções eram interessantes? Tommo o Blindado disse que gostou. E até então, esse era todo o feedback que havia recebido. Pois ela não deixou Penélope ou Harriet ouvirem seu CD. Essa abertura era para ser sua revelação.

Ela saiu de seu canto no palco, destrancou a porta da frente e olhou rua acima e abaixo. O Agatha estava fechado e as luzes se apagaram na lojinha de quinquilharias do outro lado da rua, conforme observava. Apanhou um pouco de ar e então deixou a porta entreaberta. Ela esperava que sua mãe chegasse antes dos convidados, mas logo a porta se abriu e dois casais desconhecidos se infiltraram para dentro, e foi forçada a se apresentar e recebê-los. Felizmente, logo depois, Penélope chegou com seu grupo de deusas em vestidos esvoaçantes, junto com uma jovem vestida com o traje preto e branco de garçonete.

Em minutos a galeria se tornou uma agitação de vozes e risadas. Bebeu-se o vinho e os tira-gostos e canapés foram comidos. Gigi ficou de lado e se sintonizou com a música ambiente que tocava baixinho ao fundo.

Sua mercadoria atraiu muito interesse e ela foi forçada a ir à mesinha, enquanto uma mulher com um sári de cores vibrantes pegou sua bolsa para comprar um CD. "Para evitar a correria", disse ela. Gigi se ofereceu para assiná-lo, sentindo uma empolgação enquanto pegava sua caneta.

Então vieram os Pargiters, os Hunnacots, alguns pais de outros antigos amigos de escola, e vários ex-professores.

Ainda sem Harriet.

Melissa e Verônica chegaram juntas de braços dados, Melissa usando um xale púrpura extravagante sobre um vestido coberto de amores-perfeitos, e Verônica com suas generosas camadas como de costume, ofuscando sem dúvidas, o grande potencial percussivo em seus pulsos. Conforme se aproximaram, Gigi tinha esperança de que para o concerto, sua amiga tivesse a prudência de manter seus braços cheios de pulseiras sem se moverem.

Ela se levantou com suas amigas e conversaram, ignorando a sensação de enjoo em seu estômago. E a sala continuou enchendo. Percebeu Rosa aparecer e tomar um lugar no meio da fileira de trás, de onde podia observar todas as pinturas.

Penélope, que se absteve de seu adorado casaco em favor de um terninho de seda cor azul-safira iridescente, emergiu da multidão e puxou Gigi de lado.

"Está na hora."

"E a mamãe?"

"Não dá para deixar o público esperando."

Gigi foi para o palco e sentou-se diante de seu teclado. Penélope acendeu o abajur de canto e desapareceu. Conforme a música de fundo diminuiu e acabou, os convidados tomaram seus lugares. Quando Penélope voltou e ficou ao lado do teclado de Gigi, a sala ficou em silêncio.

Gigi observou seu público numa rápida varredura. As fileiras de rostos estavam bem próximas. Os que estavam atrás formavam um amontoado perto da porta da frente, com alguns outros alinhados na parede oposta. Havia pouco espaço perto da mesinha. Pouco espaço para entrar na galeria vindo da rua.

Ela sentiu uma adrenalina vir à tona, sua pele viva, mas uma parte lá dentro dela permanecia preparada e calma. A exibição já era um sucesso e enquanto ouvia a longa e elaborada introdução de Penélope, pela primeira vez estava feliz de estar de volta a Sassafras. Seus antigos colegas podiam estar em turnês internacionais, gravando com famosos e fazendo contratos lucrativos para a televisão e filmes, mas isso não importava. Conforme Penélope encerrou seu discurso e os aplausos ecoaram, Gigi estava cheia de gratidão.

Ela se levantou, se curvou, se sentou e a plateia silenciou. Ela não tinha ideia do que fariam da sua música ou se notariam alguma conexão entre a música e as pinturas, mas conforme tocou a primeira música, os olhos discretamente percorreram em busca da obra de arte correspondente.

Seus dedos trabalharam as teclas, com sua mão esquerda mantendo um ritmo ostinato e sua mão direita ressoando uma melodia centrada em torno da nona, infundindo a música com uma doce melancolia, instilando no ouvinte uma lenta e prolongada tristeza que falava de uma perda pungente, como se o próprio tempo tivesse parado. E quando as últimas notas soaram, a sala ficou em completo silêncio antes de um alvoroço de aplausos irromper e surgirem vivas ao fundo. Ela passou suas mãos por suas coxas que de repente estavam frias, fazendo uma leitura rápida da sala, mas parecia que sua mãe ainda não havia chegado.

Controlou então sua decepção.

Sua segunda peça era dramática, pesada e sombria. Havia pausas, mudanças inesperadas na divisão de compasso, tons de ondulação na seção B para manter o interesse. Quando pôde, deu uma olhada nos rostos de sua plateia. Suas expressões eram surpreendentes. Alguns haviam fechado seus olhos. Outros balançavam a cabeça lentamente no ritmo da música. Tinha um ar sério na sala e ela esperava não ter passado do ponto na intensidade, mas a plateia parecia preparada para ser levada em uma jornada, uma jornada com altos e baixos: a vida.

Novamente os aplausos foram fortes. Enquanto sorria, procurou por sua mãe na plateia. A decepção se transformou em desânimo, mas não ousou demonstrar isso. Ela procedeu com sua próxima peça.

A porta da galeria se abriu quando estava quase na metade da seção B. Era Harriet. Ela se apertou entre a multidão e ocupou um lugar na parte de trás. Gigi imaginou o que a teria segurado. E então um homem entrou na galeria. Ele passou por trás do amontoado de gente perto da porta. Ela mal conseguiu enxergar e apesar de não o ver há anos, sabia quem era.

O preto emagrece, mas talvez fosse um pouco fúnebre para a ocasião. O beje, embora complementar, muito formal. O vermelho pode entrar em conflito e além do mais, ela não queria atrair muita atenção para si. Pensou em ir ao estúdio ouvir seu CD do Bauhaus para se inspirar quando escutou uma batida acentuada à porta da frente. De pé apenas com suas roupas íntimas, não teve tempo a não ser vestir um robe volumoso de seda tailandesa antes de descer as escadas.

Ela ajustou a caída de seu robe, fechando as lapelas contra o peito quando abriu somente uma fresta da porta para espiar.

Ao vê-lo, seu coração bateu mais rápido.

Há um abismo de idade na vida de um ser humano entre a década dos quarenta e dos cinquenta, mas ele estava se saindo bem. Esbelto como nunca. Seu cabelo retrocedendo, mas ainda na sua própria cor, o que o fazia parecer erudito assim como seus óculos sem aro. Ele deu seu sorriso familiar e disse: "Guten Tag."

Ela lhe deu as boas-vindas e o convidou a entrar, e ficaram juntos no corredor, Harriet ainda fechando as lapelas de seu robe.

"Isso é uma surpresa", disse ela com uma risada curta, amaldiçoando seu aquecedor interno que escolheu aquele momento para fazer barulho. "Estou me trocando."

"Cheguei na hora errada", disse ele, de maneira arrependida.

"Não, acho que você ajudou a me decidir."

Ao pé da escada, com uma mão no corrimão, ela hesitou.

"Continue", disse ele. "Você vai pegar um resfriado."

"Não vou demorar."

Ela fez um gesto para ele ir à sala de estar, e correu para o andar de cima.

No momento que entrou em seu quarto, tirou seu robe e abriu a janela, deixando o ar fresco esfriar sua pele. Os pensamentos dispararam por sua mente como dardos. A aparição dele à sua porta, confusa e fortuita, era uma coincidência da mais alta ordem, a interseção da exibição e sua presença formando uma sincronia, essa admirável perfeição do tempo. Sincronicidade sempre foi uma questão de tempo, pensou ela, tempo que fazia os interessados se levantarem e prestarem atenção.

Se sentindo um pouco mais fresca, se afastou da janela e rapidamente se vestiu de vermelho.

Quando entrou na sala, ele estava de pé próximo à lareira vendo seu Kandinsky.

"Admirável", disse ele sem desviar o olhar. "Acho que lembro desse."

Ela corou com a memória de que uma vez ele veio às suas salas na rua Moor. Uma memória intensificada quando ele voltou seu olhar para ela e, depois de uma pausa prolongada, disse: "Encantadora."

"Eu dificilmente acho isso", disse ela, envergonhada.

"Você não mudou nada."

Seus comentários, lisonjeiros conforme eram espontaneamente pronunciados, encontravam os ouvidos dela com o impacto como se fossem tirados direto de um romance, e ela se admirou por Fritz recorrer a tais frases banais. Talvez não houvesse nada para ler no voo.

"O que o traz de volta?", disse ela levemente.

"Sua exibição, é claro. Rosa me contou."

"Não seja ridículo", disse com um sorriso autodepreciativo pois não conseguia imaginar Fritz fazendo aquela enorme viagem para uma exibição de arte local.

"E para uma conferência", admitiu ele. "Vou apresentar um artigo no Monash semana que vem. Não poderia vir a Melbourne sem visitá-la."

"Você deveria ter me avisado."

"Eu quis fazer uma surpresa para você."

"Você conseguiu", disse ela e passou pela cortina de contas.

Ele a seguiu e ela segurou a cortina de lado para que ele passasse.

"Quer algo para beber?"

"Claro."

"Isso pede um gin. Você ainda bebe gin?"

"Claro."

Ele se sentou à mesa e ela podia senti-lo a observando enquanto se movia pela cozinha.

"Me desculpe", disse enquanto ela lhe oferecia uma taça. "Eu estava indo direto para a galeria quando a vi caminhando pela rua. Pensei que eu devia estar adiantado, então a segui. Esperei um pouco no jardim e como você não apareceu, bati à porta."

"Eu estava escolhendo um vestido", disse ela ao pegar a cadeira oposta e tomar um gole de seu gin.

Os olhos deles se encontraram por alguns instantes. Depois ele pegou sua taça e baixou o olhar para a mesa. Ela sentiu que ele guardava coisas, coisas que queria contar, mas o decoro e as suas respostas curtas o deixaram cauteloso. Mas ele parecia pronto para explodir com impaciência.

"Não tem conferência", disse ela gentilmente.

"Não." O rosto dele ficou vermelho. "Eu assumi um cargo na universidade La Trobe". Ele limpou a garganta. "A Rosa conversou com você?"

"Sobre o Ralf, você quer dizer? Sim". Ela encontrou Harriet na galeria numa tarde e explicou que havia conversado com Gigi. Harriet presumiu que ela havia feito uma revelação idêntica. Desde então pensava em abordar o assunto com Gigi, mas pensou melhor.

"E a Gigi?"

"Ela sabe."

"Que ele foi preso. Isso foi tudo o que eu disse a Rosa. Houve um acontecimento."

"Ele foi incriminado?"

Ele respirou fundo. "Harriet, ele está morto. Acreditam que foi suicídio."

"Ralf? Suicídio? Nunca."

"Aparenta ter sido isso."

"Não parece ser possível."

"Talvez fosse inevitável. O assassino da primeira página do noticiário. E depois o típico sensacionalismo começou. E suas associações começaram a emergir."

"A seita."

"Não. Bem, talvez, mas apenas indiretamente. Ninguém sabe realmente. Mas ele tinha boas conexões. Acontece que nos bastidores ele tinha muita popularidade com o governo da época."

"A pobre garota."

"Sim. A pobre garota. Até agora não há indicação de que foi um ritual de morte."

"Mesmo assim. A pobre mãe também. Ela deve estar fora de si." E Harriet não pôde evitar uma onda de alívio. Aquela mãe nunca ganharia a justiça de um julgamento e Gigi nunca mais veria seu pai novamente, mas seu suicídio revelou sua culpa e Harriet se sentiu justificada.

Ela esvaziou sua taça e se levantou. "É melhor irmos", disse ela.

Com Fritz atrás dela, Harriet abriu a porta da galeria ao som de um glissando no piano. Ela parou, não querendo interromper, mas depois se espremeu pelo público o mais discretamente que conseguiu. Cabeças se viraram. Alguns olhares de saudação daqueles que ela conhecia. Ela se juntou à Penélope, que estava em pé perto da porta da sala de trás. Um olhar de ligeira repreensão passou pelo rosto de Penélope quando viu Fritz.

A música de Gigi era hipnotizante, doce, rica. Não era nada como McCoy Tyner nem como Count Basie. Não era nem jazz. Ela havia antecipado jazz. Havia antecipado uma música que não iria gostar. Não antecipou composições tão intricadas, delicadas, frágeis embora controladas. Era Bach encontrando as Gêmeas Cocteau e, olhando para aquele canto onde Gigi estava sentada, toda recatada em seu cinza favorito, Harriet viu flashes, rastros e fragmentos de luz em cores pálidas: rosa, amarelo, azul, verde. Era seu show particular e era tão agradável que sabia que poderia também ter concebido todas as suas pinturas ouvindo as composições de sua filha. O Bauhaus teve seu momento. Ela sentiu um delicioso arrepio ao pensar em colaborações futuras, nas quais Gigi compõe e Harriet, a imitadora, ouve e pinta.

Ao final da música, Gigi olhou para a plateia parando

quando seus olhos se encontraram, o princípio de um sorriso surgindo nos cantos de sua boca.

Ao final do concerto Penélope veio ao palco e sob aplausos, agradeceu ao público. Ela apresentou Harriet, as cabeças se viraram e sua mãe sorriu, curvando-se. Penélope foi para um corredor, a plateia se dispersou e teve uma correria para a mesa de CDs. Gigi deixou o teclado e foi cercada por fãs entusiásticos, e viu que sua mãe também ficou presa. Não havia sinal de Fritz.

Depois de uma hora de bate-papos e assinaturas de CDs, seu maxilar doía de tanto sorrir. Sua mente zumbia, mas ela sentiu a exaustão esperando para lhe engolir.

Viu com alívio que Penélope reuniu seu grupo de mulheres e se preparava para sair. Ela parecia exultante. Chamando a atenção de Gigi, ela se aproximou e se inclinou para perto, sussurrando de modo conspiratório: "Até o tríptico mudou."

A sala rapidamente se esvaziou e quando restavam poucas pessoas, Verônica e Melissa, que deviam estar esperando há um bom tempo, se aproximaram, cada uma segurando um CD.

"Abraço coletivo", disse Verônica, e suas amigas a pegaram pelos braços.

"Você é uma sensação."

"Não tem mais Thomas Tallis para mim", disse Melissa.

"Você tem que tocar na próxima convenção de batons!"

"Meus pais te contaram? Eles querem que você faça uma apresentação em casa para o quadragésimo aniversário de casamento deles."

Era difícil absorver. Talvez uma ou duas das inúmeras ofertas que recebeu naquela última hora se traduziriam em algo real. O vinho falou muito depois da apresentação, todos altos e exuberantes. Mas ela não deixaria o realismo esfriar sua euforia.

Estava entusiasmada para encontrar Fritz, mas quando Verônica e Melissa se despediram, Rosa atravessou o lugar.

"Valeu a pena perseverar, não foi minha querida?" disse ela com muita afeição.

"Obrigada Rosa."

"Excelente uso da nona também."

"Esse é um grande elogio."

"Merecido. É um intervalo místico. E você o utilizou lindamente."

Ela não tinha certeza de como responder. Deu então o grande sorriso que estava dando por tanto tempo, que parecia preso em seu rosto e quando um pensamento lhe ocorreu e respirou para falar, Rosa continuou. "É como se sua mãe tivesse dado à luz a você pela segunda vez, Gigi." Ela examinou o rosto de Gigi. Como se estivesse satisfeita com o que viu, deixou a galeria.

Gigi vasculhou o ambiente. Com todos os convidados ausentes, havia apenas um CD restante na mesa e um ponto vermelho ao lado de todas as pinturas de sua mãe. Harriet apareceu e encontrou seu olhar, e as duas riram. "Conseguimos", disse Gigi, seguindo sua mãe para a sala dos fundos onde Fritz estava sentado no sofá, olhando para um dos quadros da série Wessex.

Ele se levantou e apertou a mão de Gigi. "Sensacional", disse ele calorosamente.

"Obrigada."

"Nossa, como você cresceu", disse ele, com um olhar de apreciação. "Ainda que de alguma forma você não pareça diferente de quando a conheci."

Não, isso não podia ser, embora ela achasse em alguns aspectos que era a mesma.

Era sua mãe que parecia diferente. Ela radiava um tipo

diferente de brilho daquele que foi desconfortável nos meses anteriores.

Ela tinha uma torrente de perguntas, mas não deu voz a nenhuma. O olhar que surgiu no rosto dele e no de sua mãe, confirmava o suficiente.

"Desculpe", disse Fritz.

Por semanas, ela ficou presa em um vazio de incredulidade. Ela pesquisou as reportagens dos noticiários online até encontrar o rosto dele, mas não o seu nome. Mas era ele. Ela sabia que era ele. Rapidamente dispensou como improvável a noção de que ele teria um dublê. E o suicídio foi sua admissão da culpa. "Devemos voltar para casa", disse ela, ansiando por uma mudança de ambiente.

E era óbvio para ela que um ciclo se completava, que houve o retorno a um ponto antes da sua própria história ter começado, e conforme caminhava atrás de sua mãe, observando o quicar de seu andar, e de Fritz, que virou um pouco seu torso em direção a ela e com sua passada ligeiramente mais cansativa como resultado, Gigi surpreendeu-se por estar contente.

Caro leitor,

Esperamos que você tenha gostado de ler *Um Quadrado Perfeito*. Reserve um momento para deixar uma crítica, mesmo que curta. A sua opinião é importante para nós.

Atenciosamente,

Isobel Blackthorn e Next Chapter Team

BIOGRAFIA DA AUTORA

Isobel Blackthorn é uma autora premiada em um tipo específico de ficção envolvente. Ela escreve mistérios fascinantes, suspenses psicológicos sombrios e ficção histórica e literária. Isobel foi finalista no Prêmio de Prosa Ada Cambridge em 2019, por sua curta história biográfica "*Nothing to Declare*" [Nada a Declarar, em tradução livre], uma versão do primeiro capítulo de seu próximo romance de história de família. Isobel tem PhD por sua pesquisa sobre as obras da teosofista Alice A. Bailey, a "mãe da Nova Era". Ela é a autora de *The Unlikely Occultist: a biographical novel of Alice A. Bailey* [A Ocultista Improvável: um romance biográfico de Alice A. Bailey, em tradução livre]. Com uma grande paixão pelas ilhas Canárias em seu coração, Isobel continua a escrever romances ambientados em Lanzarote e Fuerteventura.

Um Quadrado Perfeito
ISBN: 978-4-82414-233-7

Publicado por
Next Chapter
2-5-6 SANNO
SANNO BRIDGE
143-0023 Ota-Ku, Tokyo
+818035793528

8 abril 2022